U0875369

滨海夜话

世情随思

梁良 著

山东大学出版社

图书在版编目(CIP)数据

滨海夜话．世情随思/梁良著．—济南:山东大学出版社,2016.2

ISBN 978-7-5607-5507-6

Ⅰ.①滨…　Ⅱ.①梁…　Ⅲ.①散文集－中国－当代　Ⅳ.①I267

中国版本图书馆 CIP 数据核字(2016)第 049655 号

责任编辑:赵岩

封面设计:张荔

出版发行:山东大学出版社

社　　址　山东省济南市山大南路 20 号

邮　　编　250100

电　　话　市场部(0531)88364466

经　　销:山东省新华书店

印　　刷:山东德州新华印务有限责任公司

规　　格:700 毫米×1000 毫米　1/16

18.75 印张　252 千字

版　　次:2016 年 2 月第 1 版

印　　次:2016 年 2 月第 1 次印刷

定　　价:49.00 元

版权所有,盗印必究

凡购本书,如有缺页、倒页、脱页,由本社营销部负责调换

自序

2012年初，经几位青年朋友的诱导、指教、帮助，我抱着好奇的心态，注册开通了微博，为观察和参与生活、社会、世界打开了一扇天窗。此时方知微博的兴起已两年多了，正呈方兴未艾、风起云涌之势，内心的强烈震撼是自己太闭塞、太落后、太无知了！

从那之后，微博就慢慢融入了自己的生活、工作，成为不可缺少的一部分。刚开始时关注了几百个网友，大多为都市或境外的，也有本乡本土的，涉及经济、法律、文化、生活等领域，每天接受着潮水般涌来的信息，同时与传统媒体比对，思考、探究、领悟，感到视野放大了，眼界开阔了，思维在调整着，对"网络改变世界，微博改变中国"多了一层新的理解。接下来，就是对自认为合意的微博转发、点评一些，与网友交流、互动，有很长时间成了名副其实的“微博控”。后来，就进入140个字的大海中试着游泳了。

微博可能是新世纪的最伟大发明，实在是个好东西，是人与人之间沟通交流的广阔天地，是社会成员平等参与公共生活和国家大事讨论的崭新平台，140个字给了人们无限想象和表达的空间。刚入海中，还真不知水之深浅、浪之大小，不知如何用力和前行，经过一段时间的揣摩、碰撞、练习，逐步开始对网络上、社会上一些感兴趣的问题发表意见，参与这些问题的讨论，一些网友及时给予好评和转发，激发着粉丝逐步增多，自己的自信心不断增强。

也许当初天才的智者设计的140个字的空间，就是为我这样的人准备的。刚进门觉得140个字空间太小，能写成什么呢？慢慢悟出，不论大道理小道理、大事情小事情，还是生活百态、万种风情，都可在140个字中尽情挥洒。它考量着人们的思维方式、认识水准、理论功底、表达能力、文字水平，尤其对我这样由于工作阅历关系，对社会生活多侧面都知道一点点但大都不系统、不全面的人，更为适合些。当然，真正做学问，深入、全面地论述和研究问题，或是系统地学习知识，微博和140个字的空间就远远不够了，这是另一个问题了。

两年多下来，从无到有，积少成多，没想到在微博上发出的东西有四五十万字。梳理一下，大体分两类：一类是与这期间网络和社会上的大家关注的问题有关。这里面一种是对网友微博作的评论，有联想发挥，有延伸思考，也有质疑批评。另一种是原创，即自己对社情、民意和其他一些问题的思考、认知。这些内容归集在一起，单独做一集。再一类就比较杂乱了，涉及工作、生活、人生、文化、情感的一些方面，多是随情所感、所思和议论，归为另一集。

对我而言，两年多的微博生活是个全新的经历，是学习，是洗礼，也是提升，有很多新的体会和收获。一是微博是一个“宝库”，是一个蕴含知识、闪烁思想的藏宝库。透过微博，深感自己原来知道的确实太少了，对许多问题的认识、理解太肤浅了，微博倒逼着自己去学习、体察、比较、思考，由此不少方面有些新的认知、理解、感悟。二是微博是一所“学校”，是一所卧虎藏龙、高人云集的大学校。这里可谓“山外有山，天外有天”，是个难得的大练场，许多网友都可以成为良师益友。三是微博是一个“社会”，是一个思想多元、异彩纷呈的大社会。这里什么样的意见、观点都有，既有真知灼见者，也不乏偏激极端者，差异甚大，泥沙俱下。保持冷静、理性、理智最为重要。四是微博是一种“生活”，是一种自我丰富、享受人生的新生活。微博帮助自己矫正着思维走向，提升了认识能力、比较能力、表达能力，使时间变得短暂，心态变得年轻，活力得以激发，生活更为充实。

归在这个集子的微博，可分两部分。前一部分是按发布时间顺序自然排列的，语录体一般，段与段之间有些有逻辑关系，然大多没有，是属于在网上看到什么合适就评论一下，何时有什么想法就表达一下，段与段之间有些话语可能有重复或相似，也可能涉及同一个问题，各段着重点、表达方式、用语也不一样，看上去难免有零碎散乱之感，但也的确反映了思考的过程。后一部分是一些专项，每个专项集中谈论一个方面的问题。这些专项有些是原来发布时就设想过，分段发出后再制作出一个长微博；有些是事后把逻辑联系比较清楚的归纳在一块。总之，这是个大杂烩，是个大炒盘，也算是斑斓社会、多彩生活及个人心路的折射吧。

做了多年文字工作，也念了不少年稿子，但回想起来，少有像上微博这样用脑、用心、用力的，尤其这是在电脑上、手机上一个字一个字敲出来、写出来的，更是真正的心声倾吐、思想表达。出这样一个集子，有敝帚自珍之意，也是为了对这两年多的微博生活作一个总结，对自己比较认可的东西做个归拢，同时给玩微博的朋友作个参考，给研究新媒体的朋友提供点佐料。由于才学疏浅，视野局限，对新事物、新媒体、新语态适应较慢，也由于140个字的特殊空间，所论及的问题大多不系统、不全面、不深入，重点放在强调自己认可或倾向的方面，表达上难免失之片面，偏颇、偏激以至错谬之处也会不少，文字上尽管在归拢时个别地方作了一些订正，也难免有错处、重复或不达意、不完整、前后不大一致的地方，请看到的朋友给予谅解、理解和批评指正。

两年多来微博上的许多朋友，有知名学者、教授、律师、媒体人，也有官员、企业家、工程技术专家、普通员工；有七八十岁的老者，也有大中学校的学生，都与我进行了很好的互动，给了我很多指导、鼓励、支持。特别是他们那种忧国忧民、追求真理、勇于担当、仗义执言、百折不弯、勤奋笔耕的情怀和精神，给了我极大的鞭策。与大家尽管面不相识，但心灵互通，受益匪浅，从心底很是感激他们。他们的名字在此就不一一列举，但会永远记着他们并向他们学习、借鉴。

这本集子定名为“滨海夜话”，一是由于这是微博第一次注册时用的名字；二则是因为，微博上的大部分内容都是在夜间人静海平时写就发布的，如同在与大海对话，与天地沟通，与心灵交流。于我而言，朋友们如果感到茶余饭后还能看进去几段，就十分欣慰了；如果感到还能得到一点启迪，那就是莫大的荣耀了。

这些微博发出之后就散落在网上，李广辉、宋靖航同志为备份、归拢、整理、修正做了大量具体、琐碎的工作，在此表示衷心谢忱。

梁　良

2015 年 1 月

目 录

综 论

每个社会、每个时代，都需有一批深明历史大义、勇担社会责任、不计个人荣辱的思想先驱者、启蒙者、引领者、传播者，有他们，历万劫文明文化之火生生不息，遭千难大慈大爱之光熠熠生辉，过百坎理性理智之慧代代相传！一大批智者即是光荣的代表，他们虽然老了，但新生代已走来，希望在前。

人们的争论其意义远超过争论自身，对人的心灵是洗礼，对社会文明是促进，对人性和理智是呼唤！如果再少些尖刻的语言，再理性一些，围观者再平和、克制一些，那就更好了。这种争论成为常态，那社会文明程度可就真高了！

有友极关心世界大事，每见某国某地发生突变等不合心愿大事，皆斥之曰："都是美国搞的鬼！"一日另一友情急之下对之："照你之说推理，要么美国确是真神，无所不能；要么那里人民都为白痴，一切听任美国摆布。如真是神或痴，何至于到今才变？"友语塞，不争。细察之，此种持见者多矣。所谓"变"，乃势之必然也！

有友去藏，见藏民一路匍匐叩拜，虔诚无比，大惑不解，遂问之：世本无佛，何苦如此，岂不愚也？藏民看他似官如商，回之：你等所信比藏更甚，只不过所信不同，方式不同而已。友问其据，藏民告之：我等信佛祖，你等信权钱；我等为信只叩拜，你等为信可无所不用其极！友语塞，心大震，汗颜！

有朋友戏言之，现在请吃饭大都没问题了。关键的，一是吃的东西是从哪里来的，二是在什么地方吃，三是也是最重要的请谁或与谁一起吃，大有门道。想想他讲得还真有味道！

到过现代发达国家，大凡感到，越来越分不清富人、穷人。富人看起来不像富人，朴实、低调、简约，穷人看起来不像穷人，基本生活有保障，自尊、自信、泰然，无自我矮化之态。可谓是，富人平淡无奇，穷人昂首挺胸，相安无事，各得其所。背后之深层次原因值得研究！

人在世间，人与人相处相依，首要当是维护自身的权利。你对他人权利被侵的漠视、容忍，明日受害的可能就是你自己；你对自己权利被侵的麻木、忍耐，接下危及的可能就是他人乃至社会。你的权利为上苍所赋，与生俱来，非任何个人和组织恩赐，维护它就是维护自己的生命和尊严，就是维护社会公平正义的底线，是公民之天职！

娱乐明星能为大众提供笑声和欢乐就是尽到了本分和责任，在公共领域坚守良心和良知更显可贵，再有过高要求则是强人所难了，他们亦要谋生发展。知识分子因所受教育和所处地位不同，是公共知识的传播者、社会前进的引领者，理当独善其身，富有理性和良知，有担当意识和责任感，在公共事务中发挥更大作用。

现在讲“幸福感”太多，实则幸福一半来自实际，总得衣食无忧，基本生活有保障吧；一半来自心境，有自尊，有满足感。要使民众有幸福感，首先要给他们实实在在的东西，大话空语无用。自身要有幸福感，找准参照系，修炼好心境，则是最重要的。愚昧、麻木、自贱不是幸福；奢求、攀比、贪婪永远不会有幸福感。

不尽的欲望，过于的世故，难变的怯懦，大多的油滑，是一个不小群体的真实写照，对社会道德起着很大的负面影响；更让人忧的是，他们正把这些作为成功的形象和经验向青年一代炫耀和兜售，被不少人认同、欣赏和仿效，以至俭约、质朴、担当、正直被认为是傻帽。价值观的建设当是比经济发展还要艰巨的任务。

国人一睁眼就处在商业广告大海包围之中，不论乘飞机、坐汽车、看电视、阅书报、开会议，甚至下饭店、去茶馆、上公厕，广告无处不在，触眼皆是，公共公益场所、空间概莫能外。广告兴为市场经济之必然，尤改革之初，广告发展对焕发市场意识、竞争意识，推动经济发展社会进步起了重要作用，今后亦需要并应发展提升。只不过现时确是过了。且不论广告的真实度多大，用语规范与否，艺术性高低，所收效用大小，就是这些无处不在的广告使人本已浮躁急躁的心几乎一刻也不能平静下来，让社会变得愈益功利化、商业化。市场经济走到今天，人们的心灵需更高尚的人文精神来浸润浇灌，公共领域理应对此有更多的担当与作为。

到处都喧嚣，满眼是广告，是许多公共场所的通病。君不见，机场、车站、码头、景区等，高声的谈论，无忌的劝买，不尽的宣讲，生硬的口号，庸俗的招贴，不绝于耳，目不暇接，让人本已浮躁之心激发升温。功利化、商业化已难使人的心灵找到宁静栖息的角落和空间。心灵宁静不但要有个人的修炼，而且还需社会的氛围。

急功近利的考量推动人们一切求快要强，浮躁急躁的情绪致使人的心理逐渐倾斜，无论为公为私、无论大事小事都似旋转在紧张的气氛中，而向前望去又似一切都不确定，为无名的压力所笼罩，长期处于身心俱疲状态，出现问题就不可避免了。这应是一个引起全社会关注的大问题，迫切的是如何使人们的心平静下来。

就大多数人而言，小进即满，小富则安，当是可贵的秉性和选项，这样的人一定内心是平静的，处事是淡然的，幸福感也高，于己、于家、于社会都有益。现令人忧虑的是许多人的欲望太高太大，不知满足的追求，不可遏止的奔跑，时刻处于浮躁、急躁、冲动的状态，身累心更累。是降低一下欲望、放慢一下脚步的时候了。

快乐心态可防病 50%，治病 50%。一知名专家说，一些病心态因素占到 50%以上，不只是在医学伦理上被认定，在生理实验上也得到证实。调整好心态，是现代健康学说的最新内容之一。不过真要把心态调整到快乐状态并持之，可不是一件容易的事，只靠自省肯定不够，需社会氛围和多学科的支撑。

太相信金钱，太迷恋权力，太重实惠，不知满足，没有信仰，无所畏惧，正是部分国人的现状，虽占比不一定很高，但在社会上影响大矣，人们的浮躁急躁心态蔓延与此有直接关系。有何良方使这些人的心先逐步平静下来呢？

钱是衡量社会价值的重要标志，向钱看是人之本性和正常欲望，正当挣钱是推动社会发展进步的强劲动力，鼓励和支持人们努力挣钱是政府的责任，全社会都应尊重为挣钱付出的劳动，宽容由此造成的失误。同时更需明白，钱并非能解决一切，世上和人生活中有比钱更重要的东西，追求无限，更高尚的还有许多。

在欧洲常看到一些老店，门面不阔，面积有限，一间大多经营了上百年，甚至几百年，也无分店，世代延续，代代平静走来，平和生活，令人感慨。思之，小富即满，小进而安，实在是种可贵的文化，大多人如此，社会就安定了。如像国人那样不知满足地追求，像我们鼓励那样去“做大做强”，这些小店、这几代人不知是何命运了。

理性理智是研判一切事情的正道，也是社会与人成熟的体现。法律法规是解决一切问题的准绳。激愤、冲动、豪气可能带来一时的快感与喝彩，但造成的损害是难以估量的，公众不应为此埋单。公众人士应将公众对社会事情和问题的认证导引至法治和公理轨道，而决不应做不负责任的推波助澜。

医患关系、司乘关系是社会关系的组成部分，其矛盾是社会矛盾的反映和折射，除个案外，总体上实难确定谁是谁非。在此问题上，靠激愤和感情用事，快刀斩乱麻，出台几条规定，都难从根本上解决问题。将此放到社会大背景下，一体研究，统筹治理，在缩小社会差别上下功夫，在寻求共识上用气力，方是治本之道。

日本为何极少医疗纠纷？一是因为手术是完全“透明”的，病人进行风险手术前，医生会用很长时间认真仔细与患者和家属说明、沟通，患者和家属在术前对手术情况及风险会有充分了解。二是为防止医院和医生故意把风险评估过高，以便发生意外时推卸责任，规定在手术前院方必须提交该院的临床数据报告和同类手术在国内外的风险评估报告。如失败的临床数据远远超过标准指标，即使家属不责怪，院方或医学协会也会做出严厉处罚，甚至终身不许执医。医生最喜欢的往往是问题多的患者家属，他问的越多，解释的越多，心里就越踏实。三是当与人的信仰取向、文化水准、诚信程度和医疗保障水平有关。

对外国人入境事应以平常心待之，外国人在国内就业国家已有严格规定，可能有的地方执行不好，当予以完善。至于其他入境者只要符合国家入境规定当宽容待之，不能因几个外国人不法而收紧大门。国人出国亦有不法之例，将个别人的偶发事件看得过重，提得过高，则是自我封闭。开放大国的气度胸襟还是应持之。

家族经济、家族政治、家族文化是社会发展之必然，哪个国家、社会都有，关键的是需在稳定的前提下，在高度开放透明的环境中，有完备的法律治理，有舆论到位的监督，有公众的公开质疑，有家族的理性回应互动，如是，社会就会更加成熟，有利于国家的发展和长治久安。国家现需做的当是承认现实，注重"四有"。

残疾人或身体有困难的人是人类进步付出的代价，他们的苦难和不便让他们自身承担是不公平的。对他们予以更多的尊重和关心是社会文明的表现，是正常人的责任、良知和高贵所在。对他们的漠视和歧视，表明内心已开始荒漠和残疾。

中国的确是个人情社会，很难简单说清好还是不好，莫名其妙的人情有时真使人晕头转向，许多纠结由此发生。尤其庸俗化的人情对法治、为政、社会管理带来很大的负面影响。如何把人情限定在个人、家庭、亲友之间并简单化，而在社会领域、公共空间重规则、讲公理，依法办事，是国家与社会前行中需面对的问题。

欧美的福利制度与许多制度一样，亦有其弊端一面，一方面保证了特殊群体的基本需求和社会的平衡，另一方面也助长了懒惰。可理解的是何等高人能在这二者之间找到最佳接点，且接点是个动态。至于有些人选择吃救济和乞讨而不打工，当是他们选择的一种生活方式，亦与信仰有关。印度就有相当大这样的群体。

社会组织当有大的发展，并完善相关制度机制，在政府不应管、管不了、管不好的领域发挥作用，同时在政府与社会之间充当纽带和桥梁，沟通联系，增进互信，把社会管理落在实处。政府应当促进和支持社会组织的发育发展，为其发挥作用创造良好环境。没有社会组织充分发展的社会难以成熟，公民的地位难以体现。

经济学家图洛克研究寻租问题后认为，如果价格的垄断是通过政治交易得到的，那么大量的资源会被浪费在这种获得政治支持的过程中，即政治交易活动会间接抑制生产。如果大多生产者选择与政府进行政治交易而非投资扩大再生产，对国家经济的负面影响是严重的。

文学发于自由的大地，呼吸自由的空气，只要环境具备就会健壮成长。在那个短缺、艰难的特殊年代，国家供养部分作家、艺术家，传承文学和艺术的血脉，为社会创造精神食粮，有一定的历史合理性、必要性。但社会发展到今天，持续为之，既无实际意义，也无益于文学发展和艺术进步。

对作家、画家等，当年国家供养有一定的历史合理性、必要性，但社会发展到今天，一般的写作、画画、唱歌等已成为一种职业，成为大众的普通生活方式，那些所谓“家”的个人收入不知高于公众多少倍，还要国家继续以纳税人的钱来供养，则是与现代理念、大众愿望、世界潮流相悖了。

一个优秀的作家定能靠自己的作品赢得读者，过上体面的生活。现代社会写作不应是一般作家的唯一，专业的作家是减少的趋势。国家供养作家，会对其他作家造成不公，对文学发展繁荣不利。国家的责任主要应是创造自由宽松的创作环境，对优秀作品和青年作家给予奖励或扶持。

国家荣誉制度讲了好多年而没有出台。建立此制度，可解决许多似是而非的问题和表彰过多过滥且不正规的问题，提升国民的荣誉感和对国家的认同感，提高国家的软实力。

有学者云，功利化日益融入国人生活的方方面面：婴儿配方奶粉一定要强调能提高孩子的智力，而不是为了欢乐；孩子被带去必胜客不是为了享用比萨，而被当作是奖励学习优秀的大餐；美容产品必须能够帮助女性“往前走”；一起喝啤酒是为增进信任和互惠互利而非分享美好时光。确实如此，生活的本意多被忘掉了！

社会有多种声音是个好事，但当形成有理性、讲道理、行宽容的氛围，有话好好说，听者耐心听，平等交流，平和讨论，有共识当然好，达不成共识也不要紧，慢慢来。慷慨激昂、义气行事、强加于人不会解决任何问题，只会把事情搞砸。这方面我们吃亏已不少了。政府、公共媒体、知识分子当起示范和带头作用。

以自己的主观感觉和好恶作标准去判断事物，看待问题，要求他人或强加于人，是不少人的思维方式和习惯，在私权范围问题还不是太大，至多造成一些隔阂和矛盾。但在职场，在公权领域，管理者、领导者如此做，就会出现固执、武断、霸道，就难以服众和调动大家的积极性，就会误大事，出大问题。

高尔基是个悲剧人物，小时读他的三部曲，崇拜得不得了，了解真情后，得知他晚年内心是十分纠结和痛苦的。在非正常社会中，任何人的心理都可能扭曲，因为圣人是没有的，一切以时间、条件、环境、利益为取向为转移。不要过多指责他，作为镜子可省自身。

对不少并非复杂高深的问题，人们的看法、取向往往迥然不同，以至完全对立。观之思之，原因主要是一方常识的缺乏，原来接受的教育和信息形成的思维定势难以改变。更新思维，转变观念，实际不用多少高深的理论，不必做那么多文章，不需那样兴师动众，寻找常识、普及常识、捍卫常识，就可解决大半。

俞孔坚教授以胡适先生关于"文言文三大病"评说"中国城市死语言三大病"，即盖了一个楼却不遵循功能原则，叫无病呻吟；非要在一个现代建筑上盖个大屋顶，那叫模仿古人，没有任何意义；建了个大广场，上面空空当当，没有人去使用，那就是言之无物。我以为他说的是对的，尤以政府支出做这些就更是问题了。

在思想领域，任何思想家都不是最后的权威，不是各个领域的权威，且在思想形成过程中会受到各种因素的影响和制约，客观世界又在不断变化之中，对他们理当表示敬重，但不应讳言他们的失误、缺憾和错处，更不应对错处做无谓的假设和辩解以至坚持。任何思想都是历史长河的一朵浪花，世界和我们都要前行。

陈腐的面子意识，使人固执、傲慢、矫情、虚伪、铺张，为国人一大痼疾，是走向文明缓慢的重要原因。面子与体面、尊严完全不同，前者是以己为本，后者是以人为本；前者是居高临下，后者是谦卑待人；前者是传统封建思想所导致，后者是现代理念所必然。何时面子意识淡薄了，就会感受到体面、尊严的愉悦。

一直在思索：人类向大自然索取的是不是太多了，前行的步伐是不是太快了，以致今天出现那么多的问题；人的追求是否过高、过大了，欲望是不是过于强烈和贪婪了，不知满足，无法节制，以致心始终平静不下，处于浮躁乃至暴躁之中，形成一个不可名状的怪圈。难道这真是上苍赋予人类和人自身生存生活的本意？

城里的普通人对炎热似乎并没多大感觉，建筑工地照常轰鸣，环卫工人照常上路，街头小店似更忙碌，在他们眼里，街上人穿得越来越少、外地车辆增多、口音突然繁杂、学生已放了假，可能就是夏日的标志。他们并非不觉热燥，而是更需生计生活。支撑这个社会的，实际上就是城乡那些最普通的人。

因果关系一说本意是告诫人要有敬畏、知大小、行善事、做好人，求得完美人生，很有积极意义和正面效应。万事有因即有果，果落必有因，朴素唯物论已说清了。人明此道，定会善待他人、社会和自己。将此说解读为因果报应、庸俗唯物论或主观唯心主义是误解，不知误导了多少人。如今当廓清了。

日常的生活和相处中，人们忽视的大多不是最重要的东西，而是一些最容易做到又似无关紧要的东西，如微笑、语调、眼神、手势、脚下等，但就是这些把你的教养、气质、心灵无余地表现出来了，这在很大程度上决定着他人对你的印象、取向，也决定着你在社会上的位置和事业达到的水平。

愤怒出诗人，但不会出好的主意；快乐出笑声，但不会出科学定理。冷静、理性、平和是作决定决策的基点和前提。古代皇帝点朱笔处决犯人选择在秋季，是因秋日天气渐凉，且有收成，心态平和，可减少激情误杀，称为“秋决”。激情飞扬下作出的决策至少50%是经不起历史检验的。古今都有沉痛教训。

信仰信念缺乏、公平环境淡漠、自信自立缺失、欲望长期压抑，使国人心态脆弱，浮躁烦躁，多有不平，极易扭曲，甚而走向极端，是社会的一大纠结所在。急需的是如何先让人们的心平静平和下来，再一步步向前走。这真是个大的系统工程！

自信立于对大地、社会、自身的认知和对未来的憧憬、希望。公平、权利、知识、理性，是自信确立和坚守的基点和前提。国家和社会理当为此创造条件、环境和氛围。公民有自信，国家有希望。自信的确立等于成功了一半。

任何制度都与一定的历史阶段相适应，有着特定历史阶段的合理性。时代变了，社会发展了，制度肯定要变，或废止、或修正、或完善，永恒是没有的。劳教制度就属典型情况，国情、社情、民情都警示不能在原地固守，现在需要的是以对历史和人民负责的态度和勇气，去正视和面对。

公安民警直接面对基层、面对矛盾、面对凶险，身体和精神都时刻处于紧张状态，在关键时刻必须挺身而出，社会真当理解他们，政府亦应厚待他们。但又因公安机关拥有不可代替的权力，负有保护人民、打击犯罪、维护公平正义重责，社会关注度、期望值高，更当严格要求，严格管理，树立形象，让人民信赖！

对生命、对生活、对社会，每个人都有期待、有祈盼、有梦想，这既是人生希望所在，也是前行动力所在，更是社会清明、公正、激情、向上的表现。国家和社会当为人们实现这些预期提供条件，创造环境，让每个人的个性得到张扬，价值得以实现。当然每个人的预期应确立在现实的基点上，靠自身扎实的努力去实现。

我国风力发电与发达国家不同，多建在海滨、山间、风景区，甚至城边村头，其造成的视觉、噪音、电磁污染和生态破坏有目共睹，日益严重，正在成为一些地方的公害。真不知设计、规划者是如何想的，亦不知背后有何利益链在驱动，当是应引起高度关注了。

科举制度是先人一个伟大的创举，使下层人士有了一个通过自身努力改变命运、向上流动的机遇和平台，保证了社会精英而非草包通过合法途径正当进入国家各级权力机构，考取、选拔方式的制度化、公开化有利于社会公正，至于历史的局限性是不言而喻的。可叹的是废科举时把盆子里的婴儿与水一起泼掉了！

国人值得骄傲的地方很多，不如人家的也不必过于自卑，每个国家都有自己的历史逻辑，自信可能胜过其他。但对奥运实在不必骄傲，苛刻说也不值多大骄傲，只把代价与成果比一比，再看看十亿多大众的基本生存状况，就当明了。只是我们炫耀太多，让光束晃悠了人的眼球，把许多正能量抵消了。

世界最珍贵的是生命，生命生而平等，生命最重要的是尊严，对生命的理解和尊重是人的最高智慧和文明，珍惜和尊重自身的生命须以珍惜和尊重他人的生命为基点和前提。国家和社会当保障每个生命的安全和权利，维护其尊严，让每个生命实现上苍赋予的价值，发放光芒和风采。

中医治病保康无疑，但中医诊疗中主观成分多且多有玄论会让人疑；中药功力效用无疑，但现中药生长入药环境大变且假伪甚多会让人疑。不消人之疑，中医药事业则难立于久、立于世、传之远。

看发展、看幸福度，既不能只看经济总量，也不能光重平均数，而是要看社会大多数人尤其是中下层成员得到多少实惠和其感受度，是哪几块短板的高度决定着社会进步的程度。在社会差别如此大的情势下，不这样认识问题，在政策的把握上很难不走入误区。

党的十七大报告中已无“左”与“右”的提法，主流媒体提“左”“右”之争无益。公众的认识不同和争议乃正常现象，能表达出来是国家清明、社会宽松的表现。公众的发声和参与是权利和责任所在，有利于及时矫正改革的走向，形成支持改革的氛围，拓展改革的视野。

傲慢充斥着社会的各个方面，权力、地位、身份、职业、学历、户口等等，都会成为傲慢的理由。北京人看全国的人都是乡下人，上海人看全国的人都是土包子，深圳人看全国的人都是穷光蛋，正是傲慢一个侧面的展示。缺少的是谦卑、敬畏、尊重，社会成员之间的情感一点点地被撕裂。根源在于平等意识缺乏久矣！

人做好事，当因信仰使然，为的是内心平衡，不计得失，不求回报。而如今处处通行的功利主义奖赏制度与此相悖，让人无论做何事都在以己为圆心，以利益为半径，精心计算得失，展望投资前景，致使心灵扭曲变形，忘却人生本意。蔓延开去，社会之失远远大于得或得不偿失！

专门考察过台湾地区的医保制度，他们做得确实好，经验值得借鉴。但台湾人口少，财富积累早，公民受教育程度高，且地域差别不大，大陆确是难以相比，13 亿人是最大的现实。大陆医保制度十年来有突破性进展，但先天和历史性问题的解决恐怕还得些时间。

“汉奸”“卖国贼”是在国难当头时有特定含义的概念，现时有些人对他人发表的意见、看法或做法一有不满，便动辄给人扣上“汉奸”“卖国贼”的帽子，大加挞伐，不知是谁给的权力。从大处讲是增加社会戾气，撕裂社会成员情感；从小处讲是对他人人格的侮辱，内心阴暗的显露，公正的社会、公道的人不应对此无动于衷。任何公民都有对国家大事发表意见的权利和自由，但谁也无法保证意见都正确，更无法让所有的人认同。谁不认同就随意给人扣上这样那样的罪名而挞伐，或进行人身攻击，是社会不成熟的表现，是心理不健全的展示。现代的国家、开放的社会，当形成平等、平和、平心、讲理的氛围，每个人当有包容、宽人、责己的心态。

如今人们对“成熟”的认知、理解实际多与世俗、庸俗、世故、圆滑等同起来，不如此的会被认为是死板、教条、保守、傻帽、不会办事、不通人情，老实本分人往往不知所措，老道机灵者则是游刃有余。长此下去，社会的人生观、价值观就有倾覆的危机。实质上，人如失去独立个性则与人本意远矣。

美国人尤老年人很少存款，是一种生活方式。其因大致为，一是社会保障水平高，衣食病无忧；二是消费行乐，旅游玩耍，享受生活；三是相当一些人捐款给慈善公益机构。有一对 80 多岁夫妇，身患重病，感到医治无望，将全部家产捐给肿瘤预防组织后自杀，虽极端些，也反映了一些实情。这当是与信仰有关。

市场、企业家，是经济发展最重要的两大引擎和动力，市场提供天地和机遇，企业家将机遇和各类要素变为财富。改革前人也努力，科技也进步，但财富增加很少，社会与人贫穷，重要原因就是无市场和企业家。无市场和企业家，生产要素不自由、不流动，就很难转化为财富，许多努力是空忙一场。

关心企业，关心企业家，是社会文明、温暖、进步的体现。他们是社会财富的创造者、社会责任的承担者、社会进步的推动者，他们承担的压力非一般人可知，尤中小企业，尤经济转型时期，更甚。政府、社会、公众应给他们更多的理解、尊重和支持。这是共同的长远的利益所在。当然依法办事、维护公义是基点。

做企业以实为上，只做不说、多做少说、做成再说、有把握才说、说有余地，这些原则恐怕是要注意或遵行的。未做先说、言过其实、不留余地，被动的是企业自身，搞不好真会坏了企业。虚假对企业造成的一分损伤,用十分努力也难扳回。至于产品做好了,策划以富有磁性的方式、语言做广告则是另一回事了。

看了一段反映湖南农村留守儿童生活的电视片,他们基本处于放养的状态,与外界很少接触交流,心灵缺少浸润,其木讷、冷漠、寡言、封闭、清苦的状况让人震惊,同时还存在着安全和性侵的危险。这是相当一部分农村和家庭的现实。无父母之爱的孩子将来会如何对待自己、对待他人、对待社会,令人担忧。据说全国的留守儿童有6000多万,尽管国家和社会付出了很大努力,但问题将会长期存在。与此同时存在的,还有农民工因子女长期不在身边的思念之苦和心理变化带来的社会问题等。看来现代化进程付出的代价到底多大,实难准确评估,解决社会问题真是一个大的系统工程。

大学滥而大师乏,高楼林而高人寡,新书多而新知少,多见的是自吹自擂者和他吹他擂者,更有不知耻者动辄妄称"大师""第一",致使人心理逆反,反而将真学人、真学问亦视为江湖之人之术,李鬼害了李逵,小术碍了大道。静心读书者少,求真知情怀冷,见名家而侧目,当与此有关。长此下去,岂不忧乎?

有学者研究后称,埃及金字塔不会是一群囚犯施工的,而是一批心有信仰、心情快乐且专注力高度集中的人所为,因高大矗立塔上的巨大石块之间能那么严丝合缝,除了心静、身悦、专注的人可成外,其他都无法解释,就是现代技术也难以达到。不讲此论对否，且看现今职场上，静以乐业、专注以攻是否已成了稀缺之品？浮躁急躁之心态使人们都在追求短平快，上班族工作时在思虑班外事，学者早已坐不住冷板凳，工匠对孤寂和复杂工艺开始忧烦，商人不屑平均利润而急于到资金市场捞大金，为政者职位应有的耐心和冷静在淡薄，且都在感叹时间不够用。如此，人们行为的作品，不论有形还是无形的，难有大作、精品就不为怪了！

功利化是对所谓世界遗产过分重视的根本原因，为了申报，拆迁、投资、出国、公关就有了充分的理由；申报成功，搞旅游、树形象、讲政绩、图升迁就有了堂皇的资本，这实际与遗产本意早就远矣。看看哪个遗产和稍有名气景区周边不在大肆开发，不弥漫着浓郁的商业气氛？

英国18～19世纪的爱情小说，当是适应了社会进步的走向，以爱情主题展现人性和社会中最美的一面，以图抑制人性和社会中最丑恶的一面，在于无声处渐渐塑造人的灵魂和价值，亦可视为当时的贵族对未来世界的渴望和期盼。其对后世的积极意义不言而喻，如今的小说则很难突破了。不知对否？

如今在许多人心里，“成熟”就是世故、圆滑、善讨好、会办事、四平八稳、左右逢源的代名词，而纯真、朴实、本分、直言、守拙则被视为不成熟，现实中多是所谓“成熟者”在前进、在上升，“不成熟者”在踏步、在守静。这正是社会价值观的颠倒和悲哀所在。如此，“成熟”者愈多，社会的进步愈慢甚至后退。

书画大师齐白石晚年看到友人收藏的一幅他年轻时画的画，大为感叹："我年轻时画画多认真呀，现在退步了。现在我的声望高，很多人说我画得好，觉得我随便抹一笔都是好的，我也被这些赞誉弄得有些飘飘然了，再不能被那些不实之词蒙蔽了。"老人家是明智的。此种情形现在不是比比皆是吗？只是认识并承认者少。

人无论做什么，真正出上品、精品多在青年和中年时。刚入行，就怕做不好，用心以专，真当事来做，且精力充沛，外界因素干扰少。中年之后，名气大了，声望高了，作品上附加成分就多了，真功夫反而少了，在浮躁、功利的社会氛围里则更甚。不见一些到处作报告的"大专家"，讲出的东西有多少干货和新意！

城市供热供气管道每隔一段就要设放气排压装置，化工厂的减压装置更不可或缺，如此方可保证系统平衡，安全正常运行。一个社会、一个家庭以至每个人，亦须有系统和装置，及时释气减压，负面的要释放，正面的也要释放。过量的压力及时释放了，大的系统就平衡了。什么都憋着，一旦憋不住了就是大问题了。

不少秀美景区、高档商场、上好酒楼、高雅茶馆，甚而娱乐场所，张挂着一些政治性很强且生硬的口号标语，不知是让它来统领和导引业务，还是为让来客接受教育，极不协调，似既显得滑稽冷漠，又是对政治的亵渎。政治的泛化俗化不为生活增美，亦不是文明的内涵。丰富灿烂的文化当为这些地方增添温馨色彩！

曲啸本是一普通知识分子，遭受了特殊年代的苦难，1976年后命运改变，全国讲演，风云一时，是当年电影《牧马人》的原型。其经历令人同情，赴美的崩溃则令人感伤！是时代的苦涩、心灵的扭曲，离开那特定的背景，人们很难理解，再过若干年就会恍如隔世了！

从大众媒体到一般广告，无处不充斥着溢美夸张之词，几乎所有的产品都是“精品”，楼盘都是“豪庭”，工程都是“优质”，保健品“功能盖世”，药方“包治百病”，设计“完美无缺”，领导“完全正确”，讲话“非常重要”，以“国际”“超级”标榜的亦比比皆是。这到底是心理的浮躁、文化的浮夸、社会的浮夸，还是多种因素合成使然？

“中秋”“国庆”长假，城里人纷纷外出探亲旅游，大小公路车满为患，各类景点人声鼎沸，大小饭店均告爆满，各类商场一片旺销，真个热闹非凡；而此时，广大农村正进入秋收秋种大忙季节，人们起早贪黑，抢墒赶工，边收边种，生怕误了生计，节日的内涵就是晚上吃月饼了。城乡形成了强烈的反差，让人感叹感慨！

“双节”快过完了，出城旅游的城里人带着喜悦和疲惫大多已返城，寻思着上班后可以好好歇一歇了；农村人起早贪黑忙在农田把小麦快种上了，忧心的是秋雨何时到来保出全苗；节日加班的人们不知加班费发不发、发多少；孩了们又要上学了，不知学校和老师又有什么新的要求。不一样的境遇，不一样的生活，不一样的心境！

“双节”长假即将过去，作为政府第一位的是针对现实冷静反思：一是高速路免费是否盲目和唐突，论证听证和利弊分析是否认真进行了；二是景区开发是否过度，不少景区新建筑在泛滥；三是国民文明教育是否太缺乏，人性之弱项暴露无遗让人脸红；四是社会管理和服务是否没有到位，与人本、文明要求相差还很远。

靠树“典型”推动事业的弊端早显现了。太过硬的“典型”没有示范性，如同宣传航天员，几人可学？一般的“典型”能挺几年，一个方面好，其他方面谁能保牢靠？一有问题负面作用就不得了。老出“典型”、出英雄的社会是不成熟的社会，传统的思维和方法真要彻底改了！

看着无时不在把玩“苹果”的少男少女，联想现时资讯如此快捷发达，思考人们的思维和生活方式由此改变的许多，展望将会发生的社会变革，就能理解乔布斯成功的事业具有多么伟大的意义，理解乔布斯对人类意味着什么！

严复是放眼看世界的大智者，翻译的《天演论》对近现代中国产生了巨大影响，他深究的迷信、趋炎附势、人情世故盛行三大陋习，揭示了国人的软肋，现在也无根本改变，有的方面甚至是愈演愈烈，尤人情世故波涛汹涌，难以抵挡，国人之累多由此而生。融入现代社会和现代价值观念，是国人走向世界的大门槛。

内心虚荣、盲目攀比、欲望失控、目标太高，使每个人都处于追逐奔波之中，难以得到满足，难以轻松从容，加剧了社会的浮躁和无序，社会财富增加的正能量不少被此抵消。看来社会的真正发展进步真得有赖于人内心的平和平实和自在。无怪乎有智者说："这个社会是没有希望的，除非欲望得到控制。"路径何在呢？

人人生而平等，是现代国家的基石，是人人相处的基点。人的出身、知识、能力、经历、地位、财富各有不同，但人格上无高低贵贱之分。对他人的职业、行为可以不屑，对他人的思想、观点可以反对，但对他人的人格必须尊重。尊重和保护每个人的人格人权是国家最重要责任之一。现代人当将平等意识置于首位！

按理在成熟的国度，国家大事无需百姓过多关注和操心，百姓对国家大事真知情的也很少，但如果国家和社会发出的信息给他们带来的心理暗示是负面的或是不确定的，那问题就大了！安国当先安民，安民以安心为上！

莫言得诺奖，当是实至名归。他在瑞典的演讲和答记者问，很是得体、到位、深邃，是其作品和奖项生动有力的佐证。他不是政治家、外交家，是一位作家。有的作家的作品比他深刻，但是数量少、影响小；有些学者的思想比他高远，但不是文学。站在中国看莫言，看作为作家的莫言，为他高兴，向他祝贺吧！

无疑莫言是当下已超出文学的最大热点话题，对他的作品、获奖、演说，你可以不服气，可以有自己的解读，可以批评指责。但不得不承认，他是一个豪放、坦荡、智慧之人，他的作品进入并影响了世界，他是中华文学地位和尊严的一个标志，他让国人有了文学的激情和冲动。这就是对文明的贡献！

认真看了莫言先生的答记者问，感觉非常爽，不论是得奖和文学问题，还是重大敏感问题，都不卑不亢，信手拈来，随意随情，不回避，不遮掩，不矫饰，很得体、很到位、很实诚，没看到哪个外交官有此水平，足见功底和实力之厚重。凭此得诺奖就是实至名归！

任建宇案件、莫言获奖等类事，从官媒到坊间，从知识分子到普通民众，有那么多的声音，赞颂、批判、牢骚、挖苦、肯定、否定、建言、激励等等，构成了多彩的画面，但大多为理智之声，真正越过底线的很少，这当是社会的正常状态，也标志着社会在向成熟走近。每个理智之人都可从中得到有益自己的启示。

《环球时报》在同类中办得最好，尽管选择性很强，但毕竟使公众有了一个看世界的大窗口；其社评和一些文章文笔甚佳，尽管观点并不都赞同，但毕竟创造了一个新的语境；胡总编是体制中人，但能实名、实文、实情与公众碰撞交流，在现时情势下确是难能可贵。现最需的是继续向前走。

对美国体制简单持否定态度，多是一种情感表达。如是的话岂不是说，美国人全是白痴，完全被少数精英操纵而不能言，自己的一票也是假的；美国精英全是神仙，无所不能，忽悠操纵公众于反掌间，两百多年来全是在搞笑！不论是谁不知不为怪，误导公众不应该，国人从来没有想走美国的路，只是希望借鉴以超越！

随着教育的普及和提升、互联网成为人们日常生活的一部分、经济多元化程度的加深，思想、文化、文学、艺术等已呈多彩并进的态势，与人们的生活、审美方式融为一体，再要涌出登高一呼、山河齐应的大家大师和权威很难了，一本书、一首歌、一幅画让天下人倾倒的时代过去了。这是社会的跨越！

任何一个民族、国家的存在都为上苍赋予。对别的民族和国家可以研究批评，可以心底不予认同，可以在私下表达好恶或蔑视，但在公开的平台上，在公众场合，则理当表现尊重和包容，凭激愤、冲动或偏执，进行羞辱、谩骂、糟贱，则与修养文明远矣，也有失身份和尊严。这与维护民族和国家利益、尊严是两回事。

从一定的意义上看，工业革命的成果汽车正在成为人之生命的最大威胁，信息革命的成果手机正在成为人人交流的最大障碍，社会进步的高端现代化正在成为人性进步的最大溶剂，人类创造的一切正在异化为人的对立物。如今人的最大智慧在于使这种异化的速度减至最低，影响压到最小。

现代国家有两大“简单”：一是吃饭简单，无非面包青菜加点肉类，菜谱千百年一贯制，也没多少创新，中午人们很少正式作下来摆台就餐，多为一个汉堡、一杯可乐解决问题；二是人际关系简单，没有那么多人情世故，没有那么多心计猜测，清清爽爽，轻轻松松。国人这两个方面就太复杂了，以至于成为走向文明的负担。

不拨水不可能前游，不破冰不可能突进，不批判不可能创新。现代社会进步与以往最大的不同，当是有其历史的主动性、自觉性、建设性，在先进科学理念导引下，理性理智操作，使正能量得以最大程度发挥，而将负面影响降至最低。

国人人情关系太复杂，负效应不少，青年人当是全身心用在工作和事业上，这方面关注过多，劳神费力，会误大事，得不偿失。人与人之间，还是要倡导简单、简明、简约，阳光、透明、清爽，不要那么多心计、琢磨、猜疑，轻松自在地生活和工作。现代青年当躬身践行，为社会示范。

看看国内的机场，再怎么小，也要设那么多的贵宾室、贵宾通道，装修得富丽堂皇，有必要吗？实际上几乎所有的公共设施和公共服务都向官员、权力倾斜，提供的“优惠”“优先”“优质”早已远离工作上的意义，最大的作用就是加深社会群体之间的鸿沟，助长权力、身份和财富的傲慢！

成功并不玄，并不复杂，并不高不可攀，并不是少数人的专利。每个人在世上，皆有其位，皆有其责，走好自己的路，做好自己的事，为自己创造幸福，为他人带去快乐，为社会输入正能量，就是成功。把成功说得玄而又玄，等于将人向歧途上引。

"改革"一词有特定的内涵，即是对原有的经济、政治、文化等体制进行反思、改变和再造，使其有内在发展的动力，与历史潮流相适应。改革有助发展与稳定，是国家长治久安的根本出路。但把什么都说成是"改革"，要么是逻辑混乱，要么是别有用心。

公众人物成为公众人物之时，就将一部分私权自动让渡了，即已无隐私可言。接受社会苛刻的质疑是不容回避的事情，正是这种质疑矫正着公众人物的人生坐标和前行的走向，并启迪社会，引导大众。理性理智面对质疑，也是公众人物对社会发出的正能量。

普通民众隐私不得侵犯，公众人物、明星几乎无隐私可言可保，这正是现代国家和文明社会的重要标志。公众人物和明星成名之时，这一私权就被自然让渡了，对公众的关注、质疑只能适应，而不可相违。

一流国家的重要标志是有一流的大学，国家间水准的真正差距不应过多看军力、看经济，更多应是看教育、看文化。在现代社会，真正决定根本和长远的是教育和文化。我国的大学在亚洲也非前列，与世界一流大学更有不小的距离。由此看,我国要进入一流国家的行列可能还得些时日,任何的显摆和炫耀都是有害无益。

不少景区,路越修越宽,房子越盖越好,主题越来越多,商态越来越强,官气越来越重,俗味越来越浓,自然越来越少,高雅越来越淡,人情越来越薄。功利化、形象化使许多东西已经异化,到这样的景区旅游,真不知还能获得多少正能量!

人生于世,一种是能力,一种是心态,最为要紧。这两种东西真正历练出来,到任何地方都能很好生存生活,益于社会,受益终身。受一些消极东西影响,多少青年人陷于浮躁、虚荣之中,只管一时的快活,不愿吃苦,缺乏历练,对这些根本性的东西疏远和淡化,前行路上怎能不让人担忧。国家和社会都应关注。

国人热衷海外购物原因:一是同样品牌比国内便宜且真;二是相当一部分是公款,为自己用更为送礼,且名正言顺;三是虚荣心使然,出次国无论如何不能空手而归;四是炫富心理,财大气粗。

应承认人之智商、能商先天有高低之分。低者多一份努力,差距就会小一些并可能实现超越;高者不努力,也会一落千丈。大家共同努力,实现互补,社会就会更快进步。低者不必气短,高者不可轻人,每人有其位,人人不可少,唯此世界才得以正常运转,人人各得其所。先天的不平等,后天的平等,由此而来。

学者李楯对科学与技术的阐释：科学是一种系统化的、按照一定规范的、对自然现象的一种认识，这种认识始终处于过程之中。而技术则是建立在一定时段的科学认识基础上的践行，技术可以使自然界带来改变、变化和改造；技术从来就是一把双刃剑，发展的程度越高，可能给人类带来始料不及的危害就越大。对“科学、技术与社会”的关系的关注，对科学家、技术专家的伦理要求的提出，对科学研究和技术应用的法律限制和制衡机制的建立，正源于此。先生的阐释对今天的实践具有重要的警示意义，如无伦理和法律的制衡，对技术和金钱的迷信，可能会使科学的发展、技术的应用走到人类的反面。

李楯先生谈决策：在决策可能成为利益相关者左右或认知错误而致失当时，需要两种制度，一是保证决策是在充分听取不同意见之后作出，二是保证决策时能够协调、平衡不同利益。这两种制度，我们今天都还没有建立起来。先生抓住了制度层面的问题，论到了根本。就大的经济和建设决策来讲，要保证科学正确，需健全和完善相关制度、程序，鼓励和支持各种不同意见的公开辩论，允许不同利益体的正常博弈，真正做到公开透明，建立纠错的机制。同时，政治化的色彩应尽可能淡一些。

特权在每个国家和社会都存在，但在现代，特权只是在平等和公义之上的特许，为国家和公众最高利益所设，须有法律法规来规定，并压缩到公众可承受的最低程度。特权可以有，但特权思想、特权意识不能有。离开此点就不是成熟和正常的社会。我们应为此而努力。

深秋之后,北方的景区和旅游酒店客人就不多了,这是自然决定的正常现象。后几个月时间,一则对景区进行检查维修,二则对职工进行培训,三则让职工适当放松或做些别的事情。硬把北方与南方相比,想方设法解决“冬淡”的问题,是典型的功利主义想法,做下去不仅会造成极大浪费,而且还会使景区变得不伦不类!

律师当只对当事人负责,寻找和矫正法律的漏洞和法官的偏颇,在与法官的博弈中实现当事人权益的最大化,客观上与法官共同维护社会的公平正义,从而实现自身的价值。给律师赋予那么多理想化的职能,是对律师职业的误读。

国企改革是回避不了的大问题,眼下的核心问题在于国企改革体制、转换机制的风险谁能预测得到,谁能掌控得了,谁能担当得起,这可能是对国家新的领导最大的考验之一。尽管当有这份自信,但乐观估计恐怕还得些时日,因国家需办的大事太多了!

在一个正常、健康、法制健全的社会,从总体上,应是善良的人通过自己的诚实劳动而能富裕起来,体面而有尊严地生活;作恶的人即便靠作恶富裕起来,也能被剥夺作恶获得的财富。道德和财富在公平正义下得以统一,给人以希望和追求,延续着生命和社会。

一个正常、健康、成熟的国家和社会，当是社会财富稳定增加，民众正常稳定生活，科学家、思想家、艺术家、工程师和各方面专家不断涌现，社会成员各有所为，各得其所。一个英雄辈出的国家和社会，不能说是正常、健康、成熟的，肯定是哪个方面出了问题。国家和人民的前途和希望不能寄托在少数英雄身上。

正确、科学的东西应是融化在人的思想里，变为自己的语言，体现在日常行为上。让人们像背数学定理、化学分子式一样背诵那些大段理论，不感到滑稽吗？往往越是背得好的越不靠谱！

在科学面前人人平等，讲科学首先要有科学精神，对科学要保持一份敬畏。科学是无止境的，背离科学必然受到科学的惩罚。谁都没有资格和权力说自己掌握了科学，谁都不是科学的垄断者和最高权威，主观意志和权力权威代替不了科学。科学需自然和市场来验证。

健全健康的社会，批评和质疑应是一种常态，允许、容忍、接受批评和质疑，不取决于某些人和组织的胸怀和雅量，而是一种社会文明，一种制度保障。社会正是在批评和质疑中矫正着走向，调整着力点，提高免疫力，不断成熟而前行的。拒绝批评和质疑，无疑是在堵塞自己的路。

古人的人本、法治思想与现代人本、法治理念是根本不同的东西，前者的基点是帝王和皇权，后者的基点是人权和民主；前者发自小农经济的土壤，后者生于工业革命的摇篮;前者是为了维护封建社会的秩序,后者是为了实现民主共和。二者是不应混在一块的。

医疗纠纷和恶性事件是多种因素作用的结果,如医学伦理的问题,许多人不了解或接受不了,也会诱发事件。医疗文化不少地方不少人还是盲点。发展中国家、转型社会,发生此类性质的问题,既应郑重对待,吸取教训,也不应过度反应。任何时候激愤都无助问题的解决。

恩格贝这个地方去看过,能在大沙漠之中造起那么大一片绿洲,真是个奇迹!这虽是个改造生态的举动,但说明先觉先行者的示范引导作用是难以估量的;不同国别、不同信仰、不同生活方式的人们心灵是可以相通相融的,在上苍底下完全能够找到公约数;人类只要善待自然,自然就会还人类一个公道!

西方不论"旧财富"还是"新财富"的拥有者,尽管其财富来源和表现形式不同,但有几个共同点:(1)都受过良好的教育;(2)不挥霍,优雅地生活;(3)极少傲慢,与社会的其他群体相处良好;(4)与普通民众一样尽对国家的责任,甚至责任意识更强一些;(5)热心社会公益和慈善事业。值得国人富起来者借鉴。

面对复杂的世态和浮躁的社情,学者、专家更当冷静、理智,全面、正确地解读国家周边环境实情,告知人民真相,分析利弊得失。以一己激愤随情随意渲染危机,鼓动动武、开战,甚至放出狠话,就是心灵淡漠,对人民施放恐惧，对决策者传递误信，对国家不负责任。

“北大学生轰教授”一事传得沸沸扬扬，是一个有意思的事件。这不应看作是对教授个人过不去，而是对通行的思想理念、教化方式及社会情态的反应。显示的是谁也无权、也不能占据道德高地，谁也不应把自己的思想、信念强加于人，相互尊重和宽容是人与人相处的基点。社会的宣传教育当从中得到有益的启示。

没有民营企业的竞争活力、市场拓展、经验借鉴、人才取向、价值彰显，国企就不可能做到今天的水平。可以讲，二者的竞争、借鉴、博弈，铸就了今日经济和社会繁荣的局面。如果去除垄断因素，政策一视同仁，降低准入门槛，实行平等竞争，对二者的发展都会有大的促进，实现双赢而利国利民。

创业公司长远发展当探索三年、深耕三年，积累经验、人才、人脉，沉淀文化、价值、技术，夯实基础，创立品牌，争取为市场和公众认可。但眼下的浮躁之心、急功近利，往往模糊了人的双眼，不识长远，急于出发，难待六年。这既是不少公司做不强、难持久的重要原因，亦是市场经济发育不全的表现。

许多国人对完全不必知的知得太多，可以不知的知得不少，而必知应知的反而不知或知之甚少，真是一大社会现象。这既有个人原因，也有文化、社会、国家原因。许多社会问题该热的不热，该冷的不冷，该淡的不淡；许多事情该做到做好而做不到做不好，不该做的反而经常在做，都可从中找到原因。

对每个正常人而言，面子与形象都十分重要，要面子以有所敬畏，保道德底线；要形象以励激情，求事业成就，二者统一于人格尊严和价值实现之下。至于心理的虚荣虚伪和身份的傲慢炫耀，则是人性和理智残缺的表现，与真正意义上的面子和形象无关。

千百年来、千百万人形成的习惯势力是最强大的势力，并保持着巨大的历史惯性，社会和人要前行，不能不直面以对。要跨越过去，需有高度的自信、勇气和坚韧的毅力；顺应和适应它时，本分本色、保持清醒、坚守底线则是最重要的。

爱国不是高唱的曲调，不是空洞的表白，不是身份的标签，而应成为一种习惯，一种生活方式，一种信念坚守，需体现于实实在在的事情之中。对父母、家人、朋友淡薄的人，对工作、对事业、对他人漠视的人，说他爱国，只有鬼才会相信。

每个人都想表达自己，张扬有别他人的个性，展示在社会空间的位置，体现人生的价值，只要不触及道德和法律的底线，不伤害他人，都应得到尊重和保护。国人的传统文化和思维定势，多是拿一个标准看人，用一个模子量人，重人的同一性，轻人之个性，以己之好，加之于人。世界五彩缤纷，人更当气象万千！

浮华、奢华、华丽充斥着生活，什么都要追求高档、名牌、顶级，欲望在无止境膨胀，追求在无限制升级，显摆、张扬成了时尚，享乐、纵情大行其道，这尽管是部分人所为，但对整个社会尤其年轻人影响甚烈。这到底是传统文化影响，还是理性发育太慢，或是社会转型必然，真令人深思，不然社会难以健康前行。

犹太人是公认的静气神、财富神、科技神，受教育的程度、知识分子的数量、得诺奖的数量、在美上市公司的数量、科技成果的数量在世界上都是响当当的，不少方面独一无二，其坚忍不拔的精神更让世人称道。这背后有独特的信仰、文化、气场、智慧在作支撑。犹太人现象，留给人们无尽的思考！

粮食安全的问题不单是个市场和价格问题，现在最突出的是各级为政者的意识淡化、责任缺失，社会环境的漠然，农民心理的松弛！粮食上真出了问题，不是三年两年就能轻松扳过来的。

质疑的存在，是社会和人进步成长的动力；正确对待质疑，是社会和人理智成熟的标志。有质疑，谣言会自然失去传播空间；无质疑，谣言会畅通无阻而大行。将质疑视为谣言是另有所图，将谣言看作质疑是糊涂无知。多一些质疑，少一点谣言，让社会和人都好一点、轻松一点吧！

在现代国家，朗朗天空下，一个城市在不长时间内竟发生那么多警察蒙冤的事情，简直不可思议，法治何在，纲纪何在，敬畏何在，良知何在，闻之让人脊背发凉。到底是何原因，应给国家和公众一个透彻的交代，其中的教训更需深刻总结和吸取。这样的代价我们再也付不起了！

对人的幸福，不同的人、不同的群体会有不同的认知尺度，既不能庸俗化也不应泛政治化。就个人而言，幸福在一定程度上取决于心；就公媒而言，当先看是否达到社会生活水平基准线；就政府而言，首先要看人的基本权利是否得到保障。幸福有底线，衣食住行和权利没有基本保障的人，任何时候都不能说是幸福的！

幸福有基本的内涵和条件，穷困、麻木、愚昧永远不是幸福！对那些基本生活、基本权利得不到保障的人，让人家在心灵上认同幸福，问人家是否幸福，是对人格的要弄、人性的摧残，是自身心灵荒漠、良知缺失的表现。

像运动会一类的大工程，如无十分规范的操作规程，无健全严格甚而苛刻的制度制约，无彻底的公开透明和媒体无孔不入的监督，无事后的依规全面审计，再怎么想不出问题都是不可能的，因你实在不知道世俗的力量、金钱的魔力有多么强大，除非你是圣人或是不想做人了。

无论在哪个平台上，包括微博，大家有不同的意见、看法，可以讨论、争辩，过激一点也当理解，有最大程度的包容，不必过于计较，不要认定理就不让人不饶人。但一定要有底线，讲社会伦理，不要有脏字，不要有污言秽语，不要对骂。否则，既是身价的自贬、心灵的自贱，也是对平台的伤害，受损的可能是每个人。

人长大后对社会、人生、事物的认知，如与小时候的认知相左甚而相反，那说明这个社会和人都有大问题了。人小时候的认知最直接、最客观，虽不系统、不条理，但是先觉先导的，是融入骨子里的，实可影响一生。这种认知的改变和颠覆，造成的往往是社会的无序和紊乱。正和反都可从中得到解读。

学习技术主要是致用，学习科学主要是致学；技术主要对具体事物，科学主要对万象世界；技术主要在物质领域，科学主要在精神领域；技术不重致用则成了空论，科学重致用则张不开翅膀。技术与科学有20%左右的相交重合，解决其共同的边缘问题，从而相互补充促进，相得益彰。

现实中许多正常渠道当办的事非得转几个弯才能办成，不少按程序走就可的事只有找人才能顺利走下来，一些十分简单的事非得复杂化才会有结果；相反，很多按正常渠道、程序不能办的事，通过种种关系而办得很顺畅，有时候简直不可思议！这个社会到底怎么了，要把下一代和社会引向何方！

国家和国民的尊严度、幸福感，当然要看长板，即顶级事项和富贵阶层，更要看短板，即普通事项和弱势阶层。没有普通事项奠基和支撑，顶级事项难以长成和持久为之;没有弱势阶层的尊严度和幸福感,富贵阶层的尊严度和幸福感如同沙滩楼阁,不知何时潮水涌上就会变为一堆泡沫。木桶理论在社会领域更适用。

每个时代都有思想的印记,每个时代的印记都有独特的价值,他人处在那个时代,留下定识,既可理解,也不应苛求其改变。己之所欲,亦不施人,完全可以各守一方,相安无事,留待历史验证,即使不验证,也不应影响正常相处。好事者亦可辩论,但当善意在先,厚道以对,须知宽待他人就是宽待自己。

与只极少数人可理解的高等数学、高能物理等不同,先进理论、思想、观念的最大价值,在于为公众所理解、认同、运用。既如此,这些东西定是朴朴实实、清清楚楚、明明白白的。但现实中对这些非得反复解读、深入研讨、深刻领会,搞得玄而又玄,到底是理论等太深奥,还是公众智商有问题,或是工作上偏向了?

善良善治的社会当从平等始,不平等看待他人,不愿他人与你平等,被不平等的首先就是你自己。人人生而平等、人格永远平等的意识何时确立了,就标志着社会真正成熟了。

三峡大坝是水电工程,建大坝主要是经济行为,这样明白的事怎么非得往政治上扯。经济建设与政治建设,经济体制改革与政治体制改革,虽相互联系,精心运作可以相互促进,但毕竟是两个不同的概念、不同的事情。经过

30 多年的实践，人们对此自有公论。把两件不同的事情硬扯在一起，不利激发正能量。

现实还真是丰富多彩，经商者要卖诺亚方舟，信言者在寻找逃生路径，恶搞者在模拟种种惊恐状，摄影发烧友在等抓拍地球崩溃一刻，政治家不时出来凑凑热闹，媒体不惜时段推出吸引眼球的节目。但结果什么也没发生，“冬至”只是“冬至”，今天太阳依然从东方正常升起！人看来真的是很好玩啊！

一个社会是否公义、美好、和谐，主要看的不是强者、赢者、成功者的地位和感觉如何，而是看弱者和底层人群的地位和感觉如何。强者、赢者通吃无忌的社会肯定不是美好的社会。如弱者和底层人群感到有尊严、有权利，受到社会的尊重和保护，那这个社会一定是个美好的社会。

人素质的高低实际主要不是看财富的多少，知识的多少，处在什么位置，能讲多少高论，穿什么品牌，而是看与人相处时的情态，对公德的认知和遵守程度，在一件件具体事上表现出的风范，以及自身透露出的气质气场。素质靠的是文脉的传承、环境的涵养和自身的悟性，靠的是长期积淀和修行。

从中央到地方那么多的公媒，如果能转变理念，贴近实际，敏锐反应，及时报道各类事件的真相，谣言的传播和泛滥就自然会失去基础和空间，但现实往往并非如此。公众不能及时从媒体上获知真情，或者获知的与实情相差很远，那就很难让他不相信谣言。大道不通，小道必乱，如何使大道真正畅通是紧要的大事。

公媒几十年形成的教育（教育公众）、指导（指导工作）、造势（造就势态）理念和做法，应根据社会的发展逐步调整，放下身段，改进语态，扩大容量，清新文风，增强发布社会信息、与公众沟通交流、平等讨论问题的功能，提升亲和力、公信力，让形象可信可亲。如此，社会和公众的成熟定会快些。

人文学者对社会热点漠然置之，对公众关注避而远之，对公众权利无所担当，而只以华丽辞藻浇心灵鸡汤，让人安贫乐道、抱残守缺，而自己另有他图，与抢劫谋财无异，必为公众唾弃！

人与人相处，有纠葛时相互让一点，大家都过得去；国与国相交，有冲突时相互让一点，大家都会避险。前者受益的是两家人，后者泽及的是两国人。家靠家人支撑，国靠国民担当。前者考量的是理性，后者考验的是智慧。家与国相似相近，皆不应因小而失大，为一口气而损全局。

在现代社会，就国家对公众而言，法治既是底线也是准绳，唯此最为重要，下保公众权利不受侵犯，上保公众有充分的自由，别的都是次要的或是不需要了，再硬要加上其他就会给人治和公权提供法外的空间！至于对公众的道德教化与约束，主要不应是公权的事。

事实千百万次说明，无论什么组织什么人，要将接受监督成为一种自觉实在太难或是不可能。被监督的是主体，监督的是客体，实施或接受监督就得发表或容忍对主体不利不敬甚至不善的东西，从人之本性来言，那个被监督的主体接受和容忍一时易，持久为之难。真正靠得住的是把监督纳入民主和法治的轨道。

该“休矣”的绝不只是奢华运动会，还有各类奢华的演出、晚会、庆典、仪式等，官办的先切掉一半，上层要带头，并向其他方面延伸。这么大的国家、这么多人、这么个经济水平，更应倡导节俭、简约、朴实的风气。讲奢华、重排场是不成熟的表现，任其蔓延，毁坏的是国家，祸及的是下一代，到了痛加整治的时候了！

一晃“非典”快过去10年了，当年的情景仍历历在日。“非典”是对生命和人性的考验，防治“非典”则推动了理念和思想的解放。那个时期不少问题的传统认识被改变，一些传统的东西被打破，新的东西被引入，对以后的卫生体制、社会治理、人的意识的进步都起到了极有意义的作用。可惜的是那以后走得太慢了！

那些在网络上过于自信，企望将己之见之识强加于人的人，其实就是高度的封闭或狭隘，应打开窗户看看外面的天地多么广阔，空气多么清新。任何人的认识都是有限的，任何人都占据不了思想的最后制高点，任何人都代替不了他人进行思考，平等地交流、沟通、争辩才是正途。

新的一年在悄悄开启了，善良的人们充满了新的期待！我的期待是，为政者不要急于求政绩、树形象、上台阶，经商者不要急于做大事、快步走、发大财，公知们不要心太热、言太烈、走太急，社会不要太浮躁、急功利、求大变！平台已有，希望在前，大家一起施善政、做实事、建良言、稳步行，一点点做起、积累，相信必有大成！

俗语说，孙不还爷债，一辈担一辈的事，一代尽一代的职，一任负一任的责，人在茶热是理当，人走茶凉是正道，人走茶热非正常。社会、国家都非私属，只要制度健全完善，哪个人的在与否都不会动摇根基。相信世上后人超前人，一代会比一代强。把社会、国家和个人的前途、命运寄托在哪个人身上都是幼稚的。

任何媒体都可以发表批评意见，都可以对天下事进行评论，但前提是不能以权威自居，搞真理垄断；不能盛气傲慢，以教训人的口气讨伐，而是要平等交流、讨论、辩论。在一个开放的时代，在网络发达的今天，要相信公众的观察力和辨识力。老想以己之话语权将己所想所欲强加于人，结果多是适得其反。

从封闭生活中走出的人，要适应新的生活，适应现代化，得需长时间的磨合，甚至得经痛苦的淬炼；同理，从陈旧观念里走出的人，要适应新的观念，适应现代化，更需长时间的融合，甚至需心灵上的浴火重生。现代化对每个人都是最大的考验，接受考验虽有不少艰难，但这一关肯定得过，不论是工作、生活还是观念！

富人与穷人是相对的，人格上是平等的。正义、成熟的社会，当是富人心安理得生活而有谦卑，穷人体面处世为人而不低贱；当是社会成员对富人有礼而不必谄媚，对穷人善待而不失尊重；当是社会基本生活与受教育水准愈来愈趋同，穷人变为富人的机会愈来愈多，愈来愈分不清哪是富人和穷人！

现在的城里人，绝大多数是几十年前从农村来的，当时每个人都经受了许多的白眼、歧视、艰难，一步步蹒跚走来，再也不应把这些加在新一代进城谋生的农民工身上了。没有他们的辛劳就没有如今城里的正常生活，他们的子女明天就是我们子女的同学、邻居，尊重善待他们就是尊重善待我们自己。

社会财富主要是这样一些在第一线辛勤劳作、挥汗如雨的普通劳动者直接创造出来的，对他们的态度是检验一个社会、一个人文明程度的重要标志。我们虽不能与他们一起劳作、受累，但完全可以给他们更多的体谅和尊重，更好地关心和善待他们，尊重、善待他们实际上也是对社会和我们的未来负责！

一个人的社会价值取向，往往不是取决于其年龄、知识、学历、经历，而是取决于其在社会的地位、利益关系；官方与坊间对同一问题迥然不同的看法也多由此决定，是目前不少问题难以达成共识的主要原因。这当是与信仰缺失、精神差异有直接关系。有什么东西使最大多数人站在一个基点上思考问题、求同存异呢？

市场经济能够尽快地激发人们追求财富的热情，启动经济发展的动力，但人的整体素质的提升是一个缓慢的过程，理念、修养的进步既需自身的悟性，亦需外力的促动！

权力、财富、地位、荣誉等，是对人最具吸引力的东西，是许多人梦寐以求的圣物，并作为人生成就成功的标志，如得之有道，持之有法，用之有理，则于社会有为，于己有益。但由于人之天然恶性使然，追求这些和这些本身，又最易令人智昏、无忌、无惧，失去理性，失去自我，多少人的一失足而成千古恨皆由此来。尤掌公权、处公位、履公责之人如出格越位，受损受害的就是国家和公众了。齐之以法，规之以制，导之以礼，在任何时候，对任何人，都是不可或缺的！

中央媒体的改变正是当前改革推进和社会进步的生动写照和反映，文风的改变、内容的生动、焦点的追踪、评论的到位、漫画的匹配，都大大增强了可读性和可视性，提升了吸引力和公信力，一步步向公媒职责归位。相信持续为之，公众对其只会越来越亲近，而不会离弃。

人真是有信仰，只要不强制和伤害他人，大家都当尊重，因谁都难以分清信仰孰是孰非、孰高孰低，即使有是非和高低之分，谁也代替不了他人。但如把自己不信或是口是心非的东西吹得天花乱坠、云山雾罩，兜售于世，强他人信诺，那则无异于骗子和强盗。任何人对他人行教化时都应先扪心自问：你是真信吗？

人各有信仰，各有所行，只要是在法律公义框架下，在伦理道德范围内，都应受到尊重和保护。一位老人扫大街十多年捐款20万元，身后几无，生活清苦，令人感动和叹息。对此种情况，公媒不应过度宣传和鼓励，更不应将之提到政治和不适当的高度。老人生活好一点天公地道，倒应劝导老人善待自己。

市场经济的核心和根本是由法律和道德构成的社会基本制度，资源配置是市场法则在经济领域的表现形式。我们往往只关注和重视了后者，并把它当作市场经济的全部，而忽视了基本的东西，以致走到一定阶段后举步维艰。人类的文明进步和社会的发展，一些必然的坎是一定要过的！

经济数字造假并非个别现象，从上到下都有，一些地方到底虚数有多少，谁也难说清，国内生产总值有，财政有，税收有，可以说主要经济指标都有，有的地方甚至达到了相当高的比例。造假的招数五花八门，严重扭曲了经济社会发展的信号，危害更大的是造假后面的动机。最需研思的是导致这种状况的深层次原因！

城市打工者他们的辛劳和汗水保证了城市的正常生活秩序和环境，在接受他们服务的同时，告诫自己要尊重他们、善待他们、关心他们，应是文明城市、文明人的良知和理智所在。如此，城市和生活才会越来越美好！

世上无永恒的真理、定律，亦无最高的权威和裁判官，无论何人无论何言，都不可能垄断真理，都无法永远钳制人思想的自由。人在按历史逻辑和社会演变定理前行，过去有“各领风骚几十年”一说，如今能各领风骚三五年就不错了。唯有遵上苍所愿、循人间正道才是可靠而久远的选择！

精神信仰与政治信念如能区分开，一方面可使宗教逐步走向制度性，成为社会生活的一部分，满足人们的精神需求，涵养价值观；一方面可使政治信念逐步平民化、现实化，实现政治生活与民主法治的融合。二者的并行不悖保证国家长治久安。这需要在一些理念、概念上，在社会管理方式上，先有所突破。

艺人的天赋、演技、声誉与个人私德没有什么天然的联系，但国人一看台上的艺术和形象，就把演出的人认定为完人乃至圣人，岂不知他与你我是一样的性情中人，都是以力以技谋生的人，只不过人家要谋得更好一些。此理适用于政者学者等在世上显耀的人，真要讲私德高尚，大多是那些最普通的人！

养生保健大行其道，较之以前当然是进步了，这有对生命健康的正当追求，有传统文化的影响，亦有对生活中的环境、食品、医疗、养老等不确定性因素的担忧。过去这方面出现的一些问题，都有深刻的社会原因。看来既需科学养生知识的普及，需正确的指导和引领，亦需社会相关方面的同步配套。

随着新政的实施，一些高档服务业尤高档餐饮和娱乐业的冷清和萧条已成不争的事实，高档消费品和奢侈品销量下降也显端倪，对此有喝彩亦有抱怨。其利弊得失一时很难说清，但最大的益处是让国人浮躁之心冷却一下，对过去所谓的“繁华”有个清醒的认识，知道社会处于何阶段，明了脚下路应如何走，应走向何方。

作为公众人物，没有公众的挑剔，没有媒体的修理，没有制度的制衡，头脑被冲昏只是早晚和轻重的问题，心静如水的圣人是没有的，美好的愿望代替不了俗化的现实。

刚步入社会，好心人就告诫：害人之心不可有，防人之心不可无。这实际就是对人先作恶的推断，这是传统文化中不好的成分，也反映了历史的苦涩和为人处世的无奈。人与人之间多少真情被这种推断阻隔或蒙上阴影，使身心受到许多无谓的累。人性本善，对人先做善的推断，比作恶的推断要得益和从容好多倍！

如今的会议大多主要是一种形式、一种过程、一种待遇，至多有些动员的作用，真正的讨论、商量、交流或思想交锋等都很少，往往层次越高、越重要、越大的会，大家对会议的内容越不在乎，反正会议上说的事早已定好，会议的程序早设计好，你就一步步走行了，谁再提出新意就是另类了。真正的功夫是在会外。

河南义昌大桥的“断”，折射出严重的社会问题，决策者责任的缺失、施工者的粗制滥造、监管者的失职渎职、所用原材物料的低劣，每个环节都不可小视，其背后都有个利益链，链的根是权力腐败。四任落马的交通厅长造成的危害不知在多少路段、多少座桥上反映出来？怎能不让人忧虑！

大小事故哪个国家都有，尤在快速发展期更难避免。但像现时这样频发，特别是桥垮、路塌、车覆之类事关公共安全的重大事故不断，影响的是公众的整体安全感和对国家对社会的信心，确实到了需从大局上高度重视的时候了。对事故发生的深层次原因当深入反思，以求治本之良策。

历史上造桥铺路都是修德之举，良心工程。如今这么多大桥成了亡者的墓碑、生者的禁地、社会的耻辱，到底是体制之弊、制度之缺，还是道德之失、金钱之祸，或是兼而有之？教训不难总结，措施不难制定，核心是如何从根本上解决，还公众一个明白、放心。

“义昌路桥垮塌事件”闹得沸沸扬扬，不论真实原因是什么，人们对公路质量的关注度更高，因与烟花相比，公路质量与每个人的生命安全关联更大、更直接，尤其是在公路后面有四任交通厅长的落马，其落马的原因不知会在哪段路、哪座桥上反映出来。人们对未来的忧虑和不确定性，就是这样一件件具体事累积的。

谁也不是天然的道德标兵，谁也不是永恒的道德高地，标兵和高地不是做出来的，如有此评价，那只是他人心中如同对上苍一样的感觉和认知而已。企业家的最高境界是在法律范围内按市场经济法则创造财富，但社会走到今天，公众因其特殊位置，对其寄托更多一些，苛责一点，对个人和社会都会更有益。

人在某种场合生活久了，确是往往失去自我，不知自己是谁，处在何位，能有何为，有时真不知天多高、地多厚。此情尤见于官场，处的时间长了，举手投足都有固定的模式，僵硬、僵化、虚假充斥于面，让人不知其与正常人、正常社会相隔多远。社会每个成员更自然一些、更亲近一些、更随情一些，爱心和温暖就会更多一些！

有次到一高速路的服务区，看所有的水龙头都不好用且锈蚀斑斑，显然不是旅客用坏而是产品低劣。由此想到这背后到底有多大的利益链能把如此大量的低劣品用到千里高速路上？低劣品用在洗手间不致出人命问题，如用在其他地方不出大事才怪！制度的缺失影响和危害着每个人！

只要有些理性理智，不论何因，手足相残都是无比痛苦和无法接受的，已经过去的就让它过去，但走过的路决不能重复，已有的仇恨决不能延续，前人的负担决不能让后人承载。上苍在看，每个人所言所行都应对历史和后人负责，民族和解是唯一正确的选择。别忘了我们每个人都只是历史长河的匆匆过客！

每个人都有选择自己生活方式的权利，但实现这种选择并不容易，这得取决于你的权利真正拥有多少，取决于你所处的外部环境如何。国家最重要的职能是保证保障这种权利的实现，同为重要的是每个人都认知自我，捍卫和践行自身的权利。如此方能对公权实行有效的制衡，个人价值的实现才有现实的可能。

家庭农场是一种新的农业经营模式，精心谋划，有序推进，当会对农业的发展有积极的作用。首当依规依法理清经营者与土地拥有（承包）者的关系，落实好土地从何而来，保护拥有者的权益，防止土地的无序兼并；次之是解决好农场干什么的问题，农场要姓“农”兴农，防止土地挪作他用，甚至变相搞房地产开发。

企业家第一位的责任是保证正常经营，创造社会财富，提供就业岗位。至于对社会的捐献，那是在此基础上的派生，取决于企业家的个人意愿和社会环境。客观地讲，我国企业家创业、发展、提升的环境，远没有达到发达国家的水准和市场经济的要求。政府和社会对他们给予更多理解、关心和支持方是正道！

换届之后，各地新一轮增长的比拼冲动已经开始，城镇化是重要目标和载体。其内容一是造城，变农民为市民；二是上工业项目，以求经济增长。无论出发点如何，如果不能解决好农民的就业、养老问题，不能解决好城市基础设施建设的先期投入及偿债问题，不能解决好产业结构调整优化问题，未来喜忧多少还很难说。

国人的身份歧视、职业歧视、地域歧视、族群歧视等，由来已久，可以说根深蒂固，别看大家在一起时都不会说，但内心早有定识。这当然有封建传统文化的深刻影响，更有人人平等新观念教育的缺乏，也有社会道德倾斜和政策偏颇的作用。何时底层民众没有了胆怯的目光，社会就是真正文明进步了。

橄榄型社会就是中产阶级得到确立并占主流的社会，可以想象65％～85％的人有稳定的工作、不错的收入、体面的生活，这样的社会一定会是稳定和健康的，即使各占少数的富人和穷人有什么对立或哪方出现危机，也会很快化解。哑铃型社会即是贫与富占据主体，哪一方都会随时走向极端，这能让人安心安神吗？

普通民众主要是通过学者来认知真理、明了真相的，学者最神圣的责任是追求真理、揭示真相，并传播给民众，谁也不能定论自己搞的东西就是真理真相，但至少得自己从心底信仰和认可。如将自己都不信仰、不认可的东西推销给民众，那就不只是可怜而是可恶了。可惜的是把真理真相作为追求目标的学者太少了！

各类标语是城乡的一大景观，几乎随处可见，几十年而不衰，内容随政治经济形势和当地工作重点不断变化，简直无所不包，色彩斑斓，似无此就无法宣传精神、实施政令、统领和管理社会。实际中正负作用多大很难评估，但造成的视觉污染和环境障碍早让人烦了。在传媒高度发达的今天，“标语社会”该结束了！

传统思维中，为强调自己的正确非得树个敌人，反对对方的做法非得视如敌人，这已与当今世界大势相去甚远了。因一些具体矛盾或冲突而把有正常外交关系的国家动辄视为敌人，实在是一种短视，不仅会使朋友心惊生隔阂，更会与世界文明相脱节，最后吃亏的是自身。应从历史的窠臼中解脱出来了！

一些人对事实不是不知，对道理不是不明，对是非不是不清，但对明显错误的东西，对自己并不认可的东西，或是坚守不退，或是盲从他人，或是沉默不语。这要么是因私欲所缠，要么有难言之隐，要么是心理障碍，无论如何都是道德和良知的缺失，不知其内心是何等痛苦。人本来真不应不必如此！

在成熟的现代社会里，对何人要上位，与其家庭、地位、身份甚至知识、能力相比，人们更看重的是制度、机制、程序。在此基点上，在法治框架内，经过公平竞争，无论谁上去和做什么，怎样做，都不会差到哪里去。人与人之间知识、能力的差距愈来愈小，何人上位、如何上位，实际上只是理念的竞争和选择而已。

现代社会制度的优势在于，公平竞争环境，不论何种家庭、何样出身都有展示的天地，不论多高水平、多大魅力都需接受公众的评判和选择；自动纠错机制，有多重制衡，效率虽不很高，但可防止最坏，谁也难以一条错路走到底；官员多敬畏，民众不受气，媒体在窥视，底线有法治。向此努力是公民共同的责任！

在法治、道德的框架下，每个人自可有自己的信仰、自己的思想、自己的主张、自己的生活方式和处事方式，只要不影响和危害他人，完全可以共融共处。这些细究起来，很难能分出高低、优劣，包容、宽容是最好的取向。动辄大惊小怪，要将他人如何如何，要么是精神不正常，要么是社会不正常！

传统的“人情社会”已扭曲变味了，几乎成了权力滥用、人身依附的代名词，导致的不是社会矛盾的缓和和消弭，而是滋长和扩大。普及契约意识，建立契约关系，是建设法治社会的基础和内涵，唯此方能使普通民众的权益得到最大程度的保护，促进社会公义。以契约、规则、法治为基础，社会才会成熟，国家才能强大。

奢侈品、高档消费品虽只是少数人消费，但也是观察社会的一个窗口，其增长如与经济发展形成互动关系，说明社会处于正常的、良性的状态；但如是与政治情态紧密相连，那定是不知政治和社会哪一方面出了问题，犹如官家和官员成为消费主体，那就是制度上有大漏洞，其中缘由就值得深究以察了！

教育、卫生和文化等领域的领导者和管理者，不一定都得是专家学者，但必须要有较好的专业素养、很强的人文情怀、开阔包容的心境、与专家学者沟通善处的能力，同时应有对外代表领域的形象。过去和现在走的弯路和留下的教训告诫，企想有一种超越这些领域之上的东西来驾驭或代替它，结果都是适得其反。

全国上流家庭当以千万计，这些家庭从国家得益最多，亦引领未来社会的潮流，理当有很强的荣誉感、责任感，为国民做示范，对国家有担当。如不愿如此，只求享受生活，也应守住本分，自立谋生，敬畏上苍，善待社会，低调处世，与国民共进。这也是对自身最大的保护，因国家动荡受损影响最大的是这些家庭。

看现代化、讲“软实力”、言“复兴”，高楼大厦、航天探月、高速高铁、鸿篇巨制等，当然要有，但普通民众，更看重的是吃的、喝的、呼吸的是否安全，是否有好的学校和医院。如果人们为此时刻处在焦虑、不安甚至恐惧之中，这个社会就离他们远去了，前述那些就失去了意义。现实已告诉，我们离真正的文明尚远！

如今连偏远城乡的家庭也要给孩子买进口奶粉，香港采取限购措施让大陆购者抱怨不已。香港自有香港的无奈，最需反思的是我们自己。奶粉家家需要，又并非高科技产品，我们有广袤的草原、发达的技术，为何奶粉就不能赢得国人信任，如果下一代日后都知自己是吃外国奶粉长大的心理会有什么变化？此事大矣！

正是因社会是由俗人而非圣人组成的，才需要一些追求完美、道德和正义的人来引领，但这并非苛求他们自身完美；只有一些追求完美、道德和正义的人对社会保持批评，社会才有可能逐步脱些俗而走近公平和完美。过去我们的过失是把社会看作是圣人主导和引领的，既不完善法治制度，又拒绝追求完美者的批评。

各地确定的经济社会发展预期目标都高于国家的目标，大部分地方高出许多。现在令人担心的不是发展慢了指标实现不了，而是全国换届结束后，各地发展的大比拼，投资力度、招商引资、城镇化甚至区划调整上的大竞赛，更为担心的是做虚功、招实祸、留负担，把急需做而难树形象的事给耽搁了！

国人这些年富得快，主要是有国家和世界的大机遇；精神道德的匮乏，主要是对20世纪精神道德发生的撕裂断裂，修复和重建没有跟上。精神道德与物质财富并无必然的正联系，精神道德的建设积累比物质财富还要艰难。那些腰缠万贯、珠光宝气的富人要成为有修养、有道德的高尚一族，还需经脱胎换骨的淬炼。

一件坏事的负能量，足以抵消十件好事的正能量，更重要的是大多坏事反映出来的是体制制度上的问题，是牵扯一些人利益的问题。正因此，对坏事的摆平抹平就是常态了，就成了一些人的能力和水平了。由此可知媒体的监督为何那样艰难，为何同一类坏事一再出现，为何国家社会前进一步需付出那么大的代价。

在一个高度开放、网络发达的社会，任何事实和真相都难以掩盖住。公权和公媒及时将事实和真相尤其是负面的事实和真相告知公众，是有责任、有担当、有自信的表现，也会得到公众的理解和支持，有助于矛盾和问题的解决，推动社会进步。任何以虚假包裹真实、以谎言蒙蔽公众的做法，都会使自身陷入被动之境地。

和平与发展时代，国家落后不落后，主要应看公众的切身体验和感受，包括权利是否得到保障，是否有安全优良的生存生活环境，是否能安居乐业，是否有好的就学、就医、养老条件。我们如论高楼大厦、城市光鲜、高速高铁甚至航空航天，很少国家能比得上，但如说是发达国家恐怕还有差距。

中国与西方历史、文化、信仰、民情、风俗、政经等有根本的不同，永远也不会照搬西方那一套，即使有人想搬也不可能照搬来。但这不应影响我们借鉴学习西方法治建设和政治文明中有益有用的东西，如同学习引进西方先进科学技术和管理制度一样。中西方各有长短和优劣，共同的取向定是愈益增多。

很长时期我们以为 GDP 增长就是经济发展，经济发展就是一切。殊不知社会进步的内涵极其丰富，人的需求多元且与时俱进，经济发展是重要基础，但并不能代替其他。经济发展了，其他问题会更突出、更复杂，解决会更迫切、更艰难。目前的社会问题多由此形成，期望以经济发展消解或代替其他是危险的。

底层民众依赖低成本生存，人生出彩不知要经历多少磨难，尝尽多少酸甜苦辣，付出多少超常努力，这是许多人尤其是上层社会难以体会和理解的。实现社会公正，当从改变底层民众的生存生活和发展状态起步。这些大多数人好起来，才是体现社会的真正进步，也会大有益于上层社会，是对他们最大的保护！

一个人、一群人、一国人，是否真站立起来，是否真有自信，是否真有尊严，当看在法律和道德之下，是否能自由呼吸、自主表达，说想说愿说的话，做想做愿做的事，保持独立的人格和情操。现代国家给予的是制度的保障。对他人、对权贵的阿谀奉承、卑躬屈膝，体现的是人格的扭曲、社会的堕落。

国人的思维方式里政治化、功利化的东西太多太强，上到国家和世界势态，下至路边田间风情；上到领导人的一招一式，下至身边的一点一滴，多从此层面去解读。似乎无一不与国家兴衰、全局得失、个人消长息息相关，这就把许多问题复杂化、情绪化了，致使国家累，个人也累，身累心更累。实际的情形远非都如此！

社会发展到今天，看一个国家的真正强大和长治久安，最重要不在于有多少坚船利炮，有多少高楼大厦，有多少科技成果，有多少锦衣玉食，而在于国民对国家价值的认同度多高，在于每个国民的权利是否得到保护和实现，在于公权是否在笼子里运行，在于每个人有多大生存和发展的空间。软实力重于硬实力!

常看到一些人两幅面孔:一幅在公共场合,冠冕堂皇,慷慨激昂,多为大话、空话、时兴话,说给他人听,图自身无损得益;另一幅在私下场合,在亲朋好友面前,说心里话、实话,表达意志,释放自己。两种场合的表达多是完全相反,可想而知心灵要背多大的负担,心理会有多累。

土地的承包改革是底层农民自发搞起来的,他们没有很高的觉悟,没有远大的理想,更没想到会在历史上产生那么大的影响,他们的想法很朴素、很现实,即是能吃上饭、吃饱饭,能生存、不饿死。一种社会制度连这点要求都满足不了,就是很大的问题了。当时的领导者只是人性回归,顺应了时代潮流,也拯救了自身。

就当前来说,对产品质量、服务质量的关注和监督,重点在国内企业,在与公众生活、安危密切相关的行业和企业。国内企业做好了,外企如不跟上或超前一步,则只能从市场退出。公媒应站在公正立场上去作为,如因自身利害而动怒,因其他原因而走偏,会给公众严重误导,伤及的是国家形象和大局。

直面历史,直面真相,直面现实,讲真话真情,是一件艰难的事情,有时甚至是很痛苦的。这需要理性、胸襟、境界、勇气,亦需环境和际遇。一个人是如此,一个国家、一个社会更是如此。但唯有此,才能走出泥潭,超越自身,放下包袱,坦荡平和,轻装前行,一步步地走近目标。在开放的今天，有着更重要的意义。

每个人的权利都得到保障，每个人的尊严都得到体现，每个人的人格都得到尊重，每个人的价值都得到承认，每个人的个性都得到张扬，即是人的全面发展，这样的社会才是真正文明的社会。平等是前提，民主是核心，自由是灵魂，法治是保证。国家的最大目标和所有努力的出发点和落脚点都当在此。

在多元的社会，谁在媒体上说也不可能都说对说好，即使说对说好也不可能都认同。但不论谁说，都不能没了真诚，不能信口开河，不能只为迎合，不能愚弄公众。就媒体而言，不能只是一个人或几个人在说，不能只是一个声音。公众的判断、鉴别、选择能力不可小视，真相、真实、真情永远是最大的正能量。

人才是多种因素的综合体，是社会文明进步最重要、最持久且不可代替的动力。就企业而言，吸引人才，留住人才，充分发挥人才的作用，信任、情感、待遇、文化、环境，样都不可或缺。一般企业做产品，上好企业做品牌，优秀企业做标准，最佳企业做人才，唯有人才才可使事业立于不败之地。

长期有种说法，即世界上没有无缘无故的爱，这把爱太意识形态化、政治化、功利化了。实际上爱是人之天性，是人最本源、最纯朴的情感，是超越政治、意识形态和功利的，基于某种信仰的爱，则是把爱进一步升华和泛化了。

由此可以说，无缘无故的爱才是真正的爱，爱心是人类最大的公约数，是共同价值观的基点。如非如此，就无法理解世界上那么多不同国别、种族、肤色、口音和信仰的人千百年来以和平和睦为主调相处共进，无法理解各类慈行善举在世界盛行浸润着人的心灵，无法理解不同类型、性格的人们对善恶、和平、恐惧、环保、生命等价值的高度认同。

“非典”那场流感的情形如今仍历历在目，对它的处置我们有着极深的教训，同时让人们对生命、对公开、对公共事件有了全新的认识，并反思了许多，成熟了许多。对眼下南方发生的流感，社会、媒体高度关注，议论很多，有关方面正积极应对。十年前的经验给社会和公众带来信心。

流感这类疫情其最大特点是，对所有人都是平等的，隐瞒、封闭必然会造成无形的恐惧，影响是所有的人，危害是整个社会。如实及时通报和公开疫情，不仅是政府的良知和责任，也是消除恐惧、应对危机、稳定社会最有效的举措。疫情初起，宁可看重些，不可失于疏。十年来的进步应让社会和公众远离恐惧而安心。

与世界通常情形相反的是，东南沿海经济发达地区成了一些“怪病”的高发地，有分析者说与城市密集、人畜接触频繁、消费禽畜量大有关，有些道理。这层之外，经济发达了，钱多起来了，但信仰没建立起来，无所顾忌，没有敬畏，什么都敢吃，消费无底线，是否是重要因素呢？上苍总是会让人类自动平衡的！

对杰出人物、对英雄给予尊重和礼遇，无疑是应该的，也是国家和民族文明向上的表现。但随意利用公权为其做超出规定或不相当的事情，就有违公义了，是对公众利益的冒犯。至于打着他们的旗号，以谋一地一己之利，则是功利化、庸俗化了，不论对杰出人物、英雄还是对社会都是一种伤害。

一个人如果正常的努力、奋斗得不到社会的承认，价值实现不了，没了尊严，就会失意、失衡、失去信心。如果这成为一种带有普遍性的社会现象时，就很可怕了，社会的倾斜就可能发生。政府的责任在于建立公平的制度，创造公平的环境，让机会平等在每个人身上得以体现。这是社会长治久安最重要的根基。

凤凰古城收门票不知出因何在，可能有保护古城的考虑，可能有商家对其整体包装推介，也可能为增加政府税收。但无论怎样，事先是否进行过精心论证和公开讨论，是否认真向公众征求意见并做好工作，对不同的意见是否作了负责的回应，这都是政府应作出回答的。照此推之，今后进北京、上海等是否也该收门票了！

一个个案件的公平正义，造就社会的公平正义；一个个家庭的幸福体面，体现国家的幸福体面；一个个生命的价值尊严，铸就国民的价值尊严。真正的中国梦，是国家梦、家庭梦的统一，是强者梦、弱者梦的统一，是物质梦、精神梦的统一。梦想人人系之，梦想成为动力，梦想照进现实，我们得到的才会真正超越了梦！

对国家发展中的问题，因经历、眼界、立场及利益关系的不同，官方与民间、知识层与草根族、上一代与下一代，认识的差别很大，甚至完全对立。这是正常的，也是好事，便于相互交流、借鉴，启迪思想，寻求共识。但前提应是平等相处，平和讨论，谁也不应恶言相向，谁也不应强加于人，谁也不应自认真理在手。

社会财富丰富了，社会矛盾突出了；现代化程度提升了，社会的温情减退了；人的知识增加了，人之间的不信任增多了；生活水准提高了，人之间的交流减少了，社会就是如此纠结。看来财富、知识能解决的问题有限，社会真要正常，人情、人性、人文、信仰的涵养、培育、建立必不可少，也是其他不可代替的。

任何针对平民、无辜、文明的恐怖、暴行，都是一种邪恶，都是对人类的整体伤害，都应受到谴责。尽管受到伤害的地方可能与你远隔千山万水，受到伤害的人与你素不相识，信仰、文化、立场不同甚至对立，但如对邪恶漠然、沉默，甚至在心底有丝丝默许或快感，那你的心灵就已为邪恶所伤，就是人性的堕落。

在高度开放的社会，世界上任何一个地方发生的事情都可能与家国相连，谁能想到波士顿的爆炸案竟会使我国公民受到那样大的伤害，牵动那么多国人的心。再次说明任何邪恶、恐怖都是人类和文明的共同敌人。同情心、怜悯心是人类共同的秉性、相连的通道，多一点，社会就会多一些温暖，增一份力量！

不论何人，在邪恶、恐怖面前都是人类平等的一员，受到伤害都值得同情和关心，这是人的基本良知。邪恶、恐怖对着的是整个人类，从此意义上说对他人的同情和关心就是同情和关心自身。一事一难当前，国人习惯于从当事人身份、地位和背景上推断后再论短长，既有泛政治化的影响，也是心埋心智扭曲的表现。

反思是一种自净力。一个国家、一个民族前行中总会遇到坎坷，出现误区，生发曲折，历史的自觉和智慧在于对这些能直面以对，正确反思，自我醒悟，自我净化，化代价为财富，变教训为动力，不断矫正方向，让步伐更加坚实。拒绝反思，自我陶醉，就等于拒绝进步，远离成熟。一个社会、一个人也是如此。

持续有效地批评、监督和挑剔，是醒酒汤、清心剂、助推器，是正常社会保持平衡的重要砝码。有此政府会免些失误，社会会减轻阵痛，人生会少走弯路，都会因此而进步和成熟。可惜的是长期多将此当作异己异化来对待，以至于自身包袱越背越重。现正步入正轨，应当的是坚持下去、完善起来。

多年来，我们太习惯以两极两分的思维论理、说事、察人了，如非是即非、非善即恶、非友即敌、非白即黑、非左即右、非上即下，不一而足。实际上世间事物是多极多元的，大量的在两极间的中间地带，如一刀可分清那岂不是太简单和乏味了！但我们的许多失误、扭曲甚至荒唐，就从这样的思想基础和思维方式上发端。

甘蔗没有两头甜，电脑旧的内存不去新的信息进不了，文明的进步也可一比。文明前行中，总会舍弃一些传统，付出一些代价，经受一些挫折。理性、开放民族的智慧、定力在于，时刻保持反思的精神、批判的意识，保持历史的自觉和主动，不断矫正走向，促使自然、社会与人的良性互动，把代价和挫折降至最低。

爱国不是标签，也非一部分人的专利。在微博上随意谩骂他人不爱国者，大多对爱国的内涵都不明。真正的爱国首先应做一个好人，懂得如何尊重人，如何尊重自己，知道怎样表达意志，怎样影响他人，为社会输送正能量。整天以谩骂他人污染网络为能事、以爱国自居的人，很可能就是对国家形象负面影响最大的人！

母亲因疏忽大意而使孩子遇难，在现代国家会受到法律追究，我们听起来似是天方夜谭，但这确是真实的事情。其基点和理念是，孩子是国家的未来，保护孩子是国家赋予母亲的法定责任，失职理应受到追究，也是对社会的警示。这是珍爱生命、保障人权的基础，我们还需点滴养成，使之成为国家价值和社会共识。

民主社会、市场经济，是现代社会两大基点，两位一体，不可分离。达到其水准，要走艰难的路，定会有曲折，也可能一个阶段内很难完善起来。但知晓这是社会发展之必然，不可超越，从而保持敬畏之心，一步步向其努力，则为历史明智的选择。企想少哪一方而单向独进，或想玩弄于掌股之间，被砸的就是自身。

有学者云：“人类的悲剧之一在于，少数人为了美好的生活创造教条，多数人为了教条牺牲美好的生活。”发人深省！世间有真理、有信仰而无教条，为己之利创造教条作为真理和信仰固化或愚弄于人，谓之不仁不义；把教条当成真理和信仰并为其所缚而失掉自我，谓之不醒不明。不知现仍处在这种悲剧中的人还有多少？

除极少的雄才大略、经国济世者外，绝大多数人、绝大多数职业，第一位的是谋生。通过自身努力让自己和家人生活好一些，不损害社会，于他人有益，就很好了，再对社会的公义有所贡献，就很高尚了。如此看，既不用对哪人哪职业看得过于圣洁，也不必对哪人哪职业看得过于卑微，自身处于什么位置就明白了！

一个村搞个建筑，名之曰“国际”；一个镇搞个活动，名之曰“国际”；一个市搞个展会，名之曰“国际”。再要么就是“全国第一”“亚洲第一”“环球第一”。这除了展示心理的空虚、常识的贫乏、文化的浅薄，不知还能展示什么？真正的大家很少外带标签，真正国际性的很少标示。国人的心理、心态要回归到自信、自强恐怕还得些时日！

史书里、宫廷剧中，到处充斥着阴暗、心机、谋略、权术，时常让人胆战心惊。现实生活中人际关系的复杂，人人都在揣摩他人，人人都力图变得精明、世故，与这些的传承、影响密切相关。一个国家一个人，心智心力多用于此，能做其他的自然就有限了，无怪乎现代工程科学技术、现代医学等主要得从西方引进。

凡属公益性基金、捐款，都是社会爱心爱意所系，对其如何使用，既是个良心活，也是公信力的展示。只要行得正、做得好，一分一毫都应公开，给社会一个明白，还自身一个清白。不想不愿公开背后必有猫腻。全国这类资金已有很大规模，涉及许多部门和方面，国家应当从立法上治本了，不然受损的是国家形象！

看一个国家的生活质量、现代化程度，主要不是看高楼大厦多少，不是看高速高架多长，而是看城市底层、农村农民的生存生活状况；看一个社会的公义水准、幸福指数，主要不是看官员富商表现、青年男女活力，而是看老人、孩子的生活境遇和精神状态。以此标准，我们与现代国家差得还远，好在我们清醒。

一些地方的旅游开发，不只是掠夺式，破坏自然生态和人文生态，而是夹杂着相当的私欲私利，乱象丛生。有的附带着官员的利益，有的成了开发商的附属物，公共资源被私家或少数人占有谋利。同时编造了一些离奇古怪的故事，传播恶俗文化。如此的开发带给当地的主要是伤疤、垃圾和怨恨，而不会有多少福音。

尽管人生而平等，但人分布在不同层次，处于社会底层的劳动者担当了社会中最普通、最具体、最艰苦的工作和服务;尽管人人都创造财富,都为他人服务,但社会的主要财富是由底层劳动者直接创造的,大部分服务是由他们提供的,他们是社会大厦的基础和支撑。社会对他们多一分理解和尊重,是文明进步的体现;强势阶层对他们多一份善待和温暖,是修养、人性的展示;公职人员对他们多一份关爱和敬畏,是责任、公义的要求。同时,他们多一份自信自尊、多一份幸福快乐,是天下共同的祈盼和祝愿!

恐怖主义源于灵魂的扭曲、价值的颠倒、精神的狂热,不惜生命,不计后果,不听劝导,伤害在社会,遗患于历史,是人类共同的敌人。随着国际政治的变化,恐怖主义呈现着多种势态。世界联合、各国共进、社会融入,将恐怖主义围歼于萌芽状态,是人类最大利益之一。对恐怖主义的漠视、麻木,很快就伤及自身!

有学者说国人不会选择,还真有些道理。吃饭不会选择可口的,喝茶不会选择喜欢的,选课不会选择所好的,择业不会选择适合的,说是“不会”,实际很大程度上是不愿。长期的体制和教育把人简单分成两部分,即安排的和听安排的。大多国人的思维和处事方式是,既习惯于一切听安排,也习惯于一切替他人去安排。听安排时没了自身的选择,安排他人时不知让他人选择。人的个性、棱角就这样一点点地被抹平,人的想象力、创造力就这样一步步被框住,社会的活力、动力不足就是自然的了!

人之独特个性,即是自信、自主、坚守,独立思考、敢于担当，有此才有五彩的世界、缤纷的生活、浪漫的人生。个性的相互影响、借鉴、激励，推动着人的发展和社会进步。社会活力的失去、乱象的发生，多在于人独特个性的湮没、泯灭。一个正常、健康的社会当为人个性的发挥提供最大的空间，创造最好的环境。

名门望族后人当然有自己的理想、抱负和事业，也会有个性化的追求，但最大的价值是做国民的模范、表率，让人们从其身上看到希望，寻找力量。在传统文化浓郁与高度开放交织的国度，他们无论从政、经商都会让人们产生许多超然联想，但既为之，就需一点点历练，一步步做起，同时接受社会苛责和挑剔的目光。

国人的心累重于身累，主要是心事太多太忙。想想从毕业起，就业、买房、结婚、生子、工作，哪一样不得费心劳神，看人脸色；从孩子入园、选园、择校、中考、高考、就业，哪一样不需求人拜庙，四处打点。人情、关系罩得你纵有三头六臂也难解脱，到底有多累谁能说得清。累，一半源于自身，一半来自社会。

爱国不是口号，不是标签，没什么神秘，没什么高不可攀，爱国是简单而具体的。你尽到公民的本分和责任，勤恳劳动，尽心工作，遵守法纪，善待他人，国家有难时勇往直前，国家需要时义无反顾，就是最大的爱国。国家是一个个人组成的，做好自己即是爱国。以“爱国”为标榜而对他人说三道四者，多为社会的混混。

辛普森犯罪事实本来清楚，但因程序的问题而一波三折。当时的审判向全美直播，高度透明，并引起世界关注。最后的判决结果出乎大多数人的预料，但人们还是痛苦地接受了，因这是依据他们认可的规则，再次考验了美国人的理性理智，由此被称为“世纪大审判”。至于后来以民诉使辛倾家荡产则是另一个问题了。

斯密、李嘉图的劳动价值论达到了那个时代认识的顶点，土地、矿产、资本、知识等要素的作用当时还没有充分显现出来，自然不可能占到应有的位置。至于后来社会加速发展了，这些方面的作用突出了，而人们还固守在原来的认识上打转转，那就是后人的责任了。当然这与社会制度和意识形态的束缚有直接关系！

一些大项目的上马，仍在按传统模式操作，即组织专家论证，领导拍板决策，部门分解责任，层层保障实施，要求部门顾大局，基层讲政治，群众重长远，至于公众的权利、诉求，公众普遍关注问题的解决，则往往被忽视了。在一个高度开放和权利觉醒的社会，做任何事情如没有民意的支持，都很可能就是一厢情愿。

恶与生俱来，伴人同进，无人例外。社会间最可怕的莫过于恶的膨胀和传播。当人看到作恶可不被追究，害理可不付代价，放纵能够作福，违法能够逍遥，非为可满私欲，用权可以谋私，那整个社会的价值观就颠倒了，正常秩序就难以为继了。人类文明最重要之点在于遏制住恶而扬善，现代靠得住的就是民主、法治了！

不少人尤其是在身份、地位、知识甚至年龄上处于上位的人，往往习惯于以自我为中心，习惯于自以为是，习惯于施教于人，以自己的观念、意见去衡量、要求他人，甚而强加于人，注重自己的面子，漠视他人的感受。这多是源于平等、谦卑、倾听意识的短缺，是社会缺乏正常沟通交流氛围的重要原因。

一些地方上的大产业项目，由于公众质疑和反对匆匆宣布停止，暴露出决策上的软肋和失误。决策时强调发展、长远、效率，不作权威性的预测和评价，不与公众很好地沟通，不向社会作高透明的宣示，质疑了、捂不住了又草草收场，这哪有一种对社会、对历史、对公众郑重负责的态度？由此当初的动机怎能不让人怀疑！

大树在山区的生态功能远高于在城里，大树进城死亡率高、养活成本高，大树进城大幅增加财政支出和城建成本，大树进城决非城市绿化的本意，这些简明的道理每个人都懂，但为何禁而不止，甚至挖空心思地移植古树名木，原因无非是上有所好、形象工程、观念扭曲，也不排除背后的利益链。

没有深刻想到阿里巴巴所为是在重建社会信任、人与人之间信任，没有深刻想到电子商务会对经济形态、社会生活、人的意识产生那么大的影响，没有深刻想到因为信任所以简单，马云的演讲告诉了这些。立于时代潮头甚至被视为另类的人，对社会、对时代的影响大都远远超过其自身和社会的预料，马云是也！

马克思对费尔巴哈的哲学思想是扬弃而取其基本内核，对黑格尔的哲学思想是保留合理内核，创立了自己的哲学思想。世上任何思想、制度的发展、升华都是不断扬弃、保留的过程。私有制是人类的一大进步，恶的衍生发散是因时势变也。审时度势，对其扬弃、保留，为今所用，是个不错的构想，亦可能是一大选项。

功利主义、浮躁之风弥漫于学界和学人之间，早就是公认的事实。多少人搞研究、写文章、作演讲，不是为了探究现实中的问题，表达自己的真知灼见，引导人们独立思考，而是为了迎合什么“工程”，诠释什么“观点”，更为谋己私利，以至于把自己都弃之的东西硬塞给公众。相比其他的溃败，学人的沦陷更为悲哀。

不知一些地方为何那么热衷搞所谓“世界第一”“亚洲第一”“全国第一”，也不知到底是花谁的钱，有多大意义。但可以说的是，这些“第一”与国家地位、地方形象、人民生活、民族文化没有直接关系，除了显示权力的傲慢、财富的张扬、精神的空虚、情绪的浮躁，很难说有什么正能量。人们可能会传颂一时，但会嘲笑一世。

许多人文、生活常识，如礼仪、饮食、健身、两性等都是改革开放后普及的，没有让生活变乱，而是使生活更加丰富多彩、更加可爱了。社会、政治常识也要普及，使之逐步成为公众的一种习惯、一种生活方式，社会就会更健康，政治就会更温暖。对公众而言,常识就够了,高深理论、政治技巧留给思想家和政治家吧。

自然需要发泄,社会需要发泄,人也需要发泄,发泄是对客观世界矛盾的反映。正常发泄了,既有助消减矛盾的压力,亦有助于矛盾的发现和解决。该发泄的发泄不了,到一定程度就会爆发,在自然就是地震海啸,在社会就是动荡不稳,在人身就是激化极端。正常健康的社会应为发泄创造可行可控的渠道和环境。

一些地方为推进农业现代化,制定土地流转政策更多地向专业大户、家庭农场倾斜,令人忧虑。一则不少农民只顾现实利益,将为生为业的土地转让出去,再无他长,脚底踏空,依赖转让金生活,成为农村的游荡一族,于己于社会都无益;二则大户、农场经营规模是大了,但本已十分有限的农田产出率肯定是下降了;三则在有关法规不完备、监管不到位的情况下,大户、农场尤其是一些企业和豪强以各种名义租种的农田,极有可能改变性质、用作他途,如此会给农村留下难料的后患。农业现代化、规模经营是一个很长的过程,目前如何把农民稳定在农田上,如何适当扩大种地大户的规模,可能是更现实、更重要的课题。

信任是人在社会生活中一切的根基,有信任则简单明白,无信任则虚无缥缈。如今发生的大小问题,多是因信任出了偏差。情感互信、社会互信、政治互信,当是社会最紧要的东西。达此程度,信仰认同、契约意识、法治观念则是前提和保证。重建和巩固社会信任,决定着国家和民族的未来。

林语堂先生当年对“面子”的解析，而今读来还感入木三分。“面子”的内涵有点尊严、荣誉的成分，但主要是虚荣、虚幻的面罩，为此多少国人在里面周旋挣扎，欲去不能，欲罢不忍，身心不知忍受了多大的折磨，“死要面子活受罪”即是深刻、生动的写照。从“面子”里突围出来，国人定会展现不一样的风采！

利益多元化、思想多元化、矛盾多元化、表达多元化，已成为当下中国的现实。更重要的是，各方吵吵嚷嚷、纠缠不休，但都保留在君子动口不动手的情态，看似互不相让，实则相安无事，倒向哪一边的可能性都不存在，这是历史的巨大进步。社会在碰撞、争吵中实现动态平衡大有希望！

以政策来诠释法律是经常见到的现象，多不以为然。稍一思考，可知这完全是一种倒错，在开历史的玩笑。国家和社会的生活中，法律是最高权威和标志，政策是根据法律制定的具体行为规范和守则，法律执行中遇到什么问题，当由法律作出解释。现实中的关系也罢、界限也罢，真正厘清只能依据法律。

人性、人伦、亲情是人所以为人的根本，是家庭和社会存在的基础，正因此生活才是美好的。就个人的世界来讲，这是第一位的，是其他任何东西不可代替的。过去宣扬为了其他可以置此而不顾以至舍弃，是一种价值颠倒。

今天再继续为之，要么是人的精神和心理出了问题，要么是社会出了问题！

累、焦虑可谓是社会的通症。没钱的在想钱，有钱的在想更多的钱；没房子的在想房子，有房子的在想更大的房子；没位子的在想位子，有位子的在想更高的位子。几乎所有的信仰、精力都在这上边。再加上前景的不确定性使然，想让他不累、不焦虑，恐怕熬多少心灵鸡汤都难奏大效。得做大文章！

我们不缺社会性、公益性的活动，也不是没有好的设想和目标，但为何多是热闹一阵就偃旗息鼓，或者成了一种形式和摆设，有的还被诟病呢？主因在官方办得多，社会办得少；锦上添花的多，雪中送炭的少；在城市办得多，在农村办得少。不去行政化，不发挥社会组织的作用，不使公众参与，这类活动都难有生命力！

信仰是应没有功利的，慈悲是不必张扬的，崇佛是重在修心的。可现实多与此相悖，一些地方、一些人搞文化是为了做投资，建寺庙是为了促旅游，兴佛学是为了充门面，甚至夹杂着其他污浊。人们看到的多是外表的华丽、财富的堆砌、文化的浅薄、意志的傲慢，至于心灵的安顿、宁静、洗涤很少能感觉到了！

也许是因穷得太久，也许是因底子太薄，也许是因苦难太多，我们太过于匆忙，太急于求成，太重当前眼下，做什么都难以静心思考，都不能细细琢磨，都无法反复比较，以至时间恒久，付出许多，但积淀的很少。一路的风景、行进的快乐、岁月的营养，更被漠视多多。借智者言，“走得太快太远，忘记了为什么出发”。

可能再没有一个字眼能像“自由”这样激动人心、寄托美好、焕发希望了，多少无畏的冲动、多少不竭的动力、多少不朽的诗篇，都与这两个字相连相融，真的是与生命俱来，同等重要。“自由”有着明确的内涵，如还要再加一大堆附注，则如同讲生命、吃饭、喝水还要特别解读一样，那世界上的话就没法说了！

最令人神往的广告，是房地产；最富有文采的广告，是饮食品；最神奇无比的广告，是药保品；最具魅力的广告是化妆品。但最虚假、最浅薄、最无聊的正是这些广告，不知怎么就能整天在各类媒体上堂而皇之地忽悠国人，污染心灵和文化。有智者言，比此更甚的是那些滥书劣文，可能有些道理。真应彻底整治以求真了！

哪个国家都有无德无信的人，只是比例和程度不同而已；公众对哪个国家怎么看，是他自己的事；国与国之间因文化、价值观等的不同当然会有差异、矛盾甚至对立。作为公媒主要应在国民之间、国与国之间做沟通、疏导的工作，促进理解、互信。搞个专栏发动民间去揭他国人德信的疮疤，怎么讲都有些下作了吧！

讲了几十年大道理，结果不少大道理要么错了，要么难以实行，反而把小道理给忽略和湮没了。像社会文明、个体自觉这样的小道理讲上并引导践行十年，不知多少人早就会具备所谓的君子风范，国家文明程度不知会提高多少倍！应当是国家讲好大道理，公众讲好小道理。二者很好结合，就有真正意义上的社会进步。

西方人不喜欢听讲大道理和干巴的话，讲故事是最好的理念和情感表达方式。莫言的故事带着空气的湿润、泥土的芳香、乡村的纯朴、作家的幽默、民族的智慧，把中华博大精深的文化给讲活了，人性、爱心、善良、真诚等有了生动的画面，浸润到人们的心田了。人们听懂了、理解了，就是成功！

个人主义是人之本性，是社会活力所在，长期以来多视之为万恶之源，大加挞伐，以必除之后快，实为历史误区和遗憾，补上这一课是人之所望、历史进步；但对于一个有几千年历史、13亿人口的超规模大国，如无集体主义凝聚、支撑，而任个人主义肆行，那不可想象会是什么样子，对你我他都是不利的！

“身土不二”是韩国人的信条，在韩国几乎看不到外国车。一个民族、一种语言、一个口音、一个菜谱、一个图纸(住房，一式大板房)、一个车型、一个价值观，有调侃成分，但大部分是事实，特别是中国的传统文化也得到了很好的保留。这个民族的凝聚力和执著精神很强，不出奇迹才怪呢。

许多文章文笔很好，引经据典不少，道理论述周密，但宣传的味道太浓，教育的口气太重，很难让人有亲切感、信任感。不是不该宣传、不该教育，而是这种宣传、这种教育得紧贴实际和生活，特别是得让人感到你讲你说的道理你自己是相信的，相信这些道理是有益的。如非如此，那逆反心理就难以避免了！

给“三好”学生加分，不是鼓励先进，也不是锦上添花，现已完全变成了一种特权、一种交易。可以查查看，凡是加分的学生，有几个是学校最优秀的学生，有几个是平民子女，有几个经学生、教师公开评选？其最大的作用是加剧了学生和教师的心理失衡，加剧了社会不公，一点正能量都没有，早就应该废止了！

我们太在意标签了，多少年为此搞了多少争论、多少斗争、多少运动，从高层延伸至家庭，使社会和人在不安、惊恐中生活，耗费了精力，撕裂了情感，耽误了时机，拉下了步子，醒来一看如同百姓俗言，争来争去全是争的无米的糠。所有的教训以此为甚，邓公一句“不争论”，包含了多少历史苦涩和政治家的高瞻远瞩。

“脑袋还停留在过去”，是多少人的现实，说起网络世界的多彩，恍如隔世；说起新的思想和理念，不知所云；说起一些历史真相，目瞪口呆；说起社会生活的新潮，难知一二，观念、思维、语言与昨天、前天没什么两样。如此，自己生活处事也就罢了，如要履行公责，教育引导他人，就不能不让人忧虑了。

社会的戾气人们都能感受到，似乎每个人都不平不满，负面情绪和糟糕心理在滋长。究其主因是社会失衡，公义不彰，官员缺乏自律自觉，富人缺乏自重自尊，在现代国家本是为人示范表率的这两大支柱群体，人们的认知正好相反，仇官仇富成为社会大部分事件的引发源和点火器。官员不能这样过，富人不能这样活。

“那个人的事是孤立的”“那件事是个别现象”之类用语是辩解和推脱的说辞，应当摒弃。如每个人的事都不是孤立的，每件事都是普遍现象，那社会会成什么样子？只有每个人都得到尊重和保护，才有所有国民的尊严和体面；只有每件事都做好，才有社会的整体进步。对孤立人、个别事的淡漠，伤害的可能是全社会。

食有百味，路有千条，人各有所思、所想、所求。只有在相互交流、碰撞、砥砺中，人的思想、观念才能逐步接近，相通相融，达成共识，共守共行。由此看，在不少时候，对不少人来说，还真需些务虚空谈，这不仅不会误国，而且还有益于国。像对国家法治的认识，就这样在讨论、争论中接近了、升华了！

人才是国家最重要的资源，是最大的软实力，人往高处走，谁都不是人才的私有者和垄断者，人才的正常流动有利于社会的整体平衡和进步。但眼下国内那么多顶尖人才无序流向海外，是个值得很好研究的问题，有环境、生活、价值观取向使然，但恐怕还有更深层次的原因。正视、反思，理智应对，是一步大棋！

看着到处在玩手机、电脑的青年男女，就当知没有什么能阻止外部信息进入人们的视野，没有什么能代替人们自己的判断和选择，没有什么能掩盖事实和历史的真相。我们的思维方式、工作方式、生活方式，只有与时俱进，顺势而为，才有活力、激情和价值，无视现实、故步自封，等来的只能是自我淘汰。

政治生活领域当有严格的规则，当进则进，当退则退。思想领域、网络世界与此不同，是个完全自由的空间，各种理念、观点、认知交流碰撞，能够生发智慧的光芒，启迪人们的心扉。那些不适应时代潮流和人们价值取向的，会自然淘汰。思想和网络越活跃，越需要一些饱经风霜、学识过人的老者参与平衡，只会有益！

现代化国家当然要有高楼大厦、高科产品、发达交通、现代金融、繁华生活，但比这更重要的是现代理念、制度文明、权利保障、价值坚守、先进文化。前者与后者之间有正效应关系，但实现后者比前者要艰难得多、漫长得多。那种以为有了前者即是现代化，或有了前者后者会自然跟上来的认识，是幼稚和浅薄的。

几十年来，我们不停地对人进行教育，讲各类大道理，媒体也在连篇累牍地宣传，但为何人的教养、修养水准提高得如此之慢，为何一些简单的基本礼仪不能成为社会的共守，为何公共场所的举手之劳践行起来那么艰难，到底是教育走偏了方向，还是道理脱离了实际，或是社会环境出了大的问题？不能不令人深思！

客观地讲，《环球时报》办得是好的，内容活泼，文笔清新，一些人的批评责难主要集中在有些社评和几位专家的文章上。应承认有的是有些问题，因报纸的特殊地位极易引起人们的误读和猜想，尤在一些大的和敏感问题上，还是需从社情出发，考虑人们的感受，审慎把握。

中国能有今天的局面，在国际上有这样的位置和底气，没有开放是不可想象的。未来的发展程度、中国梦的实现程度，在一定意义上取决于对外开放的程度、融入国际社会的程度，没有任何力量能把中国与世界隔开。即使民族文化也需与世界交流互动，吸收现代元素，如此才会发展提升，走向世界，影响世界。

任何人都可以对他人的意见表示自己的态度，也可以进行争辩，但任何人都无资格随意对他人贴上敌对的标签，更无资格对他人的意见做敌对推定。是不是敌对，只有法律才是准绳。不论在现实生活中，还是在网络上，如是敌对都不难发现和确定，依法处置就是了。随意把他人或一种意见说成敌对，是对人类文明的亵渎。

看全国节日统一的食品：春节，水饺；元宵节，元宵；中秋节，月饼；端午节，粽子；可能还有。这么大的国家，这么多人，古代也没电话、汽车、电视、手机，几千年竟能如此高度一致，绵延不绝，代代相传，是不是很神奇！节日的背后是血脉，食品的背后是文化，民族血脉、传统文化的强大生命力、影响力可见一斑！

对世情国事公众有不同的意见是正常的社会现象，这种不同意见能够自由表达是一种历史进步，不同意见之间能够平等交流、争辩、寻求共识是更大的进步，也应是健康社会的常态。一种媒体、一个声音将一种意见定于一尊的状况，既不正常，也不可能持久。主动顺应社会潮流，才是官方、媒体和公众明智的选择。

在一定时期和条件下，物质财富快速增加、社会形态快速变化是可能的。但社会道德水准的升华、人的素质的提高、文化的积累决不会一蹴而就，要按自身的逻辑演进，是个缓慢的过程。如同一个人可以通过奋斗和机遇短期成为富豪，但不可能成为贵族一样。社会该走的步一步都不能落，重要的是要有清醒的认识。

社会里似乎人人都不满足，都在抱怨。有大钱的抱怨不只是能赚钱，没钱的抱怨不知路在何方；当了官的抱怨平台应更大，没当官的抱怨定是有人使绊子；知识人抱怨认同者怎这么少，劳动者抱怨生活怎这样难；大人抱怨小孩不听话，小孩抱怨大人太落伍，等等。人真正找到方位，人之间的融合，才是社会稳定之基。

社会的戾气之重没有人会否认了。人之间说着说着就吵起来，以至于恶语相向；吵着吵着就干起来，以至于拳脚相加。在网络上一些知识分子，不顾斯文尊贵，粗语恶言不断，以至于谩骂约架。有些官员为一己之利之位，不惜使用下流卑劣的手段。为什么有话不能好好说，有事不能慢慢商，这背后到底有什么深层次的原因？

社会不公的加剧、公权滥用的影响、人们欲望的攀升、发达资讯的催动，使每个人的心都难在原点上静如止水。似是每个人都遭受不公，似是社会对每个人都亏欠；似是谁都要时刻防备，似是对谁都当保持警惕。人之间、社会中失去基本的真诚、信任，一切都作恶意推断，戾气愈重就不为怪了，真当直面以对！

契约精神与儒家诚信当是有很大差异。契约精神的发育和确立，是基于市场交易的扩大，逐步演化为全社会普遍遵守的规则，更重于治事，是现代法治的基础；儒家诚信主要是一种传统文化，一种道义，虽也涉及经济往来，但更重在修身，且主要用于家人之间、朋友之间、同乡之间。契约精神的完备还需走很远的路。

做了一件什么事情，处理了什么事件，取得了什么成就，就要大加宣传，连篇累牍，深度挖掘，溢美之词充斥，是宣传上常见的现象。甚至有的恶性事件还没处置完，已去的灵魂还没安息，受伤之心还没抚慰，一些人和单位就忙于为自己表功，简直一点人文之心、怜悯之心都没有。这些媒体、这些人在自毁其身！

本人不骂，也不提倡骂，反对撒野地骂，但知有一种骂可以出社会郁积之气，有一种骂可以遏制恶力，有一种骂可以监督公权。社会如无骂就如同至清之水，鱼也将不活。公权和公媒首先当研究骂来自何处，为何有骂，如何良性将骂减至最少。如一味指责骂，武断地切断骂发声之路，只会使骂升级而不会消除。

人之间都知怨恨宜解不宜结，冤冤相报何时了；大国间的博弈也在超越冷战思维，选择趋好、趋和走向。可在现实的社会生活中，为何还有那么多的仇恨教育，为何在文艺影视作品中有那么多渲染仇恨的东西，为何一有什么情况就习惯作敌意推断，这到底对新的一代，对国家和社会有什么好处？宽容是正途，和谐是大道！

看到现代国家那些上层人士在普通民众面前那种谦卑的样子，人们往往认为那是为拉选票；看到我们的官员与民众亲近的场面，一些人则说是在作秀，实际在平等的理念下，这多是人真情实感的自然流露和展现。不可小视传统文化中负面东西的影响力、穿透力，尤等级观念根深蒂固，要改变真需走艰难的路。

玉林的狗肉节可能有其传统习俗和文化，在封闭的时代人们不会太在意。但在开放的今天，就与大多数人的理念、情感很难相融了。且不论“狗是人类朋友”这一俗题，即使搞什么牛肉节、羊肉节，将牛羊当众宰杀，人们也接受不了。人类文明已走到这一步，至少一切从尊重生命做起，而不应再去搞那些无聊的东西了！

《环球时报》刊发学者文章，赞赏巴金、刘伯勤对“文革”中个人过错的忏悔，提出中国需要更多的卢梭式忏悔者。在一个忏悔文化匮乏的国度,这当是个好声音。长期国人对人之错及认错多是作政治化的解读和处置,而忏悔则是人之上乘美德,更能实现心灵的救赎,真诚的忏悔永远需要。人如此,国家和社会更应如此!

中国城乡差别、东西差别、南北差别之大确是世界少见,是个十分复杂的问题,很难一言说准。地域跨度大、地理条件相差悬殊是先天原因,长期的农业国家、靠农村农业支撑城市是历史原因,城乡分割、二元结构是政策原因。三十多年调整修复已有很大改变,但要从根本上易貌应是长期的重任。

在平民百姓眼里,报纸、电视、电台就是政府,说的都是真理,相信它们就是相信政府。一方面要百姓相信刊发播出的新闻和理论,一方面又要告诉他们不要相信任何养生保健品、治疗仪之类的宣传,不知这些媒体到底是干什么的,不知百姓到底该相信什么?我们自己都不能自圆其说,到哪里去找真理、找诚信?

京城到底有多少冠以"中华""中国""全国"的所谓委员会、研究会、协会,谁也难说清,反正来头、身份、口气都大得惊人,多是一点公责也没有,打着某种旗号,以组织研讨、考察、评选为题开展活动,实则招摇撞骗、营私谋利,影响极坏,以至于人们看到京城不熟的电话都不敢接了。再不全面彻底治理就影响治国了!

大学校长的产生可以一步步来,眼下可仿行省长、市长、县长产生的做法，由上级或主管部门考察后推荐提名，交由职工代表大会或全体师生民主选举产生，尔后再向更高层次提升。如此可能程序复杂一些，但有助于凝聚共识，调动各方面的积极性，使大学领导和管理体制更加科学规范。当然这需一系列的配套规定。

人在社会当然应克己修身，有羞耻心、道德感，但人尤其知识分子、负公责之人不应止于此，更大价值在于以正义感和善良心尽己之责，对社会和他人有所担当。不求人人如此，大多人为之，社会就会有温暖相伴，获益的就是所有的人；大多人事不关己高高挂起，社会就会被冷漠充满，最后受损的就是每个人。

真正不爱国的人是极少数，即使到他国生活，也不能说不爱国，每个人都有选择生活方式的自由；批评政府和官员更不能说不爱国，政府和官员是公众委托为国家服务的，批评是对国家负责；批评国家也并非不爱国，是对国家抱有希望或爱之深、责之切。动辄以爱不爱国来区分人、指责人，多是一种身份和语言的傲慢。

按照认识论的一般规律，任何正确的理论都是对社会发展一定阶段的认识，社会发展了，新的理论会应运而生，过去阶段的理论会自然让位。正如哲人言，“生命之树长青，理论总是灰色的”。做社会发展研究，阐释每个阶段的理论当然必要，但老拿过去多年的时代认知解读现实、教育后人，已远离社会，必是南辕北辙。

一些人随地小便引得外国游客拍照，应使所有国人脸红反省。此类情形在各地都不鲜见，日常大多见怪不怪也无奈。实则一是折射出文明的沦落，二是反映了城乡建设的缺位，三是显现了公德教育的荒漠。有人说此种情形发达国家也有，也有人说不必大惊小怪，都是为不文明开脱。此种思维方式不变，社会进步就难了。

开放和信息化的时代，最大的特征是资信的多元化、快速化，人们了解、感知外部世界的渠道、空间空前畅通和广阔，任何人的话语垄断都不可能了。给公众的考量是，需用自己的大脑思考问题、回应现实，自己对自己负责；对政府官员的考量是，适应多元的时代是为政的基本功，面对公众只有真情实语才最有力量。

社会永远需要富有理想主义精神的人作牵引。没有一批为法治、正义而执著坚守的人，没有一批为洗刷公民冤屈而死磕硬碰的人，没有一批不求鲜花和掌声而为神圣目标不挠不辍的人，没有一批具有典型意义的标志案例作警示，邪恶就难以遏制，公义就难以张扬，公民权益就难以保障，社会就难有真正意义上的进步。

人之间、群之间、国之间意识形态的差异确是存在，甚至很大。但我们太重意识形态了，把许多东西都意识形态化了，接下去又多把意识形态简单化、阶级化、政治化了，如把唯物、唯心作为划分敌友、是非的标准。这就把许多交流讨论的渠道堵住了，并累积起不应有的矛盾甚至冲突。历史已有很多很深的教训。

不能不承认，我们对经济和社会的管理理念和模式仍没有从传统体制中解放出来，与市场经济和开放社会有着不小的距离，还在管着许多不应管、不必管的东西，研究新的情况多是为管找依据、找理由，宁愿在管上过头一些，也不愿在放上松半步，说到底是“宁左勿右”仍有相当市场。许多问题就如此拖下去、积起来。

伟人名人是社会的精神财富，建个标志或搞点纪念活动，当为激励后人，给社会增加正能量，应是没有任何功利性的高尚事。像我们这样利用伟人名人做形象工程、功利文章，搞伟人名人搭台唱经济文化之戏，甚至谋取私利，世上少见。这既是对伟人名人的亵渎，又会扭曲现人的心灵，或给社会留下负担。当禁！

精神卫生是国民卫生中的一个突出问题，远未引起全社会的高度重视，专业医疗机构医护人员严重不足，不少患者对自身的病情不能正视甚至讳忌，重症患者成为影响社会正常生活的潜在因素，社会缺乏理解关怀的氛围，也常有人把心理问题、精神问题说成是认识问题、思想问题。真是需从国家层面认真研究加强了！

人无论处何位，做什么，都应有基本的敬畏之心、羞耻之心、忏悔之心，尤其官员、名家、公众人物及其家庭、子女，理当为社会、为平民做表率，即使做不好最低也要平行，如是有不良行为或是丑闻，则当向公众道歉，承担良知上、道义上的责任。可现实里有些人却与此相反，傲慢无礼，公众不予原谅就是正常了！

要求我们的食品标准、空气质量短期达到国际先进水平确不现实，但总体上达到让百姓放心和正常生活的水准是应该做到的。同时应把国际先进水平告诉百姓，把我们的时间表和路线图告诉百姓，让大家看到希望。尤其重要的是，在国内实行上下、区域、城乡同一标准。如此事做不到，对国家、对未来的信心从何而来？

在欧洲看高雅演出，一袭的正装，不只是出于对演出者的尊重，更是自身修养、气质的展示，整个演出没有一点杂音。处在这样庄重、圣洁的氛围中，哪个人的心灵能不受到洗礼和净化？据说真正能看懂听懂的观众不足一半，余者完全是为寻求感受、提升自身。上海、广州已现一族，但让更多人形成自觉路还很远！

社会中不可能每件事都那么公正，但正常、健康的社会，应有一套完善的制度、机制，保证以最小的代价，最大限度地使冤屈及时得到洗刷，使不公正尽快得到纠正。如果要人们以不可承受之艰辛，甚至以生命和家庭为代价，去洗刷冤屈、赢得公正，那羞愧和悲哀的是社会和国家。

传统教育中，私是万恶之源，狠斗私字一闪念、斗私批修是必修课，要让人的灵魂、思想、利益纯而又纯，现在想想多么滑稽可笑。人类、社会是由一个个具体人组成的，没有对个体生命、个人权益的尊重和保护，不知社会还有什么价值。如同生活中一样，社会领域最重要的也是一些常识！

很长时间我们把市场经济只看成经济问题，当成一种经济发展模式、一种资源配置手段、一种交易形式、一种调控工具。实际上市场经济是与现代化、现代社会互为因果的，是与契约、规则、法治、平等、公民、民主等要素相连的。否则人类社会就不必走那么艰难的路，我们亦不必付出那么高的代价去苦苦探索。

歌剧、芭蕾舞、交响乐并非人人能看懂听懂，但艺术得靠其引领，人性得靠其启迪，社会不可或缺。同理，优雅并非大多数人能够达到，也不一定非得是人生的目标，但应成为人进步的一种引领、一种示范，人应知有这样一种境界、一种状态。对大多数人来说，更重要的在于知道和做好达到这种境界之前需做的那些。

平民百姓也好，知识分子也好，看社会、看政府、看官员，主要的不是看宣示了什么，而是看实际做了什么；不是看上流社会如何，而是看底层社会的状态；不是看最长那块板长与强，而是看最短那块板的短与弱。如不高度警醒，有效应对，不必再多了，现有那些疯言狂语、恶劣事件已足以把社会正能量抵消了！

人类文明最大成果之一，是让人明白追求财富和幸福是人的正当、平等追求，要达到目标则须循正道而行。君子爱财，取之有道，是说即使君子也会与平民一样爱财，君子爱财也要从正道上来而不可无道取占。但历史真能开玩笑，有很长时间人们竟认为追求财富和幸福是耻辱的，一些人自认是君子就可无道取占财富。

底层民众谋生是多么艰辛，多么不易。他们或远走他乡打份工养家糊口，或是摆个小摊以求生计，或是耕种几亩田地年吃年用，社会基础就这样一点一滴地维持着。对他们有一份同情心、怜悯心，是人的基本良知所在，底线是无论如何不能欺负他们，如能为其鼓与呼，能为其送点温暖，给些支撑，就是尽了道义了！

死要面子活受罪，是对国人精神世界和现实生活的一种刻画和讽刺。国人为何左顾右盼、畏首畏尾，为何不能尽情挥洒、展现个性，为何习惯窃窃私语、活得很累，很重要之点在于心中羁绊太多，太看重面子，太在乎他人的感受，以至于忘了自己为何来到世上，为何活着！常识的偏离就让许多并非复杂的东西变形扭曲！

善良的人们永远不要以为戾气不在身边，不端与己无关，暴力已经远去，大道直行无碍，漠视你的权利，忘记你的责任，无视他人的存在，危险因素随时都会向你走来。为社会、为他人如同为自身，多播一些爱心善意，多关心一下他人的命运，多尽一份社会责任，你会睡得更安稳些，生活得更踏实些，社会也会更温暖些！

谁都可能遭受不公，谁都可能经历厄运，谁也可能有绝望的时刻，但任何东西都不应成为报复社会、加害无辜的借口和理由，任何有良知、有理性的人都不应为之辩解甚至喝彩，而是应予制止和谴责。不如此，谁也难以保证自身不成为施暴受害的对象。至于反思问题、弘扬正义则是另一性质问题，不应混为一谈！

不论何人，有不平、有冤屈，可以据理诉求，可以抗争抗议，但无论如何都不应冲决人伦底线，不得伤害无辜，如是为之都应受到谴责和制裁，社会一点宽恕都不应有。这道闸门不卡死，任人之恶性无度膨胀，社会就会失范倾覆。对有些事件激愤一把可以，发发牢骚可以，但真的理论起来，还得回到理性理智上来。

任何人都应同情和尽力帮助弱者，也可以对公权和社会现象进行批评，可以反思问题提出建议，但如果对伤害无辜的行为宽容姑息，为之辩解甚至喝彩，不论有何理由都有悖人性和公理，既是对公众权益的漠视，也是对自身的不负责任，因为任何人都不会知道下一个伤害对象是谁。公权、社会得对所有成员尽责。

不是指责任何人，不是为任何人辩解，只想说的是，社会上以暴力自残自毁或伤害无辜的人，有些确属精神方面有问题，极度抑郁、偏执、极端、狂想。造成问题的原因很复杂，有社会原因、家庭原因、情感原因、心理原因，并非都有天大冤屈或冤屈不伸而绝望。我国精神有障碍的人近亿，他们是其中极少的一部分。

这些人因多种原因难以回归家庭，融入社会，成为影响公共安全的重要因素，也给人们心理带来恐惧的阴影。对其造成的事端作具体、专业的分析有利于防范和治本，不应简单化、情绪化。我们需要更多的心理学家、社会学家、社会工作者参与精神矫正和社会治理，这方面较之发达国家比经济、科技的差距还要大。

每个人、每个家庭的生活都不轻松，都有自己的难处，困境、焦虑、烦闷以至于冤屈都不是戾气迸发的理由，人性底线不可冲决，伤害无辜天理不容。秩序、平稳、安全不应是一种奢求，国家和社会有责任垒造环境，提供公正，让人把心放平；每个人的心力义行不可或缺，既为社会，也为自我。

如果人们出游还要戒备有加，购物还要东张西望，夜行还要提心吊胆，在家还要警惕门窗，一切都在不确定之中，不知明日还有何事发生，那这个生活还算生活，这个社会还叫社会？生活容不得戾气，社会要远离暴力，对其的任何容忍、放纵都是良知的泯灭，人性、法治理当将其挤压到最低。这是每个人的攸关所在！

经济增速的一时下滑，不能简单说是坏事，更没恐慌的必要。一方面当是真相真实的回归，让头脑冷静下来，挤出水分，直面审视经济运行轨迹，发现症结和问题，采取切实的应对措施；一方面提供宽松的环境，会给改革、转型、调整带来更好的机遇，促使经济运行进入正常轨道。把握好度，才是对智慧的严峻考量！

关注他人感受，多为他人着想，语言保持温和，注意倾听，守时守信，尊重私人空间，爱护环境，公共场合守公德，及时认错道歉等等，这些现代国家通行的普通生活常识，都并非太难，不需高深的学问，不必付很大的代价，只要留心、有心、用心就可以做得到，对自身有益，受他人喜欢，应当成为普遍的价值和准则。

任何人、在任何时候没有任何理由给他人提供这样的心理暗示，即触犯法律可以不被追究，报复社会是追求正义，伤害无辜可视为义举，诉诸暴力是英雄行为，乱泄私愤会受到赞赏，胆大妄为能够畅行。社会应为此达成高度共识，一起行动，消解戾气，清除恶行，首先是为自己、为家人、为了下一代。

只有人人的权利受到尊重和保障，社会才能稳定；只有人人的积极性和创造力得到激发，社会才有活力；只有人人都勇于担当和负责，社会才能进步；只有人人对未来抱有期待和信心，社会才有希望。而这一切的基础和前提是每个人的身心自由和独立思考，国家和政府第一位的责任是保证使之成为现实并不受侵犯。

批评是一种表达方式，体现的是信任，批评的存在是社会开明的表现，这些道理人们都懂。可一到现实中，往往就难以习惯，尤一听到看到对社会、对政府的批评，就会联想、猜测、分析许多，以至于生出许多事来。一个正常健全的社会，一个负责任的政府，应当欢迎而不是惧怕批评，使批评有广阔的空间和宽松的环境。

批评是一种参与，一种监督；接受批评是一种责任，一种自觉，两者的良性互动程度是社会成熟度的体现。理性、有据、善意应是批评者所力求的，但凡属批评，都难全是事实正理，难免不夹杂其他，难免偏颇激愤，最大程度的克制、包容、说理，是对接受批评者的考量。两者的走近相融，正是社会的目标！

实际中常见的，高谈阔论正确的大道理，为的是教育他人；义正词严谴责邪恶，却在做着邪恶的同谋；批评着社会上的不良现象，是为了让他人不做；熬制一碗碗心灵鸡汤，并非为了自己来喝；希望和鼓励他人奉献，极少想到自身应做些什么。善良、正义就在身边，每个人转身践行才最为重要。

两分法、绝对化、非黑即白、非对即错、非左即右、非友即敌，这类思维方式、处事方式影响了我们多少年。多少人不知许多世事不应做这样的划分，有些划分没有意义，两分之间有多大的中间地带，对划分出的两边有着文明的通行规则和人文精神，以至于造成一个个误区，至今也未能完全走出，时时还能看到影子。

让人的内心平和下来，让人的情绪冷静下来，让人的脾气清凉下来，给些实惠现利可能有效，熬制心灵鸡汤可能有用，但要保持长久，成为恒制，社会公平、精神信仰、人之素质才是根本。这就有赖于法治制度的健全、社会治理的完善、人文精神的弘扬。不一点点做细做实，戾气暴力的猛虎随时都可能冲出笼子！

我们穷得太久了，太急于进档上位了，太注重精神的力量了，太习惯运动式、突破式发展了，太相信财富的增加很快可以改变一切，不断提出一个个气贯长虹、激动人心的口号，一次次地奋进，一次次地曲折，以至于社会的积累、文明的进步、人素质的提升并没与发展同步，不少方面缺失很大，不得不停一停清理补课！

时代到了今天，爱国不爱国的内涵与历史上相论已有很大不同。一个人只要不出卖国家机密，不鼓吹分裂国家，不勾结国外势力破坏国家大业，兢业谋生，有益社会，都是爱国的，作为平民百姓想不爱国都难。爱不爱国不应成为随意挥舞的大棒随意评判他人，在文明社会，除了法律谁都不是爱不爱国的裁判官！

面对质疑，不论什么家庭，不论什么身份，不论什么背景，就该坦诚、及时发声，还事实一个真相、公众一个明白、自身一个清白，换来的是信任和敬重。如是扭扭捏捏、遮遮掩掩、欲言又止，只会使云山雾罩再加谜团，离社会和公众更远。上层社会如此为之，对增进社会互信、推动社会进步，定是大有裨益的！

没有每个公民的责任到位，没有一批先觉先行者的引领示范，没有社会各方的广泛参与，没有网络无可代替的作用，许多事情就不可能有今天这样的进步。政府施政有其一贯性，法治有其稳定性，而客观事物在不断变化中且呈多样性，公平公正的获得和前行，很多情态下就在各方的良性博弈中，哪种元素都不可缺。

没有像中国这样多的香烟牌子了，没有像中国这样天价的香烟了，没有像中国这样拿香烟作招牌来炫耀了，没有像中国这样香烟占有那么重的位置了，更没像中国这样以香烟来做国家梦、人生梦了，文明为之蒙羞，理性为之战栗！让香烟降位，让烟价冷却，让禁烟张扬，还国人一个健康梦，才是中国人的选择！

平心相对、平等讨论、平和说理应成为全社会的共识和规范，在这其中寻求最大公约数。对社会和事物人们有不同看法、不同意见甚至对立都是正常的，但谁也不应自以为是，谁也不能当最高判官，谁也不可剥夺他人发言争辩的权利。唯此方能将傲慢、武断、粗鲁压缩到最低，否则就会堵塞通往理性理智之路。

太久的贫穷、太重的负担、太甚的挤压，使得一些人面对快速增加的财富手足无措，只能显摆、张扬、炫耀；面对一再扩大的公共空间不知南北，只能围观、吐槽、谩骂；面对日益彰显的个人权利智力不适，只能随意随情，正是国家和社会前行最大的软肋所在。达到成熟的社会，形成健康的公共空间，还需走艰难的路。

较之几十年前，社会已有了根本性变化。开放的扩大使人们对外部世界不再陌生，有了左右视野的参照系；中产阶级正在形成，成为重要的支撑和稳定力量；公众受教育程度空前提高，理性理智明显增强；各类社会力量的成长，对社会矛盾的演变能够有效制衡。只要积极作为，精心操作，社会的正常转型一定能实现！

如今国人与世界有两条大路是畅通的：一是出境游，逐年增长，从上层社会延至普通民众；二是互联网，遍及城乡，初中以上者几乎无人不晓。这两条大路谁也堵不住、断不开，不论现实还是虚拟，中国都与世界紧紧联在一起，实乃最大之国情。不论讲什么，做什么，与世界大势吻合都是需考量的第一大要素。

农村土地的流转，应有三个基本前提：一是在农民自愿的前提下，随着产业的发展、城镇化水平的提升自然有序进行；二是除产业发展确需外不得随意改变土地用途，减少粮田，尤应防止地方豪强兼并土地搞庄园、搞变相房地产开发；三是必须是良性、规范操作，政府要加强监管，防止侵害农民利益的事情发生。

资本这个东西势利得很，它不大讲人情世故，也没什么政治信念，反正它觉得哪里安全自由，哪里能够生钱生大钱，就向哪里流，就在哪里生根结果。每个人都有些理想化，每个地方都有自己的风采，但说一千道一万，你想发展，想过好的生活，很重要的一条就看资本向哪里流。资本流走了，其他的多是白搭！

可能受传统文化影响和长期小农心理使然，国人几乎在所有领域都崇尚小聪明，重于心计，有了点小便宜，得了点小利益，某时一刻占先，某事一时胜人，就沾沾自喜，自我炫耀，并将其传至后人，翻看一些史书此类例子比比皆是。岂不知被忽略的往往是大德大智，历史步子被绊，社会大事被误，不少与此有关！

一发生什么事情，一争辩什么问题，一有什么分歧，一些人就习惯于质疑动机，习惯于作恶意推断，习惯于拿敌对势力论事，甚至一些公媒亦如此为之。这样下去，怎能让公众自由表达，怎能通过正常讨论使人们对重大和敏感问题达成共识，怎能促进社会走向理性和成熟？传统理念和思维影响太深，亟待反省转变了！

那些普通民众相当善良、本分，有了些实际利益就满足，但他们对自身的权利却知之不足、运用不够，对社会的分化状况和潜在矛盾了解不多，对外部世界的变化感受有限，一听说批评政府、限制公权，就担心有什么大事发生。这不应怪他们，与传统文化影响和我们的教育宣传缺失有关。社会的正常转型要依靠他们。

什么时候掌握一门手艺能过上较体面的生活，什么时候学习钻研技术感到自豪和荣耀，什么时候辛勤劳动受到社会的尊重，什么时候财富地位不是追求的首选或唯一，那教育才是归到本位，社会的价值观才是步入正常，每个人的价值才会得到真正实现，人人平等才不是一句口号。显然我们达此目标还任重道远！

一教授竟然在京城高楼的楼顶施工六年建造了别墅，真乃天下奇闻！六年多有关部门干什么去了，为何不制止，为何制止不了；业主们干什么去了，为何不维权，为何维不成;施工单位明知无合法手续为何敢施工;这里面到底有什么文章,是何方神圣敢如此无法无天?这里面透视出社会管理和法治建设多少问题!

对一教授在高楼顶建别墅一事,北京市城管部门昨晚作出的回应是,找不到人。人家在光天化日之下建了六年,政府一个执法部门六年竟找不到人,真不知是干什么吃的,这样的话怎么就能说得出口,这是让谁难堪,你让公众相信谁,让公众说什么好?这后面到底有何利益纠葛和猫腻,应当有人出来说话和承担责任!

对教授在楼顶建别墅一事,不明白那么多人与媒体都把教授作为焦点说事,讨论该不该建、是否安全、教授身份背景等,真是偏了向!这是一起典型的公权不作为或渎职的行为,人家在光天化日之下建了六年,无人制止,这是谁的错?

传统家庭美德被政治波涛和商品大潮冲掉了许多,至今没很好修复;现代家庭观念受到重重影响阻隔,没与现代化同步进入现实,两者相遇于新的历史时期,在碰撞摩擦中寻找着相通相融的区间,使家庭生活呈现许多不同以往的特点,当是与社会转型大体吻合,演绎了色彩斑斓的社会现象。这个过渡期可能很长!

长期我们以为靠美好理想、冲动激情、一腔热血就能实现现代化,实现现代化一切问题就都解决了。后来知道还得按经济规律办事,得遵守市场规则,得对外开放,更需提升人的素质。现在才明白如果没有法治社会、民主政治、公民权利，那一些都可能是空中楼阁。遗憾的是在这个过程中，我们付出的代价太大了。

传统的思维定势，僵硬的表达方式，习惯的语言语境，对上负责的工作取向，严格统一的宣传口径，能让哪个媒体、哪个主管官员、哪个编辑记者去突破，谁敢去突破，突破了谁能接受，出了问题谁为之担当？如此环境、氛围，如何让宣传生动活泼、贴近实际、针砭时弊、体现特色？没有大思路的调整，看到改变很难。

深化改革也罢，研究问题也罢，完全可以公开讨论，甚至辩论，大大方方，清清爽爽，相信公众的理性和思辨能力。刚开始会有些不适应，一些人也可能措手不及，但持之以恒就会成为习惯，成为讨论问题和生活的方式。搞那种放风式、试水式，让公众一头雾水，到处打听，无端猜测，于谁都不利，不应是社会的常态。

社会正处于转型期、矛盾多发期，民众诉求多是正常的，要求他们都那么理性是不现实的，但关键在于要有正常的诉求表达渠道，有健全的问题解决机制，有社会的良性良好氛围。管紧管好公权，维护保障民权，应是出发点和落脚点。如是，人们就没必要在网络上发泄了，更没必要寻路爆料了，社会就会轻松许多。

我们的典型案件很多，也不缺专业公正的审理审判，但真正让人们记住并成为法治进步、社会公正的标志性案件并不多。我们太不注重反思，太容易淡忘，以至于社会重复以往的太多，前行格外艰难。如是经常选择一些关注度大的典型案件，面向全国公开审理审判，公升讨论辩论，人的意识、社会公正进步或许会快些。

几十年来不知进行了多少教育，开了多少会议，搞了多少活动，可在一个城市里就是解决不了乱吐痰、乱扔垃圾、乱闯红灯的问题，真应感到羞愧。细思之，如果抛开那些空洞无物的说教，如果不去搞那些形式主义的东西，如果把精力主要放在法律法规的贯彻实施上，各方面定会好得多。这个责任可不是在民众。

公权和公媒第一位的责任是把事实真相及时告诉公众，如老把公众作为宣传、教育、动员的对象，老把公众当作长不大、不懂事的小孩，老把自己所思所想作为是非曲直取舍的标准，那逆反心理的出现就肯定了。公众当然需教育引导，但那主要应由社会组织来做。公众知道真相，相信会有理智的判断并在实践中矫正。

林达关于美国的几本书写得都不错，通过一个个具体案例、事例娓娓道来，将美国的历史、文化、光明、丑恶、变革、走向、价值全景介绍给国人，平实、真诚、可信，认真读后可对美国政治、社会、制度、人文、信仰等有个大致的了解，至少助你对涉美之事不致大的误判。真正认识一个人难，认识一个国家更难。

任何时代都会有些典型人物，任何时代都需些榜样示范引领，不仅社会需要，而且人的内心也有自然向往，但前提是他们必须真实可信，可学能效。我们过去推出的一些典型，他们本身多为好人，但人为塑造的成分太多，政治标签分量太重，并随气候变化贴上数不清的光环，一旦真相大白，人们的心理不逆反都难。

国人对私德与公德、私权与公权、私域与公域显然多没分清，经常说的一句话是"先做人后做官"，就是把二者混在一起了，实际做人主要是私域的事，做官主要是公域的事，之间肯定有联系，但肯定不是一回事。作为个人无私地把私域与公域统一起来当然很好，作为他人、作为社会、作为公权看问题还是将其分开为好。

公众对一些国家实行免费医疗关注和议论本很正常，但绝大多数人知道国情，不会去奢求完全的免费医疗，他们期望的是提高医保水平，缩小医保的差距，有好一点的医疗服务。可有关官员却反复出来作些不着边际的解释，为现行制度辩解着色，除了说低估公众智商、不了解世情、推诿责任，再很难作别的解释。

外国经济学家很难理解中国的实情，房地产业尤其如此。房地产业在中国有巨大的市场需求，且有相当不理智、不合常情的现象；再加上政府主要是地级市以下政府的影子、新型城镇化的推进，房地产业仍会是调整中继续看好的产业，不会那么悲观。随着产业结构的调整，其在整个经济结构中的权重降低会是现实。

社会正常的差距是激发动力、保持活力的必要条件。但如差距过大，特别是因公共政策、公共资源、公共服务的缺失导致差距过大，就会加剧社会不公。如不能及时修补、缩小、平衡，就可能造成社会的断裂以至动荡，影响的是每个人。有效把握差距的度，是最高级的政治和管理艺术。此事正严峻地考验着国家。

一个社会人们有不同的声音是很正常的，人因所处地位、利益关系、站的角度、知识层次等的不同，对同一个事物的认识会有很大的差异甚至极端化，再怎么讨论、统一，也难有高度共识，只要不离开法律的底线完全可以各守一方。这些多与什么思潮影响、外力作用没有关系，如硬要这样认为，社会就会窒息了。

农民工定是特定时期的历史现象，十年二十年说不定，但肯定是一个减退的趋势，不少地方早显端倪。未来产业的发展、城市的扩张，外来人员当然会有，但前提是必须使他们中的大部分人有一个家，有同质的公共服务，并逐步融入城市，成为永久的一员。农民工作为创造财富的候鸟型机器的时期很快就要结束了！

国人头脑深处的拜把子兄弟、哥们义气、路见不平一声吼、替天行道、两肋插刀等意识源远流长，在特定历史条件下可能有一定的必然性、合理性。但在现代社会，显然与人文、理性、理智、法治等理念相悖了，也是导致诸多社会问题的重要原因。要消解很难，但至少不应再去渲染传递了，特别是影视作品和媒体。

即使同样的天资和努力，家庭条件好一些，自然会有更多的发展机会，有更宽的上升通道，对此每个人都会理解。但如是家庭条件特别是地位、权力成为主要依赖，那社会公正的天平就会倾斜，让人去努力和奋斗就难了；如是成为傲慢、豪夺、享乐、凌弱的资本，那社会就没有希望了，受影响的是社会所有成员。

这些年许多家庭的财富增加很快很多，但家庭关系、子女教育等方面的现代理念并没同步提升，一些方面甚至退步，以致不少在现代国家本应做社会示范、公民模范的家庭及子女，成了问题家庭、问题子女，成为社会诟病的对象。究之，财富、权力、地位观的扭曲，信仰、敬畏、修养的缺乏，是根本原因。真让人忧虑！

一些理想化的美妙说辞为何能吸引大家，甚至深信不疑，一则人之内心都有向美、向善、趋利的心理，二则对世事、真相、真情的了解理解需一个过程，三则社会作了放大或扭曲的解读和渲染。应把理想追求与个人满足、未来目标与现实可能、社会激励与具体操作，既在理念上统一起来，又在实际中区分开来。

可能受传统哲学和政治生活的影响，国人对现实问题的思维有两大特点：一是非此即彼，作简单两分；二是敌对意识，作动机推定。前者把多彩问题简单化了，世间大多事物此彼之间有广阔的地带；后者把简单问题复杂化了，哪有那么多的敌对，一讲动机很多问题就没法扯了。这给社会和生活带来不少的麻烦和困惑。

说国人群体性堕落显然是太言重了，至少90%以上的普通大众是朴朴实实、本本分分在劳动和生活，他们没有太高的欲望，更没什么奢求，只求平平安安，以自己的努力和汗水换取明天。他们是这个社会的根基和主导，国家和社会应尊重满足他们。

也许是天性和文化使然，各个角度、各种位置都可能成为人傲慢的根由，尤其处于上位者。权力、地位、财富、知识产生的傲慢最为常见，其口吻、气度、举止都可成为形象的代表。如是有人拥有这些而人们感受不到傲慢，一定会十分诧异，联想到的定是两个极端：一则怎会有如此修养好的人，二则这人是否欠点“火候”。

任何人要把事做好，求得成功，付出一定的健康代价是难以避免的，但太过执著、长期为之，且一些习惯与人之生理和科学太悖了，付出的就不只是些代价而是会造成根本性伤害，就得不偿失了。人们大多是青年无所忌，中年不在乎，老年论保健，明白利害取舍是在结果显现之后。看来度的把握、人的平衡确乎难矣。

村庄里弄常见的事，东家西邻有些什么好事，就有人家嫉妒不行，愤愤言：这家好事肯定不地道，为什么就落他家？于是北邻传南家说，搅得沸沸扬扬，四邻不安，似是人家的好事伤着自己了，似是人家有好事自己的好事就没了，实际自己最后得到的还是一地鸡毛。对国与国之间有些事，你看不少人是否也是这种思维？

如今在最偏远的山村都能感受到来自世界的元素，中国融入世界是不可遏止的大势。融入当然会使一些传统受到冲击而有所改变，当然会使国人对原有的理念、意识、生活进行审视而图新，但中华文明会因此获得更大的发展、前行的动力和支撑，并将影响施展给世界。需要的是更多的自信、理性和包容。

金钱能打通商业规则的通道，诚信的底线就没了；金钱能打通升职的通道，原则的底线就没了；金钱能打通法治的通道，公义的底线就没了；金钱能打通评选院士的通道，道德的底线就没了；金钱在社会生活中畅通无阻、横行无忌，人伦的底线就没了：如此的社会是不是很可怕？阻遏此潮是每个人的责任。

如果说靠自身天资、努力、拼搏，获得或拥有权力、地位、财富、知识等上位优势而产生的傲慢还可以理解、接受的话，常见的很多傲慢只是由于承接这些或与这些仅为沾边，就让人匪夷所思了。这类人既无天资的优势，也无创业的艰辛，更不愿屈尊下问、身体力行，只一个傲慢使得，导致的只能是事业与自身两亏。

每个时代、每个社会，都会有一批站在潮头的人，他们说的话可能不那么中听，也许还逆耳，或者无所顾忌，甚至惊世骇俗，但很可能就是社会发展趋势的一种反应，至少是一种社会思潮的代表。国家和社会当予重视和倾听，只要不触犯法律底线，就应最大限度地宽容，并引以为鉴，反思现实，探究未来，把握主动。

每个大的民间节日都应是公众的一次盛宴，都应是社会情绪的一次总抒发，都应是人们心理的一次大抚慰，也许先人设想和千百年的沉淀主旨就在此。民间节日沾上那么多政治性，与公权那么多的结合，是政治和社会治理的弊端之一。民间节日的冷冷清清不是好的迹象，也非社会的初衷，让民间节日归真才是真好。

也许是对改变命运的要求太强烈了，也许是目的太明确了，我们对知识和技术的学习、追求一开始就有着太多太强的功利性，是作为追逐世俗、谋求功名的台阶和工具。以至于这种学习、追求主要在于掌握而非创造，主要用于自身而非贡献，主要用来实现目标而非升华心灵。随着社会发展会对这些看得更清晰、更深刻。

老百姓是最好待的，要求是最低的，有个平等、有个公平，使力不白出、汗不白流，能通过自己的奋斗改变境遇、出头出彩，他们就满足了。如是在本来就艰难的人生路上设置了很多不平等、不公平的障碍，与他人一样以至于更多的奋斗，而得到的是沮丧的结果、不同的命运，他们的心头之火就会泯灭，危及的就是社会所有的人！

能在京城看升旗仪式的绝大多数家庭条件、受教育程度、个人素质都属上乘，说起看升旗的感受也许会慷慨一番甚至眼泛热泪，可为什么能在庄严的场合、大庭广众之下把垃圾丢弃在干净的地面呢？是多年的教育存在问题，还是社会环境本来就漠然？这与现代文明差得太远，应汗颜和反思的绝不只是丢垃圾的人！

"爱国"不是标签，不是口号，也不只是激情，爱国是很具体、很现实的，表现在每个人的言谈举止当中。从一定意义上说，何时真正爱环境了，爱他人了，守规则了，尽职责了，才是真正的爱国了。一个脏话不断、举止粗鲁、乱丢垃圾、随地吐痰、不尽职责的人，不论其政治口号喊得多响多大，都很难说是真正爱国的人。

民众对宁波电视台报道余姚水灾的反应，或许有很多误解，或许是一种发泄，但透视出来的问题值得深度思考和高度重视，即传统的宣传思维与人们接受意愿之间的落差日益凸显，网络的发达对传统媒体形成严峻挑战，公媒的公信力、影响力下降已是不争的现实。不从根本上改变改革，可能不远处就是塔西佗陷阱了。

余姚的水灾令人痛心同情。但应承认这确是一个十分复杂的问题，一则水灾来得太突然、太大，大大超出人们的常识和预料；二则灾害只发生在很小的区域内，很难立即激起社会响应；三则这一带经济社会发展水平高，没有大的人员伤亡，人们的关注度就不会太强。这应当作为救灾和社会治理的一个特例进行反思。

理性、中立、客观，应是任何人评论他人、评论时政、评论社会时的基本要求，理性、客观可能多愿接受，一说"中立”,可能就与左右逢源、不持立场、投机暧昧等联系起来,接受不了。实际上中立才是最重要的,保持定力,不为任何一方价值所左右,亦不把自己的好恶强加于任何一方,静观世情变幻、人间冷暖。

做人、处事、为文,还是要阳光一些、宽厚一些、平和一些,尽量少些阴暗、心计、戾气,己所不欲勿施于人,己之所欲亦不施人。公公之间、公私之间、私私之间,恐怕还是这样好一些。社会之上,人人之间,哪能没有磕磕碰碰之事,如都小题大做,无限上纲,推波助澜,加柴升温,社会和人怎能承受得了?

在现代社会,媒体和记者有着天然的、顽强的监督和批评功能,这是其生命所在。政府和社会都要适应在监督下生活,在批评中进步,学会从麻烦中解套,与媒体建立正常的沟通、互动、博弈关系。媒体和记者自身的法治精神、人文道德、职业操守更是维系自身形象和发展能力不可或缺的。

地产大亨被聘为某法院社会监督员后上班的第一天,即遭遇喊冤人堵门的尴尬,几乎不知所措。似是笑话,但折射出来的问题让人笑不起来:一是可知对民众的法律服务、法律援助短缺到多大程度;二是公权单位搞这种形式多为花里胡哨没多少实际价值;三是个人某项事业的成功并不等于就能肩负更大的社会责任。

印度那种特殊的历史文化、地理环境、宗教信仰、生活方式,使民族和每个人形成了独特的思维方式和心理情结,非深入考察研究很难认知和理解。如大多数印度人认为中国实力离他们很远,中国人不如他们幸福,他们应主宰和引领亚洲。实际的情形,只要去看看就会明了。当然他们有些方面值得我们借鉴和学习。

改革前企业都是国营或集体的,在国家这个前提下工人与企业的根本利益在整体上是一致的。改革后经济成分多元化了,工人与企业已是不同的利益主体,工会的重点如不放在维护工人权益上就是错位失职了;如是纵容甚至帮助企业侵犯工人权益就是违法了。

要达到正当、正义、高尚的目的,方法、手段、路径也应是正当、正义、高尚的,或者是社会文明可以接受的,至低不能是阴暗、下作和非法的,不能突破人性人伦的底线。否则,有些情形虽可大快一时,但对人性的撕裂、社会的破坏是颠覆性的,负面作用会大大超出目的和意义。这关乎每个人的权益和社会的进步。

人们当明,在为那些以高尚目的作旗子而实施的不良、非法甚至恐怖行为辩护、喝彩时,心灵已是荒漠,正在向堕落滑入。此类形势现有蔓延之势,不能不让人忧虑和警惕。社会应形成强烈的抵制和消解的共识,法律应作出更严密的规定,媒体应坚守良知。唯有善意、规则、法治才是全社会的共同基础和根本取向。

体育明星转行去做高科技的引擎搜索,一开始人们就不看好，这是僧道两门之事，如同让中学校长去做医院院长一样，不能说没有成功的希望，但可能性太小。知识问题、科技问题、艺术问题要靠天赋、灵性、毅力加运气，政治、激情、名气可能会热闹、奏效于一时，但终究不会稳固和长久。这方面的教训并不少。

这个搜索的情形大概是：为了一个崇高的目标，即为了在搜索领域占领高地；获得了一个支撑，即各方的巨额投资；打出了一个世界名牌，即著名的奥运冠军。但没想到的是隔行如隔山，僧道两门，高科技可不是那么好玩的，公众在网络上接受的东西又不好糊弄。如此收拾铺盖走人就难免了，问题是谁来埋这个单？

美国华人就美国广播公司辱华言论上街抗议，被一些国人喝彩和媒体报道，且提到爱国和政治的高度进行解读，当是有些多情了。美国是个多元、多种族、多宗教的社会，强调个人至上、平等自尊，对任何种族、宗教的贬损都会招致抗议。华人上街只是一种表达方式，是为了维护自身的权益和地位。还是回到理性上来吧。

唱歌就是唱歌，踢球就是踢球，娱乐就是娱乐，玩一把，过把瘾，本为人生常事、社会常态，不论谁参加，不论何结果，都属对社会情绪、人之心理的调节。动不动把这些与政治扯在一起，与国家命运扯在一起，把很平常的事扯得变了调，且不说这些事本身承受不起，人本应轻松的心也轻松不起来。还是回到本源为好。

调查说八成民众反映看病方便、便宜了，是真实的。但这是比实行新农合和医保医改之前，标准和层次仍很低，基层医疗资源短缺、县一级医疗水平有限、医疗服务水平低、好的人才留不住的问题仍十分突出，看病仍是普通民众最头疼的问题。我们实在没有什么可炫耀的，宣传要留有余地，更要看到问题和差距。

不少媒体刊发照片，社区居委会的大妈们在四合院阅读讨论报纸刊发的理论性很强的政治性文件，不知谁会相信是真实的，自然会问：大妈们真的有那么高的政治热情和认识能力，大冷天在一起读报有多大必要，这种明显摆拍的照片发出来有多大正面作用？媒体的公信力就这样被自己消蚀了，好经就这样被念走样了！

媒体人和律师并非是正义的化身，而是一种社会职业和责任的分工，也有自身的利益所在。他们是在社会服务中，以自己的职业价值和操守，通过与被监督人和法官的博弈，共同揭示着事实的真相和运行逻辑，倒逼着社会公正。社会的正常、健康前行，离不开他们的努力，未来的进步会为其提供更大的空间和平台。

来自农村的保洁工为了劝学生节俭不浪费，坚持吃餐厅的剩饭菜，竟被一些人喝彩表扬，公媒进行报道倡导，实是不可思议。制止浪费、提倡节俭，要靠教育、制度和监督，保洁工个人行为不好置评，但社会对这种明显的自降尊严、冒健康风险的做法不应支持和提倡，公媒更不应宣传助势，以普通人的苦涩满足好奇心。

己所不欲勿施于人。没有哪个倡导者和媒体人会愿像保洁工那样去体验,也不会愿让自己的亲人那样去做,可为何对保洁工的行为那样津津乐道?是不是有种看似崇高、实则阴暗的心理在起作用?教育部门和学校的责任哪里去了,为何让那些普通人去担负那么大的责任?做人做事要厚道,拿普通人开涮,心里会受到谴责。

没有任何一位大使的去职比骆家辉更受国人的关注了,一时猜测、议论、评判如同潮涌。其实两年多来他的一举一动就没离开过国人的眼球,引发的说辞、争执五花八门,成为有趣的社会现象。他如同一面镜子,照射出中美间东西方文化、理念、处事上的差异,如同一扇窗户透视出海外华裔秉性、心灵、价值的异变。

骆家辉出使中国代表的是美国的国家利益,也代表了美国的价值观和行事方式,他当然要对他的国家负责,对他的信仰负责。国人多是让他的面庞和血统占去了记忆空间,并以此去解读其言行,发生误读误解就是自然的了。他受过良好教育和文明熏陶,且不论政治因素,他值得国人借鉴、参照以至学习的地方还真不少!

一位知名学者对改革举措进行正面解析和推介,竟受到一些人的指责和讥讽,有些不可思议。学者当然要批评,更当以天下为己任,以民利为最高,在社会顺历史潮流前行时给予支持和导引。幼儿蹒跚学步需要的是鼓励,改革启动喝彩也不可少。如因一己之见得不到采纳实行,唧唧歪歪、指责不断,留下的只会是笑料。

现代科技尤其网络的高端发展,加上政策因素,使产业、行业、职业的调整、发展、分化如同潮涌、势不可挡、难以预料,未来十年大概就是高峰期。更为重要的是对人的传统文化理念、生活轨迹、行事方式会带来根本性的冲击,原来固守的很多东西都在酝酿剧变。未雨绸缪、主动应变,是每个人都面临的大考!

社会批评某名人超生,有人竟公开说精英就应多生,真是毫无人文伦理、人文知识之论。人生而平等,不禁要问:社会之中到底何为精英,精英由谁认定,精英生多少合适,精英生的就会是精英,不是精英怎么办,精英与普通人之间保持什么比例为好?任何人都不会相信,正常的社会、正常的人会提及和讨论这个问题!

在正常环境下,国家间的矛盾纠葛还是应由国家去应对和处置,因这是个极专业的技术活。一般民众对这些的真相、沿革、国际法理、政策策略及连锁反应,很少能有透彻了解,要其完全理性理智面对恐怕很难。公媒对此不应过分渲染,更不应利用公众情绪制造压力或转移视线。至于非正常状态下就另当别论了!

一外国小伙扶起摔倒的女子竟遭到讹诈,令再高的智商也难解,人性沦丧、人格分裂怎么会到如此地步,同胞和国家都为之蒙羞。真不知这位女子如何为人,如何为人女、为人妻、为人母,她的家人应好好帮帮她,如她的内心能受到拷问，能够忏悔，既是她的福音，也是社会的福音。社会更当透析这背后的深层次原因。

在历史悠久、文明流长的国度，扶人助人竟会有那么多的陷阱，真是令世人尴尬。金钱的魔力再怎么神奇，无赖的磁场再怎么强大，生活的无奈再怎么难堪，也不应使人之灵魂如此分裂，道德良知的底线一再被击溃。这背后透视出的文化、信仰、制约等要素，值得全社会解析反省，这应是实现国家治理现代化的基础。

媒体宣传为人做事、敬业爱国的典范是必要的，但不能为设想的崇高置人性人伦于不顾，如为了工作带病坚持，甚至舍弃亲情等。不珍惜生命、淡漠亲情的人肯定不是人格健全、心理健康的人，没有任何示范意义。做这样的宣传可能会过一时的瘾，但却是对公众和社会的不负责任。宣传者首先应考虑自身能做到多少。

大多数农民尤其是偏远山区的农民，对土地的价值和升值的空间并无多少认知，且较重视眼前的利益，如果允许随意改变土地用途，允许将土地用作房地产开发，允许那些商家将土地圈起来建成庄园，农民眼前或许能得到些实利，但受到危害的将是整个农业特别是粮食生产，农民的根本利益最后也无法得到保证。

曼德拉的逝世在世界引起如此强烈反响，实属罕见。除了作为政治人物的传奇人生和改变国家命运的巨大贡献外，更能引起人们心灵震撼和精神崇敬的，当是他对民族崇高责任的践行，对自由平等坚忍不拔的追求，对仇恨释放出的宽恕善意。他让一个国家、一个民族赢得了世界的尊重，他充实和提升了世界的价值观。

社会工作是矫正人的心灵的专业性很强的工作，社工人才是转型中的社会最当需要的，也是六大类人才之一，国家有关部门力推社工进入社会。但目前政府、社会的认知和接受度差之尚远，大多把社会工作等同于一般群众工作，且全国差异很大。急需的是强化对社工职业价值的认同，落实待遇，提高其社会地位。

发展，实际是从以经济建设为中心来的，而以经济建设为中心是对“以阶级斗争为纲”的反正，标志一个时代的开启。发展原本指的就是经济增长，后来内涵扩大了，包括了经济和社会的全面发展。再后来有个科学发展、协调发展、和平发展。这是一个认识、理念、方式提升、深化、成熟的过程。显然我们必须继续前行。

在经历了地震、疫情、水患、雾霾等风雨后，人们对与人之生命、生存、生活有关的问题，有了与过去很多不一样的认知和理解，对增长、发展有了不少新的感悟和体验。包容性增长、又好又快发展、转方式调结构、可持续等，体现着新的思维与视野，有着鲜明的时代特征。当然要真正落到实处面临着艰难甚至痛苦的抉择。

不能不佩服一些媒体无穷的想象力和幽默感。当重度雾霾压在人们心头的时候，当老人儿童出行不得不戴上口罩的时候，当正常的生产生活受到严重影响的时候，一些媒体不是去反思原因，而是以轻松的口吻谈论雾霾带来的意外收获，这与在地震、海啸面前的幸灾乐祸有什么两样，有些人说这是反人类宣传并不过分！

餐饮业提出的禁止自带酒水等，算不上什么霸王条款，应属于自身权利，如果顾客接受，则可视为商家与客户的约定，如同高档商场商品不打折、不赊账、不退货一样，周瑜打黄盖，一个愿打一个愿挨。餐饮业早已不是强势方，经营艰难，顾客有充分的选择权，不接受约定，完全可另选他处。

虽缺乏这方面的知识和见地，但理性告诉我支持航天、探月工程，相信对国家、对未来极有意义，国家也具备了条件和能力。但再神圣、再伟大的事情也应允许公众质疑和反对，公众有了解实情的权利，国家也有责任和必要把一些情况讲清楚，争取社会的支持。当然如此高科技的东西要所有人都明白和支持是不现实的。

只有国民精神、思想高度活跃和自由，只有社会每个细胞都得到激活，只有国家和民族的整体素质上到一定的水准，社会的幻想力、创新力、创造力才会有广泛、坚实的根基，整体技术水平和产品质量才有可能立于世界民族之林。“一花再艳不是春，百花盛开是春来。”我们的体制、制度、政策和机制的设计都应以此为目标。

不能说律师是正义的代表，也不能说法官是正义的化身，同样不能轻断官员有异议就是滥用公权，他们在社会生活、法治环境下各有定位和职责。法律的应用是十分复杂的问题。律师是在与法官、官员的良性博弈中，共同最大限度地求得社会正义，修补法律的漏洞和欠缺，促进法治的完善。社会理当善待和宽容律师。

地名是一个地方历史、文化、民俗的承载或标志，最不应轻易改动。除极少带有种族歧视、有损民俗、心理忌讳等色彩之外，确需改的需慎之又慎，依法依规操作，并征得公众同意，最忌的是官方的随意。如今更改地名已不同以往，所涉问题甚多，其社会成本就不可小视。过去这方面有经验，但更多的是教训。

在正常情况下，国家从国际市场上购买的粮食一有较大增加，都会引起国际市场粮食价格的波动，招致非洲等粮食进口大国的抗议，对国际航运、军事布局等也会造成一定的影响。把 13 亿人吃饭的问题依赖于国际市场，等于把自己的命运系在不明飞行物上。看看日本、韩国以至中国台湾地区对自身农业的保护就会更加明了。

粮食这个东西，不是有钱就能买得到，不是想买多少就能买多少，不是谁想卖就会让他卖，也不是买了就能运进来，尤其像中国这样一个大国，每笔大的粮食交易都会牵动世界一些神经。粮食交易背后有国际政治，有大国博弈。在此问题上，政治家战略家的经验、谋略，比经济学家的市场规则、数学模型推演要靠谱得多。

粮食的需求量、粮食的产出潜力、粮食与土地之比、土地的总量、未来粮食与土地的变化系数，依现代科技不难测出。在这个问题上，看得重一些，规定严一点，当是必要，对长远有益。粮食、土地的分量没有哪个国家比我国更重了，市场的作用当然要考量，但要它来决定显然目前难以做到。人多地少是决定性因素。

在粮食问题上，香港作为一个城市，无论有多少优势，都与内地难有一比。我们的人均土地资源太少而人口太多，粮食问题、吃饭问题，当然要考虑国际市场，但无论如何变化，至少在看得见的未来，都必须建立在自立自给的基础上。正常情态下好办，一旦世情有大变，这碗饭谁也包办不了。此事上务必保持定力。

疑惑、焦虑是许多人的生存生活情态，不知哪种食品是放心的，不知哪个广告是可信的，不知谁的话是好意的，不知天气预报是否靠谱，到了半夜才确认今天过去了，但不知明日会发生什么，似乎一切在不确定中，对未来没有清晰的预期。如此一系列的心理、生活、社会问题就出现了。社会应当让人们的心安顿下来！

一个内心充满焦虑的人，很难安心做事、和善待人，说不上哪天精神就可能抑郁甚至崩溃；一个蔓延浮躁情绪的社会，很难保持平稳、健康前行，说不上哪天就可能倾斜甚至出事。把人的心灵安顿下来，对未来的预期有底，是社会治理和国家成熟的基础。价值的重建、利益的调节、心理的疏导，都是十分重要的。

“各人自扫门前雪，不管他人瓦上霜”，事不关己、高高挂起、明哲保身，这确是国人文化中的一大软肋。我们中的许多人有事不愿出头、不敢冒险、缺乏担当，好事向自身拉，有利跟着沾，责任多向他人身上推，见他人出头不是参与而是在一旁鼓噪，甚至看笑话。公民意识、公共空间观念的淡漠和缺失，是社会发育缓慢的重要原因。

一个正常健康的社会，应该使底层人士通过努力不断向上流动，使平民百姓有更多的进取晋级机会，如此才会使人人感到有希望、有奔头，社会才能充满活力。社会分层固化，大路不通，是最大的不公。如此，人的正常努力得不到应有体现，就会寻求他途，带给社会的定是淡漠、消极以至仇视，影响的会是每个人。

一个社会的理想状态是中产阶级主导的社会，即大部分人有恒产、有稳定职业、有体面的生活，受到良好的教育，既是社会财富的主要创造者，也是社会价值的主要体现者。而其两端即巨富与贫困者都居少数，都难以主导社会的走向，这样的社会通常称“橄榄形社会”，理性、温和、稳定是主要特征。我们无疑应向此努力。

新的时期，人们对自身权益看得重、争得多了，不能说是太自私；要求社会尊重私人空间，不能说不讲人情了；对生活环境和条件讲究了，不能说贪图享受；到国外求学或换一种生活方式，不能武断地与爱不爱国联系起来，等等。前种情形正是社会进步的表现，如是按一些传统道德观念去看，那什么事也没法办了。

消费的激情与年龄增长成反比，一个人、一个家庭是如此，一个国家、一个社会亦是如此。老龄化社会带来的不只是负担和压力，更多的是暮气和衰退。无年轻的激情冲动，无消费的正常增长，社会进步的活力和动力就会成为无源之水、无本之木。多少人还没有深刻认识或正视这一点，愿日本的现实能带来一些有益的启迪。

逐步减少以致最后停止死刑，是文明的要求，是历史的过程，也是现代国家的通常做法。对减少死刑国家已向前走了一大步，停止死刑在可预期的很长时间还难做到。这既有复杂的现实问题、法律问题，也有意识问题、心理问题。不能拒绝向这个方向努力，目前应当做的是理性对待、加强研究、点滴做起、积累条件。

邓小平的改革为什么那么得人心，最重要的起点就是使人民能吃饱饭了。没挨过饿的人永远体会不到挨饿的滋味和吃饱饭的幸福，这一点 45 岁以上的人都会有刻骨铭心的记忆。有人问起我 80 多岁老母亲改革前后的感受，她总是说：俺不懂什么大道理，反正是现在不用挨饿了，不用斗这个斗那个了。

改革前有窝窝头吃算是好的地方、好的家庭，胶东那里的主食是地瓜（红薯）和瓜干，窝窝头主要是给家里男的吃（因要劳作），辅之以杂菜等。改革初窝窝头才成了主食，之后变为馒头等。有个城里女孩第一次吃窝窝头，感到很新奇,对父母嚷道:那时有这么好吃的,你们怎么还说受苦?到第二次她怎么也不吃了。

2003年的“非典”改变了中国,让人们对生命、对健康有了全新的认识;2013年的雾霾改变了中国,让人们对环境、对发展有了全新的认识。这两大公共事件的最大特点是,影响都是世界性的,对所有国民都是平等的,唤起的都是最基本的良知。只是十年时间太沉重,付出的代价太大,但愿能成为民族复兴和国民安康的根基。

我国的医疗支出占GDP的4.2%,是最低限的支出,是救命保命的支出,绝大多数人没有“保健”一说,与美国的17.5%根本没有一比。医疗服务价格看绝对值不高,但要与人们的实际收入比,就另当别论了。应就医、应住院的有多少人在硬抗,主要原因在此。与发达国家比,我们医疗水平的差距远大于经济发展水平的差距。

当以亿计的网民尤其青年男女,通过日益便捷的网络,通过微博微信等,随时随地地接受着世界的最新信息,感受着五彩缤纷的现代生活,交流着对各种事物的看法,讨论着国家、社会和自身未来走向的时刻,传统媒体如不改革、不跟上,拥有的空间就会越来越狭小,衰落就难避免了,要么被远离,要么被淘汰。

在西方国家常见一个人或几个人聚,每人一杯咖啡或一杯啤酒或一杯红酒,慢慢地品,或独处或轻声细语聊天,一坐就是几个小时。以前老是不得其解,今受一事启发突然悟道:这是否就是长期养成的让心沉静下来的一种生活方式?西方人的理性温和是否与此有关?而国人长期对烈性酒的独钟恰恰是让心躁动冲动起来。

每个民族都有独特的生活方式、饮食特点。以刀叉食肉为主的西方民族,用慢品咖啡等来钝化其剽悍猛烈性情;以碗筷食面菜为主的东方民族,用豪饮烈酒来为温顺柔弱性情壮胆扬神,是否都是一种符合逻辑的必然选择,东西方文化差异也由此可见一斑?只是豪饮烈酒带来的问题太多,好在还有个茶文化来冲淡些。

一道数学题有多种解法,一道好菜有多种做法,一个目标有多种达到途径,一个问题有多种认识角度,这个多种之间很难说有高低、优劣之分,每个人作出何种选择,完全取决于自身的实际和客观情形的影响度。我们的传统教育和思维,多是让人只知有一而不知有二有三,更不知质疑究底,单一、禁锢、排他就自然了!

本来是用来向他人介绍自己或作联系用的名片,在现实中做得千奇百怪,金箔银箔有之,铜质丝质有之;上面内容更是五花八门,各类社会职务职称、历任各种头衔、获何种荣誉等双面标列,甚至几页有之,标明职级、待遇及主持、列第几等更是多见,不一而足。这到底透视出一种什么文化、什么心态,真是值得思考。

农村土地是集体所有,只能按规定给农民供给宅基地,理当不允许城里人买地建房,主要是为保护十分有限的土地资源，保护农民的根本利益。同时防止城乡秩序的紊乱，引发新的社会不公和矛盾。可想而知能到乡下买地建房的都是些什么样的城里人，建房后会出现什么情况，显然我们的国情不能满足这样的要求。

看了众多层次不低的老年人为低劣骗术所骗的消息，感到可笑、可气、更痛心。深思之，是否与社会传导系统出了问题有关？假如媒体不是整天莺歌燕舞而是客观披露些社会问题让人们有较强的警惕性，假如类似事件刚发后连续追踪报道使人们增强点鉴别力，假如社区居民有更多的沟通交流渠道，是否会是另一番情况？

我们的社会不论在日常生活中，还是在公共领域里，或是在网络上，都有必要不断普及和润泽现代文明的常识，使更多的人能以平等尊重、责己为先的心态对待他人，造就善意、平和、讲道理的氛围，理性理智地讨论和争论问题，逐步积累和达成基本的共识，约定和信守大家接受的规则。如此道德、价值的建设才有可为。

在日常生活和相处中，也许谁也难以完全避免粗语恶言，但在公共平台上，不论处于高地还是低洼，总得考虑自己的身份，考虑对社会的影响，考虑他人的感受。如连知识分子都不能有话好好说，有理好好讲，有事好好做，那社会何时能成熟起来？自由有边界，文明有底线，处事有理性，应首先从知识分子做起。

论经济发展和生活环境，印度与中国难有一比；论人的心态和精神生活，中国与印度难有一比。这两个东方大国确是很难找到比的对应点。如是任两个国家的国民自由选择，恐怕谁都不会选择对方。可能最理想的是把两个国家所长嫁接在一起，可惜这样的事情上帝也做不到。还是各走各的路，各过各的日子吧！

如今社会前行，就媒体而言，有三大板块在起作用：一块主要是传统媒体驱动；一块主要是新媒体驱动；另一块则是两类媒体交错驱动。新媒体的飞速发展，挑战的绝不只是传统媒体，还有传统产业、行业、职业，更有人们的知识结构、思维方式、处事方式、生活方式。未来十年两大板块将会发生激烈碰撞，全新地改变社会生活！

护照的通行度，实际反映了融入世界文明、与国际惯例接轨的程度。13 亿人口的发展中大国，教育、地域、民族、素质等差别甚大，且真正开放时间不长，不论哪个国家，只能按那块短板实行护照管控，国人应以平常心对待，既不必过多抱怨，也不应过高期待，情绪化代替不了现实，一步步做好自己才最为重要。

创业，实际就是掌握一门本领，选择一个机会，做实一项事业，过好一份生活，让人生价值得以实现。不要说得高不可攀，不要故弄玄虚，人人都可有为，没有公式，也无定式。前提是要把心放平归位，心太大则难以落地，志太高则难以做实，太急翻身则难以合作，太想惊人则难以容人。该走的步一步也不能落下。

市场经济改革已不可逆转，政府职能正在逐步归位，国家严厉整饬吏治，安抚民心，把统一政令做实，正逢其时其势。这一方面能保证市场化顺利推进，一方面可为民主化夯实根基，且足以抵挡来自其他方面的风险。有了一个好的起步，持之以恒，形成定势，并纳入制度化、法治化的轨道，国家的前景当是充满希望。

与一金融机构人士闲聊，问：你们为地方政府融那么多资，没有风险吗？不是控制很严吗？告之：他们需要，主要是用于城建和弥补其他缺口，我们也乐于做。风险不大，到期还不上再融，把前期的还上，向后推着做，控制是有，但得想法，多转几下，只是成本高些。至于我们只要政府不倒就没风险。风险是不是很大？

一代人有一代人的天地，一代人有一代人的造化，一代人做一代人的事情，但这不应成为当代人推卸责任的借口。每一代人都应为下一代人负责，前一代人理应为后一代人开辟空间，创造平台，奠定基础。如此社会与人才会不断进步提升，健康向上。这实质更是对自己负责，对道义负责，对历史负责。

几乎每天都看到一些律师在全国奔波，出庭、辩护以至于死磕，让人感佩。不应揣摩他们的动机，他们在社会的最短板处，通过与缺憾、失误或枉法的博弈，守卫底线的良知，维护法律的尊严，找回基本的公正。没有他们，这些很可能就是另一个样子，社会和公众应予支持，这也是为我们自身。说服他们的只能是法律。

一些人对国家的现状和前景有这样那样的疑虑、猜测以至于责难，是正常的，大多是出于对国家和自身命运的关心。国家确存在很多问题，有些方面还很突出，并面临着世界大势的考验。但方向已正、总体向好是恒定的存在，一艘巨轮不可能像快艇那样容易掉头和加速。把关心转为信心，把信心转为力量，才最为重要。

我们的社会还是应当多一些阳光、率真、正直、坚守、激情，少一些阴暗、卑琐、心机、油滑、麻木。而现实生活中缺乏的多是前者，人们的认知和取向往往把此与幼稚愚蠢、不合时宜联系起来；多见的则是后者，且多被视为聪明成熟、谙于世道，由此造成了许多的扭曲和苦涩。正常的社会应当让人的心境清凉起来。

好的制度使人之善性萌发向上，好的品行得以弘扬并渐成社会规范和准则，是良性互动、互促共进共长关系；坏的制度则使人恶性滋长膨胀，坏的品行得以纵容扩大而影响文明发育、社会健康，是社会前行中最当避免的道德陷阱。当人之坏品行以群体现象和社会风气肆意蔓延流行时，就要从制度上反思寻找根由了。

中医中药有悠久历史，有其应有的地位和作用。但需直面的是，中医培养环境发生了根本性变化，多少人能坐八年的冷板凳，毕业后多少人能潜心专业，中医诊断方法也遇到挑战；中药生长和获得环境发生了根本性变化，地理条件早已不同从前，名贵药材多受质疑，中药现代化在国外，如何弘扬中医中药是个大考题。

一个人在东北已是第三代、第四代了，对外一定会说老家是山东哪个乡、哪个村的；一个人在京城当了再大的官，对其故乡也会心牵梦萦、敬畏有礼，这就是国人独特的家乡情结。中国的城镇化既不能走美国的路子，也不能走欧洲的路子，除了人口多、土地少、财力有限等因素外，家乡情结、故土文化是挥之不去的因素。

一些现代国家的公众人物、明星的公德和形象，最看重的是如何履行对国家、对社会的义务和责任。如在服预备役期间，不论在何处参加什么活动或比赛，一旦接到通知则会无条件地赶回。相比我们显然缺乏这方面的规范和自觉，以至于这些人参加不参加属职责内的社会活动都会成为新闻。何时不再成为新闻就是正常了！

全国一时掀起建五星级酒店的热浪，市在建，县在建，甚至镇级也在建，地方政府开出了种种优惠条件，把五星级酒店作为经济发展、社会繁华、工作政绩的标志，似乎无此就无法发展，似乎国家真到了超发达阶段，不能不说是社会的扭曲和变态。脱星是个好的信号，说明社会正在回归，但愿挤出的不只是经济泡沫。

在正常的社会，人性、道义、法治会主导人之行为，人们不会因为善意而感到委屈，不会因真诚而觉着吃亏，不会因合理诉求而遭厄运；会因不良作为而感到愧疚，因失信而失却空间，因悖离道德而受到谴责，因恶行而付出代价，因违法而被追究。我们应不渝地向此努力。

对李娜打球和获重奖怎么看，对除夕不放假怎么看，对冯小刚导演的春晚怎么看，别看这些话题平淡无奇，但都涉及国人习以为常的理念和体制，与日常生活和社会活动密切相连。尽管人们表达的意见并不一致甚至很对立，但能启迪思考一些问题就够了。

现代社会最重要之点，全面深化改革的目标，就是对权力的再造重塑，使其返真归位，关进制度的笼子里，实现社会治理的现代化。法律具有至上的权威、市场对资源配置起决定性作用、提升公民的权利意识、发挥社会组织的作用等，都是不可或缺的重要环节。如此各类要素各有其守、各尽其责，社会才会走向成熟。

老家村里，靠集体海滩和设施出租，每年有一笔固定收入。春节前根据村民的愿望，村委会提出在保证公益公用正常开支前提下，给每个村民派发一定数额的现金。这涉及村民资格认定、派发多少、老年人加发多少等复杂问题。他们凭着农民特有的智慧，用近一天时间，分别开了村民代表会议和村民大会，逐项讨论，一一表决，最后顺利实施，村民每人派发 1000 元，65 岁以上老年人加发 500 元，皆大欢喜，一些在子女家或城里居住的村民知道后简直就不相信。此事也说明，发展到一定阶段，给民众派发现金是可行的，一个村可行，一个县、一个市以至于全国逐步也可行；还权于民，落实自治，他们是能够把自己的事办好的。

受传统意识和计划经济的影响，我国大城市对中小城市尤其乡村有一种天然的排斥心理。在市民的心里，似乎这个城市就是他们的专属，居住在此就高人一等，“在北京人眼里全国都是乡下”的调侃语，就是绝妙的解读。这类情况在现代国家少见，可见等级观念渗透之深，平等意识多么缺乏。真正的改变需一个时代。

对春晚这样被视为神圣的事情，过去人们只有接受的份儿，现在可以评头论足了，可以质疑批评了，体现了社会的清明和进步，更彰显了网络改变世界的力量。如无网络，没有多少人会去质疑，质疑了也无表达的平台，表达了平民百姓也难以知晓。启迪是，不晒在阳光之下，没有力量的制衡，什么事情也难保纯洁。

被视为神圣的春晚，竟牵出这么多话题，有这么多质疑，引起广泛讨论，无论对公权还是对公众，都是一件好事。除了说明国家走向清明、公众日益理智外，最重要的是，公权可知公众意愿和呼声，公众可知真相求共识。这个社会效果也许会超过春晚本身，也是主办者和导演们没有料到的。但愿人们说了不白说！

春节是农耕文明的节日，古人深谙一年之计在于春，设春节告诫着不违节令，勤勉劳作，企盼的是丰衣足食。人们为何感到过去的春节有年味如今年味愈来愈淡？主要那时难得一年能放回假，看看杂耍，赶个庙会，放松一下；难得一年能吃几顿好饭，换个新衣裳。而如今“节日”

意识早就很淡了,而这两样都基本不存在了。

如今一年那么多的假期,生活水准与过去有根本的不同,注入再多的元素,让春节有过去那样的味道,都不可能了;像西方圣诞节那样有气氛,也不可能了,因文化、信仰不同。平心想想这样也挺好,借春节探亲访友、聚餐聊天、读书充电、放松休息,社会和人都会更自在从容。或许生活本来就应是这个样子!

开放之后,像圣诞节等西方节日进入就难免了,一些人看到后以为真的鬼子进村、阵地丢失了,大呼奋起塞堵,实际是反应过度了。西方的节日确有其温馨的内涵,但在中国没有存在发育的文化、价值土壤,青年人多是好奇,玩一把而已。国人真正过的、能找到感觉的只能是中国味的节日,尽管它也随时代在改变!

在现代文明之下,对孝应作具体分析。“孝”主要是家庭间的道德,是下辈对上辈的爱心和责任,不应讲什么条件;作为上辈应表达的是慈爱,而不应以“孝”为说辞对下辈苛刻以求。传统孝道中有不少与人伦相悖的成分,应予抛弃。国家当倡导孝道,但应把握好度,如过分了,要么是权力越界,要么是在推卸公权的责任!

禁止烟花爆竹尽管愿望很好,短时间很难做到,涉及生产、销售、就业诸多问题,更关系到千百年的民俗,但研究改进工艺、适当压缩生产规模、逐步文明燃放,是应有所作为的。适当燃放烟花爆竹,有助消解民众心理压力,释放社会积气。禁止的前提是要有适合的东西或形式代替它，这可能是个较长的过程。

燃放鞭炮是先哲找到的一种独特的释放、宣泄、减压的表达方式，对调剂人的心态、中和社会情绪有着积极的作用，并寄托着人们对未来美好的期盼，目前仍有存在的价值和空间，与其他陋习不可相提并论。在安逸的生活下，人们往往只看到其不好的一面而将其他漠视了。当然依法对其进行引导和管理是必要的。

原来对外开放重点放在引进技术、学习管理、发展经济上，这当然需要和急迫。但实践证明，这种单项单向的开放是不成的。大门一开，文化、教育等各个领域的开放交流就难以阻挡了，最甚的是价值观念、思维方式、行事方式以及生活方式的碰撞、沟通、融会，每个人都有切身之感。中国融入世界是必然的趋势。

“家风”确是基于宗族社会，以君子、绅士、名士、贤达、善人家庭为主要载体，核心内容是传统文化的“仁义礼智信”“忠孝节义”“礼义廉耻”，以此传承着民族的血脉。应承认其中也有糟粕，更少现代元素。如今再把那些与文明相悖的东西塞进家风，是对下一代的误导。现代社会，家风更应与人类文明接轨。

改革启动，禁锢思想的坚冰被逐步打破，人们发现国家与世界的差距如此之大，且环境、理念和人的差距远大于经济的差距，悟到不论国家还是人的发展进步都离不开世界,开放如同改革一样重要,由此面向世界的大门才一步步打开。改革推动着开放、开放倒逼着改革,相互作用,两轮驱动,才使国家出现新的局面。

社会要正常进步、健康前行,必须有一批心忧社会、勇于担当的人,有一批冷静思考、批评时弊的人,有一批疾恶如仇、拍案而起的人,他们是大众的参照、逆力的制衡、法治的补充,社会应给他们充足的空间、最大的包容。这在社会转型时期尤为可贵和重要。遗憾的是现实里这样的人太少,对这样的人给予的理解太少。

社会总得有不甘寂寞的人、敢吃螃蟹的人、勇立潮头的人、引领时尚的人,很难想象没有杰出运动员的带动,没有优秀艺术家的影响,没有卓越思想家的启迪,没有高尚道德者的示范,社会会是什么样子。在一定意义上,他们决定着社会人文的高度、文化的厚度、文明的程度。他们会使社会更美好。

不论大小,几乎每个机场都设有种类不同的贵宾室、单独的服务和安检系统。贵宾室可能需要,但如此设法可能是世界奇观。从实里讲,除国家法定的领导人、外国政要或特殊需要所需外,都是公共资源的滥用,标明的是等级身份,显示的是特权和傲慢,撕裂的是社会情感。正常的社会必须压缩其存在的空间。

二十四个字的核心价值观,虽然长了一些,但应该说是最大限度地凝聚了全社会的共识。前八个字讲的是国家层面，明确国家制度和目标，爱国以此为基础；中八个字讲的是社会层面，是最大公约数和共同信守；后八个字讲的是家庭和个人层面，为基本道德要求。国家与每个人一起践行，社会治理的现代化可期！

雪珥惊言："今日名词之滥用，未有如'汉奸'二字也。不顾形格势禁、不察来龙去脉、不问细节情由，动辄冠人以'汉奸'之大帽者，令办事人逡巡不敢向前，其貌似爱国，实乃误国、亡国，倒颇似'汉奸'之所为。"雪珥之言深戳到一些人的痛处，以后在网络上看到以"汉奸"污人者，皆可先以"汉奸嫌疑人"称之！

恩格斯在其名著中对家庭起源、形态、演变作过极为深刻而精彩的论述，邓小平视察南方时有感而发说家庭是个好东西。家庭是社会的细胞，重视家庭的价值是人类文明的重要内涵。理想家庭的公式、模式有很多，但真正达到的极为鲜见。绝大多数家庭都是随俗，忙忙碌碌、吵吵闹闹、平平淡淡走过，可能唯此才是真！

崔健退出春晚，有公媒说春晚主要是娱乐，应淡化其政治性，不必作过多的解读。后来人们批评春晚，说法就变了，说春晚是国家工程。实际上春晚就是人们观察国家情态、走向的窗口和舞台，欢呼也罢，批评也罢，都是把它与国家、与自身的命运连在一起的。如是纯娱乐、纯市场行为，没有多少人会去操那个心！

人的境遇变了，看问题的角度就不一样了；人的财富多了，关注的着眼点就不同了，人之欲望和需求是无尽并不断提升的，随遇而安、满足现状、心静似水，作为个体是有的，作为群体则不可能，尤其在社会转型、价值激荡的年代。让每个人都有社会参与感、政治表达感、价值实现感，是社会治理面临的大问题！

追求知识也罢，崇尚自由也罢，或是崇拜金钱，或是攀附权贵，这些情形每个国家发展路上都会经历过，都会有欣慰和无奈，但任何一种情形都不会单独存在，只是在不同时期程度不同、表现不同而已，与此对应的则是文明的差异。当这些情形混合在一起难解难分时，那定是社会处在转型和价值激荡时期。当下是也！

我们的社会从来不缺什么大道理，媒体上讲的，开会议的，人之间吵的，多是些大道理，讲完议完吵完之后如何去做去抓往往就不得要领了。而忽视、忘却的多是些常识，知常识方有行动的自觉。唯有常识最重要，在一片混沌之时恢复常识的人才是真正的伟人。何时把常识转化为全民的共识和同行，那社会就是正常了。

老是喜欢或希望那些创造卓越的人、一举扬名的人、众人仰望的人，说出一些政治性强、有时代感、鼓舞人心的话语，实际是一种缺人文、不自信的表现。任何人都是很具体的，唯有接地气才能生动起来。越是展示人之自然、质朴、率性，越能体现人文精神，体现社会的健康、平实和温暖。虚假的东西无力且有害！

不平衡、有落差，社会发展才会有动力。让一部分人先富起来，先富带后富，最主要的是让一部分人突破体制机制的重围，打破长期固化的平衡和定势，释放活力，使一潭死水动起来，创造经验，积累财富，在全社会起到示范、引领作用，推动国家革旧图新。把此重大决策解读为道德行为，不知误了多少改革的良机。

内地与港台都有派发红包的习俗，但两者的含义有很大的不同。内地红包里装的是钱，港台红包里装的是义；内地红包多体现的是面子和地位，港台红包多展示的是善意和开心；内地红包是联系的纽带，港台红包只是一个红包；内地红包内容差别甚大，港台红包大多相同；内地红包发完事不完，港台红包发完事了。

恐怖主义、恐怖袭击与民族无关，与宗教无关，与环境无关，与政治无关，与利益无关，它就是文明史的一个怪胎，它就是要反人类、反社会，除了打击、消灭再没有更好的办法了，如同对恶狼再怎么祈祷、熏陶、喂肉都不能改变其习性一样，以任何理由为之辩解都等于道德沦丧、助纣为虐。这应是人性人本的基本起点。

日本人山下英子自诩为“杂物咨询师”，她提出了近年日本新兴的生活理念，概括为“断舍离”，即断绝不需要的东西，舍弃多余的废物，脱离对物质的迷恋。此理念的基点在于，鼓励人们重视日常家居环境的收拾整理，改变意识和习惯，使生活更加轻松、舒适和从容。这对于步入现代生活的人们，是否很有意义呢？

环顾时下四周，许多人生活之累、心理之累，已不是物品的匮乏和单一，而是富足和繁杂，是因欲望太多。对他们许多物品的意义已不在其本身的实际效用上，而在于某种延展的意义或心理满足上，人成了物品驱动的对象。当断则断、当舍则舍、当离则离，不仅是一种生活方式、一种精神境界，而且还是一种人生哲学。

票房价值与艺术价值、主流价值总体上是统一的，艺术价值、主流价值再怎么高大上，观众不认那壶酒钱就等于零，如同经济价值、市场价值与社会价值的统一一样。票房价值很直观，看得重些很正常，三者之间也有个互补关系，持续为之就会自然达到动态平衡。把票房价值与后两者对立起来，电影艺术就不存在了。

卫生事业最突出的问题是医疗资源分布极不合理，基本上是按政治、经济资源分布，越向下越薄弱，致使凡有点能力的人都涌入大城市看病，全国的人挤到首都看病的状况世界少见，还造成了一系列的社会问题。这样的状况不作根本改变，给大城市、名医院投再多的资，盖再多的楼，增再多的人，也难改变窘况！

“投资断崖”的到来会引发多方效应：一是使投资逐步回归到理性区间，“以投资保增长”的理念不再居高位；二是就业问题将会突出，带来一些社会阵痛；三是金融领域的问题会凸显出来，不排除局部的金融风险；四是地方财政危机会加剧，有可能冲击民生。微观改革快速跟进，激发活力，方能保证社会平稳前行。

幼儿园随意给孩子喂食处方药，是给国家和文明丢丑。也许不是为了贪财，也无大的恶意，但确是暴露出教育和社会治理的一些深层次问题。为何要追求和考核孩子的出勤率，为何出勤率要与教师的收入挂钩，为何教师缺乏基本的常识和敬畏，为何社会监督那么长时间处于盲点？政府、教育部门和社会都当深度反省。

不少中药的副作用过去不了解，有些后来了解但没有破解之道，更重要的是一些中药的生长环境早已发生根本性改变，再加上假冒伪劣，其功效已受到质疑。时代走到今天，人们对中药的观念没有多大进步。中药在中国，但令人尴尬的是中药的现代化在国外。中药如不与现代理念、现代科技相融合，其前景难以预料！

国人中常见的现象是，一面讲仁义中庸宽容，“己所不欲勿施于人”；一面是公共意识的淡薄，对公共空间、公共责任的漠然，以己利己见为中心。因而人人之间缺乏相互信任的基础，缺少公共对话的水准，难以进行理性的沟通交流，以至于戾气、纠葛、矛盾积累、发生，不少问题根本无法展开讨论。真是值得思考的大问题。

法国虽是欧洲不大的国家，但在世界上确有特殊的位置，政治、思想、文化、艺术、美食、时装诸领域在世界领先一步，百多年前就有许多热血青年远涉重洋到巴黎、里昂打工求学，为的是与世界贴近，站到文明的前列，以引领自己国家与世界同行。这是否与独特的历史、高度的自由、个性的无羁、人格的张扬有关?

对外文化交流涉及多种因素,一开始首先不是看我们要输出什么、能输出什么,而是看人家能接受什么,能接受多少,是一个渐渐浸入融合的过程。按自己的价值认同和思维方式定制文化产品,设想处处以我为主,或是老在想推进什么,既会框住艺术家的手脚,也很难引起对方的共鸣,那交流恐怕就只是形式了。

紧盯公众人物是社会常态,追星是种时代时尚,适度曝点料既是大众娱乐,也是道德警示和制衡。公众人物也好,星族也好,如不能为社会做典范,也别引大众入歧路,时刻检点自己、规范言行不应算是苛求。

随着竞争加剧和社会转型,心理疾患正处于高发期,据说已接近1/10,越是大城市越是白领越突出。与此矛盾的是不论个人和社会对其的认知度、理解力都差之甚远,预防知识薄弱,专业人才缺乏,不愿正视,不会应对,且往往误解,一些社会问题的发生与之有很大关联。是应纳入全民健康平台上认真对待了。

《人民日报》评论说,没有公正法治,社会可能堕落,很有新意。在哲人看来,没有良知的快乐、没有是非的知识、没有道德的商业、没有原则的政治,这是现代社会的最大危机。

不能简单说律师死磕就是维护公平正义。律师是为当事人负责，依据的是法律；法官行使的是公权，依据的也是法律。律师与法官是法治的两翼，因是共同面对维护人的权利这个最复杂的同题，才使二者的博弈有了积极的社会意义，通过博弈在客观上求得公平正义的实现，推动社会进步。离开法律说事就无意义了！

律师的所作所为当然要对当事人负责，不论死磕还是硬碰，依据的只能是法律，是在与法官与磕碰对象的博弈中，客观上堵塞法律实施中的漏洞，促进社会公正，亦有利于法律的完善。对其既不必说得太高尚，更不应作恶意推断，他们有何违法问题依法处理就是了，扣上一些莫须有的名目挞伐，不公且有害。

孟子学说中，"民本、仁政、气节"等思想，更适用于治国理政安邦，不论其立意基础如何，在当时的社会环境下十分难得和宝贵，与世界同期先进思想家相比也处于前列，对如今也有重要的现实意义，是一笔宝贵的思想财富。只不过因孔子的思想更适合历代统治者教化和民众修身齐家所用，孟子的思想被湮没了许多。

公益活动、慈善事业，信仰是基础，爱心是桥梁，阳光是动力，制度是保障，在现代国家已成为人们生活的一部分，成为社会健康运转的润滑剂。我们从整体而言只能说是刚刚起步，不论意识、理念、氛围还是制度、机制、水准都差距很大。政府当然应引导，更需的是引入先进理念和方法，发挥社会组织的作用。

时政评论是与社会和公众最为贴近的文体,写好可真不容易。别看几百字、上千字,真要说点道理,贴近实际,针砭时弊,表达自己的意志,让公众认可,得以深厚的知识素养、过硬的文字功底、丰富的社会历练、独特的观察能力、刻苦的敬业精神为基础和保证,是个知识活、专业活、技术活,辛劳自在人心!

为个孩童上厕所,内地人与香港人之间竟引发那么大的风波,这在世界上其他地方大概都很少见。这方面内地人少常识有可能,香港人看得重也正常,但实际引发冲突的原因不是这些,而是源于双方内心的矜持、灰暗甚至敌对,是文化、价值综合差异的反应。别看一个国家一种面孔,真要融在一起,还要走很长的路。

内地人与香港人间一丁点儿事,就闹得满城风雨,更有提到文明、素质、制度层面解读,也算是奇葩,深究之是否两边心底都有那么一份矜持,缺乏那么一份自信。内地人感到,都是一国人,这点事你至于吗?香港人觉得,大陆人就是差了点,碍着我了。消除内心的纠结比其他还重要!

内地人与香港人之间的一些龃龉、摩擦,多是由文化、价值、习俗等差异引起的,没什么大不了的事,如就事论事、和风细雨、平心静气进行讨论,对促进双方的沟通、融合、认同会是有益的。但动辄上纲上线,提到不适当高度进行解读,甚至对骂论战,损伤的就会是所有的人。媒体和媒体人尤要自重。

同一样装束在不同的人身上会有不同的解读，在院士身上是不拘小节，在官员身上是艰苦朴素，在平民身上是土里土气，实际上只是一种生活习惯和方式而已，过多的联想可能是人们一种意愿的体现。当然每个人气场的表达肯定是不同的。不过如在正式场合还是正规些好，既有个礼仪问题，也是对他人的尊重。

经济的转型升级是个必须跨过的大坎，这是个脱胎换骨、浴火重生的过程，对社会生活包括教育、就业、服务业的影响是多方面的、深刻的，不排除一定时期经济增长的下滑、一些行业的衰退以及社会的震动。对这个过程的艰难、风险从目前的情况看，从政府到企业到社会显然还缺乏足够的认知和充分的准备。

许多地方的报告会、研讨会为许多专家提供了广阔的平台，但坦率地说有多大正效应谁也说不清。不少请专家是一种形式、一种姿态，有的是一种人情；讲者是一种样子、一种任务，更是一种创收途径，至于有什么新的理念、思想，给人什么启迪，就不重要了。

商人在自然、社会与人的天地间行走，输送的是商品、服务，更是理念、文化，如没有对自身价值的准确定位，没有对社会生活的深刻洞察，没有对人之内心的透彻感悟，没有对未来世界的敏感预测，要人们认同、实现成功是不可能的。尽管这在不少时候不是那么自觉。从此角度看成功的商人就是好的社会学家。

据分析相当多的二、三线城市包括一些县城，空置房至少在30%以上，有些超过50%，甚至更多，其主要原因是地方的土地财政、房地产财政驱动使然，亦不排除背后有更复杂的利益输送关系，反腐只是使一些有主的空置房浮出水面变为二手房而已。其对经济和社会的影响会在今后凸显，由此引发的金融问题更需警觉。

我国很多东西如GDP等讲总量很大，有些讲平均数也好看，适度讲讲，在国际上比比，有助于显示国力，增强公众信心。但必须把握好分寸，充分考虑到国情和公众感受。不仅讲总量，而且还要讲人均；不仅讲人均，而且还要讲差别度。人均少、差别度大，是很长时期难以根本改变的现实，正视会更有利保持冷静和清醒。

长期以来国人的思乡爱家与爱国是连在一起的，所谓的“家国情怀”“家国天下”由此而来。如今许多人说的爱国实际上也是对故土对家乡的眷恋。只是现在已到了全球化时代，人们在哪里生活、求学、工作，到哪里度假、就医、产子，主要是一种生活方式的选择，如动辄以爱不爱国论之，做政治化解读，就太狭隘、太偏颇了！

退休之后在哪里养老，最重要的取决于人际关系、环境质量、医疗资源、社会保障等因素。前两者因素主要看人的适应和融合能力，后两者因素主要看国家政策导向和力度。由此观之，一线城市新移民退休后向家乡或二、三线城市回流的现象至少20年内不会显现或成气候，此因素对房价的影响完全可以忽略不计。

对任何一次公共事件，都应弄清来龙去脉、因果联系，分析发生的深层次原因、社会效应，将其变为堵塞漏洞、完善制度、改进治理动力，既为当前，也为后人。事业、社会很多方面就是以一个个公共事件的处置为标志进步的。第一应有为的当然是政府，但媒体的作用不可或缺不可代替。

为什么一些地方兴建的垃圾处理项目、防治污染项目、化工项目，屡屡受到公众的质疑反对，甚至引发抗议冲突？大多项目看起来论证很充分，技术上无问题，管理上有保障，可公众就是不接受，到底背后有什么深层次原因，是政府工作不到位、公众少理智，还是社会缺信任感、法治缺权威？真是值得深入探究。

不少风景区、纪念地都有乱拆乱建乱扩的问题，通常是抓住某个题目或打着什么旗子占据道德高地，以冠冕堂皇的理由搞些似是而非的东西，好端端的地方被过度政治化、功利化、庸俗化了，有些则夹带着私货，引发民怨，历史风貌、人文基本上面目全非，与其说是建设发展，不如说是折腾糟蹋。为何就制止不了呢？

父母与孩子之间的爱、孝道的表达，是亲人间和家庭的事情，把它晒在公共场所大众眼下，怎么看都觉得别扭，如作过度渲染，形成社会压力，就有违人伦人情了，极易对人特别是特殊家庭和特殊境况的人造成心理的伤害。学校把爱和孝体现在教育理念、教师言行和教学活动中就很好了,形式主义的东西不要也罢!

北京今后总体上是应做好减法,这当然包括严控人口,但更重要的做好功能、资源、设施分流的文章。一方面讲严控人口,一方面强化首都的中心功能,集聚优势资源,扩大公共设施,结果定是越控越涨。分流哪些,向哪里分流,如何分流,需站在时代高度,立足全国大局,及早运筹。好在已提到国家战略层面了!

外汇管理是个十分复杂的国际金融问题,简单说没有外汇就无法在国际市场做生意,购买急需的设备、原材料、技术等等,外汇规模需与国家发展水平相适应。外汇的安全和保值增值责任、压力都很大,买美国国债还是英镑或是欧元,鸡蛋放在几个篮子里、各放多少、如何规避风险等,需专业人士精心运筹操作。

从新疆开始实施新的超常规的反恐战略,是社会发展到今天的必然,肯定会对全国产生不小的影响,也许会对人们生活带来一些改变,可能会有一时的不适。有些事情怕是不能由着性子来,但每个人都必须接受,并要有所担当。几者相较取其重,目前每个人的安全、国家的安全是重中之重。迈过这道坎会更轻松!

国内外、正与反的实例都说明,狭隘的民族主义、民粹主义,绝不是国家和民众之福而是所忧,如发酵膨胀走向极端就是祸害，以至于改变社会走向。一个健康、成熟的民族，最重要的就是在纷纭复杂的事态面前保持定力，不受一时的情绪左右，不为眼前的薄利驱使。有远见的政治家会给出清晰的导向！

邪教是个客观存在，是一种特殊的社会现象，古今中外都有，大多在偏远落后地区文化程度较低的群体中流行，随社会变化呈不同形态，愚昧、极端、漠视生命是其特征，对社会危害很大。邪教与宗教、民族问题没有必然的联系，对邪教和邪教犯罪的认定及打击有着严格的规定和程序，包含在社会治理、国家法治之中。

也许因烟草业在一些地方经济中占的分量太重，也可能是由于积习太深，或是与民族性格有关，国人的控烟、戒烟、禁烟一直没有跟上世界文明的脚步，即使高层一再呼吁，也远未成为全社会的共识与合力，是社会管理中做的成效最差的事情之一。这么多的未成年人吸烟再次敲响警钟，赶快行动是历史和文明的呼唤！

北京等大城市提出以强力措施控制人口规模，用意不能说不好，也可以理解，但人是活的高智动物，加上现代化交通，说控制怕只是一厢情愿。与其控制人口，不如分解城市的功能和资源，做好减法，这样做起来路子会更通更宽一些。如果一面控制人口规模，一面集聚越来越多的功能和资源，其结局定是南辕北辙！

看着有些国家的人，背个行囊满世界转悠，或是择地日静静休息、读书，似离尘世，心无旁骛，不得不佩服他们的恬淡、静力和心境。而我们似乎到哪都匆匆忙忙，正如智者言：是有旅游概念，无旅行概念；有旅行概念，无度假概念；有度假概念，无度假文化。核心在于心灵飘在半空而难平静下来，需时间来沉淀！

一个孩童在建筑工地玩耍戏唱的帖子被许多网站和网友转发，多呼之开心，令人惊诧。他这个时段本应在幼儿园或依偎在亲人身边展现天然，享受时光，绝不应在建筑工地上踏沙沐尘，孩童无忧天性难掩，但将其作为取乐的谈资，则有人文缺失心灵荒漠之嫌。如何关心关注他们才是正道。

就外来投资者来说，欧美企业更看重优质项目、优良服务、法治环境，亚洲企业则更看重优惠条件、政策承诺、人际关系；国内招商引资，东部和南部沿海地区正在向前者转变，中西部尚有很大距离。国家法治日趋完善，经济正在转型，不在创造优良的软硬环境上下功夫，而依赖优惠条件招商的路子会越走越窄。

“假语文”不只是在课堂上，不知有多少读物、影视作品、旅游解说等的内容里，牵强附会地把政治、思想、道德的东西嫁接到动物、植物、景物、景象身上，借以对人进行熏陶教化，使原来本色、生动、质朴的东西走形变味。这是个社会问题，我们的意识和思维已习惯了以这些解读一切，回归原点、回到常识真需要时间！

夺刀青年见义勇为的壮举让人高赞，理应在全社会弘扬。这种行为实际在每个时代都有，人们之所以高度关注，是因为在今天显得格外需要和珍贵。它实际上是人性光芒、浩然之气和正义力量面对邪恶时的暴发式展示。发掘这些是媒体的使命，但如将其与出身、基因、政治联系起来作过分的解读，则就走形变味了！

世间许多事许多人并非靠努力靠奋斗就能成功，天赋无可代替。如同画油画、弹钢琴一样，如同比尔·盖茨、马云一般，在那些特殊领域真能出大彩的，天赋占了大半。看到自身天赋并将其发挥到极致，才显聪明和定力。忘记自己是谁，盲目设定目标，好高骛远，失掉的会是人生。当然无努力、无奋斗其他都会是零。

实在不明白记者开展批评要经过批准会如何操作。揣测其程序大概是这样，即记者发现了需批评的题材，向其上级请示，经同意后采访写稿，再经同意批准而见诸媒体，至于中间再有什么坎就难解了，哪个环节不过批评就会泡汤。如此的话没有哪个记者会去主动为之。一言蔽之，开展批评要经过批准等于不要批评。

有些优秀青年媒体人受到一些人无端的指责和攻击，是意料之中，正说明他们的价值和作用所在，他们有强烈的正义感责任感，敢于拍案而起，仗义执言。他们讲的不都对，也可能有偏颇或错误，但对国家和社会的那份真情的确是难能可贵的。媒体和社会善待和保护他们，等于是善待和保护自身，更是良知和公义的要求。

一些地方食狗肉，有历史和地理原因，是一种生活习俗。许多国家把狗看作是人类的朋友不容忍吃狗肉，也是事实。国内对不食狗肉的认知度如同养宠物一样，是开放以后才逐步提升的。因而对食狗肉问题既不要去倡导，也不必去压制或提到不适当的高度讨伐。相信经过时间的沉淀各方会找到平衡点，公权不应干预。

不论起因如何，或是否有人策划，玉林关于狗的争论、博弈都是社会清明进步的表现，有助人性的提升。护狗、食狗、虐狗者及不持主见者都可从人们的意见中得到启迪。护狗意识应理性表达，不要强加于人；食狗应节制低调，不应张扬并向归零发展；虐狗须反对和禁止。生活习俗不为怪，但向文明演绎是大势。

在文化、观念、利益多元的社会，人们对许多问题，包括政治问题、社会问题、处事方式、生活方式，有不同的看法甚至完全对立的看法，都是正常的。但理当确立的基本前提或共同遵循的基本准则是，不论是谁都应尊重法律赋予对方的合法权利，理性表达，不越边界，相互退让和包容。否则社会岂不会成了一锅粥？

在资讯高度发达的今天，不知出于什么思维把大喇叭重新安装在村头，不知民众有何感受，反正看了这个消息真感恍若隔世。我们的社会不缺喧闹，不乏嘈杂，少的是安静，让民众的心和身安静下来，正常生活和做事，是公权的责任。搞这类吵吵嚷嚷的东西，早已与时代远去，显示的是社会治理的幼稚和粗鲁。

有媒体把一些人对楼市发表的言论称为“别有用心”，目的是扰乱市场，误导政策，太过分了，如此谁还敢讲话？每个人都有发表意见的权利，至于市场能否被扰乱、政策是否被误导，那就看市场和政策的定力了。在高度开放的环境下，哪一个人也没那么大的能量，共识会在比较中形成，如有问题定是市场和政策的问题。

河南巩义有个康百万庄园，主宅过厅悬挂了块“留余匾”，上书南宋王伯大的《四留铭》：“留有余，不尽之巧以还造化；留有余，不尽之禄以还朝廷；留有余，不尽之财以还百姓；留有余，不尽之福以还子孙。”其意思是凡事要留有余地、适可而止，不可过分过度，穷奢极欲。据说康家靠此繁荣兴盛了十二代四百余年。“留有余”，其现代的意义即是富而能贵，心有所守，保持敬畏。富不等于贵，能富并不等于能贵，富不易，贵更难。富是金钱与财富的积累和象征，贵是教养、修养、涵养的表达，是人格的力量。如今富者多，贵者少，富而不能贵，至多是土豪，富也难持之。

眼镜框大损，去两家店求修，一家告不可修了，另家告技术不行不敢修。今找到一店，修者告，可修但不保险，修好不收费，断折不负责。遂应允。只见他凝心聚神，点滴为之，近半小时扳正归位，复如当初。问之，告温州人，来这城市二十年了。交费，告不必了，以后来买眼镜好了。这是否是温州精神的生动诠释？没想到这事得到不少朋友的点赞和热评。细想确是可贵：一是技术好，敢揽磁器活；二是话说得明，责任先分清；三是细心耐心做，争取好结果；四是重义不忘利。温州以至浙江那些普通人能把生意做到全国及世界，几十年日兴一日，靠的可能就是这些基本功，对比之下北方差距就大了。全社会如此，何虑事情做不好？

恶是天性所具，人皆有之，没有恒定信仰，没有长久修炼，没有善好社会环境，没有外部有力制约，人性之恶随时都可能爆发。以贫穷、冤屈为借口而骗人、伤人、杀人永远都绝非正当，不可宽恕，必须予以制裁。这是公权责任所在，亦是对所有人的保护。一个健康、公义的社会，首要的职能是将人之恶压至最低。

心理障碍、精神抑郁已成为影响国人行为的最大问题，从高端白领到草根阶层都不鲜见，专家说论比例和绝对值都是惊人的，成因涉及很多方面，十分复杂，不少社会问题的发生都与此有关，最显转型社会的情态。国家、社会、国人对此的认知、监测、干预都远远不够，是提升社会治理水平必须直面以对的重大问题。

标语口号的泛滥和污染，已成为农村的一大公害，五花八门，无所不包，触目可见，越是落后的地方越甚，且闹出不少笑话。究其因：一是一些地方官员将其作为推动工作的手段；二是商家用以宣传促销；三是村居以此牟利。总体看没有什么正效应，以标准口号造势的时代已经过去，将清净的环境还给农民势在必行。

记者、学者或者律师，其职业使命是追求真相，面对矛盾的双方或几方时，理当是不设立场，不含前提，不受干扰，独立调查、独立思考、独立判断，让事实作结论。在纷繁复杂的社情下，这有时是十分痛苦的事情。但不这样做，受到谴责的是良心良知，安身立命的根基也会毁掉。给予其制度保障是国家的责任。

某些媒体与基层呈两张皮状态，媒体多在自说自话，上面有精神，基层找话题，以领导满意、不出问题为要，莺歌燕舞几乎占据主要时段和版面，极鲜见批评、监督的报道，与基层和公众的互动更谈不上了。另一面基层和公众对媒体在怎样说、说了什么越来越淡漠了。社会治理当先打通媒体与基层和公众的舆论通道。

对中药应以理性、科学、严谨的态度对待，过去人们得知的多是中药能治病，是感性的、经验的，由于历史条件的限制很难作科学、严格的定量定性分析，且对中药治治病之外的其他作用，尤与其他食物药物中和后的作用知之有限，同时如今中药的生成环境与过去有根本不同。对中药质疑是进步，中药不现代化没有希望。

不少中药的确寄托着先人的美好愿望，历史上也对追求健康发挥了重要作用，但随着科技发展，其副作用和局限逐步被认知而淘汰，有些中药则是因生成条件和环境的改变而被审视，这都是进步，是对人的健康负责。现代医学包括技术、用药及护理也经历着这样的过程。这些与爱不爱国、与是否民族虚无都扯不上边。

社会是复杂的，生活是多彩的，人是很具体的，要真正坚守人格良知，保持独立思考精神，不随波逐流是很难的，此时此事此地或许能做到，彼时彼事彼地就难说了，且随着位置、场景的转换，不确定性就更大了。这需个人的修行、素养、定力来支撑，更需社会文化、制度、氛围作保障。确立这样的追求是高尚的。

说财富必然向少数人集中，许多人可能接受不了。但客观上早已明了，财富平均和国家垄断既不现实，也更有害，向少数人集中才能使最大多数人获益。共同富裕主要是指基本生活水准的趋同化。最大最难的问题在于集中度多大为宜，如何实现效率、公平、稳定的相对统一。最可依靠的只能是市场法则和国家法治。

如论人之间拥有财富的差别，如今比改革开放之前是大得多了，但如论人之间消费和生活水准的差别就当别论了。那时的差别是有与无、有吃与没吃、有穿与没穿甚至活与死的差别，如今是多与少、吃什么、穿什么和怎样活的差别，基础和环境都根本不同了。绝大多数人要生活得好，大多财富向少数人集中是大势所在。

央视新闻调查揭示几个省转基因产品的乱象，引起舆论一片哗然。且不说转基因产品可不可食用，有多少质疑，问题在于：国家从没批准商业化种植的情况下，那些种子是怎样流入市场的，这中间到底有何猫腻，为何长期处于失控？对这样一个国人普遍关注的重大问题，有关部门理当作出负责的说明，并有人承担责任。

房价上涨后真正获实利的只是极少数家庭，即有几套房的家庭或以炒房谋利的家庭；绝大多数家庭房子只是用来住的，房价上涨增加的财富只是个虚数，不可能变为现实的价值；房价的上涨推动着其他消费品及社会整体价格上涨，一般家庭得失大体平衡。说房价上涨相当于政府给公民送钱，恐怕大多数人接受不了！

深圳虽是移民城市、新兴城市，但其主体是北方移民，移民中又有不少是来自京城及计划经济意识深厚的城市，理念、文化、处事方式等都有浓郁的北方色彩和传统体制印记，不少地方更为保守些、傲慢些，在多元、开放、包容等方面与广州等南方城市有明显的不同，这也许是设计师和主政者当年没有料到的！

大学生具有独立思考的精神与品格，对国家和社会的进步有着重要的先导和示范效应。而让大学生养成这种精神与品格，光有开放、多元、宽松的学术环境和氛围远远不够，需要的是从社会、制度、文化层面解决问题。

浅议中国城镇化的发展趋势

城镇化是中国发展的必然趋势，更是时下的热门话题，正在逐步启动实施。这是一个复杂、渐进的过程，与城乡民众切身利益密切相关，对未来社会走向会有深刻影响。是否会如人们的设想意愿前行，前行带来的变化、喜悦、矛盾、忧虑有哪些，不同的地区、不同的基础差异有哪些，关注、思考、讨论定是有益。

中国的城镇化与发达国家有根本性不同：一则土地太少，必须以节约土地为前提，集约式居住；二则人口太多，人均占有太少，人之间、家庭间差距悬殊；三则底子太薄，国家力量投入有限；四则乡村文化和生活方式与城市差距太大，农民融入城市是很长的过程。城镇化不可能照搬发达国家模式，而只能走自己的路。

城镇化是方向、是大计、是好事，路径、政策、办法有很多。眼下的底线和基点应是，不应为形象而硬推，不应为进度而蛮干，不应为目标而无忌；更不应的是让百姓因失地而无业、因拆迁而抗争、因上楼而无奈。为政当有理想、有愿景，但在几千年的农业社会，城镇化可是个精细活、功夫活，真得胆大艺高！

市场力量、技术力量是城市群发育形成最重要的因素，但目前的实际并非如此。城市群、城镇化多为坐车跑出来，在图上画出来，企望靠权力、激情垒起来。有些地方规划的城区可居住人口早已超过现有人口规模，不知多少资金用在前景不明的前期投入上，不知留下的后患有多大。不能不说是一大隐忧。

在一个传统农业大国推进城镇化，让大部分人进入城市文明，带动国家整体进步，是具有历史意义的重大事件。这涉及城乡利益调整、社会关系重构、价值观念再造、生活方式改变等一系列复杂问题，与每个人、每个家庭的现实利益、愿景选择息息相关。充分讨论、求得共识、凝聚力量，对保证其健康前行甚为重要。

城镇化是社会进步的必然走向，一些农民不愿离开农村是一种生活惯性，二者是不同的概念。城镇化最重要的是人的城镇化，即是逐步引导农民改变千百年来的生活方式而融入现代文明。城镇化并非就是楼房化，也并非一定会割裂原来农民之间的天然联系。当然对推进中可能会出现的问题未雨绸缪是必要的。

城镇化的前提是“两业”：一是产业，二是就业。城镇化是产业发展的结果，没有产业的发展作支撑，城镇化就会成为沙滩楼阁，也许会兴旺一时，但不会持久；城镇化必须是大多数人有业可就、有事可为，这是保证社会稳定和持续发展最重要的因素，如是许多人上了楼无事可做而形成游荡一族，即使有钱也可能是社会之忧。

城镇化如同十月怀胎，是产业发展、经济提升的必然结果，不是先造城再发展产业，不是驱动农民到城里就业，不是把农村户口转为城市户口，而应是城市随产业而兴，城市发展吸纳农民进城，农民就业了就会安居城市，这是一个自然过程。没有产业支撑的城镇化就是空中楼阁。当然有设想、有规划会更好一些。

真正的城镇化，最重要的是产业的聚集和提升，就业的扩大和优化。这是城镇化得以持久并进步的基础和动力。如通过房地产开发以求农民居住条件的改善和居民的聚集，那就是搞居住小区建设，对经济与社会长远进步的拉动就有限了。

基础设施的先行、污水的排放治理、教育卫生和社区服务的配套、就业空间的扩大、社会管理的到位等，应是新型城镇化过程中应优先考虑和解决的问题。过去那种保基本、再配套，先上马、后整鞍式的做法，后遗症太多，应予防止。规划科学、量力而行、循序渐进、注重配套，当是应坚持的原则。

为了推进新型城镇化，一些地方提出城乡规划、产业、基础设施等多个一体化，用语、用意无疑是好的，但关键是需精心把握好“度”。真正的一体化是个很长的过程，即使钱再多也不会一蹴而就。如果走偏了向，就有可能成为急功近利、追求形象的理由，成为市对县、城对乡、上对下进行侵占的借口，需高度警觉。

城镇化本应是产业聚集、人口聚集的结果性效应，一些地方非要搞成“被城镇”“被上楼”的政策性效应，实际上是行政主导的造城和房地产开发，农民的土地成了被揉捏和掠夺的面团。由此，政府债务、违规占地、野蛮拆迁、拖欠工资等一系列问题的发生就不可避免了。离开市场法则和经济规律的城镇化难给人们带来福音！

城镇化是经济和社会发展进步的结果，核心是得有产业的支撑。就现实而言，前提是要有适度的聚集居住人口，人们有较稳定的就业和保障，有均等的公共服务，也即是人的城镇化。这应是水到渠成的自然过程。如离开此点，打农民土地的主意，人为地将平房改为楼房，将农民变为市民，那就不是福祉了！

城镇化与多占土地没有必然联系，与没饭吃没有必然联系。城镇化有利于集约利用土地，节约耕地。城镇化主要是应防止乱铺摊子、要求过急、变相搞房地产开发、农民的补偿不到位或二次就业解决不好。

学者韩康警告说：目前的城市化发展下去不得了。城市化把大量的农村土地拿走了，代价仅仅是不成比例地接受少量城市户籍市民，继续留在农村就业的人群比重仍然相对较高，出现了“两个极不对称”：城市化占用耕地的增长和农村就业转移增长的比例极不对称，城市规模扩张和城市吸纳稳定居民的比例极不对称。他抓住了城市化中的要害。如此发展也许可使城市化率在不长时间内有大的提高,但城乡二元化和城乡之间的矛盾并不会得到解决,甚至会加剧,城市内部也会因成分的急剧变化而出现新的矛盾。农村土地是最后一块富矿,如靠拿走农民土地、靠行政主导,而非靠产业、靠经济发展而推进城市化,后果实是堪忧。

只要农民没有稳定的其他职业和可靠保障,土地就是农民的命根子,是农村稳定最重要的基础,土地少的地方尤甚。没有农民的充分自愿,没有对农民权益的充分保护,以任何理由、名目处置农民的土地,都可能造成灾难性的后果。"新型城镇化""规模经营"两个领域极易被当作借口,且冠冕堂皇,当予以特别关注!

转移进城的农民如果在土地上的合法权益得不到充分保障,如果没有适度的就业而成为游荡一族,如果没有体面和尊严而自感低人一等,如果享受不到公平的公共服务,就会带来新的矛盾和对立,影响的是整个社会,要修补不知需多长时间。保障农民的权益,尊重其地位和选择,是城镇化正常推进最重要的因素。

以政府主导、政策引导的思路和方式推进城镇化,让农民进城上楼,可使城乡面貌较快改变,也可在短时间取得政绩,但当谨记这是以农民失去土地为代价的。如果他们没有稳定职业只以有限的补偿金为生,没有可靠的社会保障和公共服务,没有对未来生活的预期,将会成为社会不稳定之源,后果难以预料。

就推进新型城镇化而言，核心的问题是，进城农民有房可居，有业可就，市民待遇，公共服务；留村农民经营扩展，收入增加，生活提升，环境改善。就城镇化与农村土地的关系而言，要害的问题是，别打农民土地的主意，靠卖地推城镇化的路子走不通；耕地红线不能破，乱占耕地是对农民根本利益的最大伤害。

一些地方发生的农民土地被强行流转的事件，反映了土地和城镇化问题上的乱象。这种流转农民并不能真正知情，有违农民意愿，尤甚的是改变土地用途，变相乱占土地搞开发，背后一般会有村与开发商的利益输送关系，更有政府的影子，如不严令制止并确立规范，不只是损害农民的利益，还会造成系列社会问题。

华生教授说的地产商在农村变相收购农地、运作利诱农民上楼的情形，并非个别；还有一些商人租用农地搞农庄实际是变相开发，其背后大多有政府和官员的影子。商人谋的是利益，政府和官员图的是政绩，也不排除有利益输送关系，真正吃亏的是老实的农民，最后引发的社会问题还得政府承担。如不明察后患多矣。

无论城镇化还是村镇化，核心问题是别打农民土地的主意，变着法赶农民上楼，侵占其土地搞开发建新城；关键的是在统一规划指导下增加政府的投入和支持力度，改善农民的生活环境和生产条件，逐步提高公共服务的水平。经济增长应是城镇化的必然效应，如把城镇化作为保经济增长的措施,走偏方向就难免了。

土地少、农民多、差别大、底子薄,不能不说是当年实行那种户籍制度的必然和无奈,这种情况世界上任何国家都难有一比。开药方可能容易,但能否治病则是另一回事,人再好的愿望都难代替现实。

尽管城镇化不等于土地关系调整,不等于房地产开发,但又确实与其密切相关。“平度事件”告诉我们:如果土地关系调整不能高度公开透明、土地收益不能确保民众的利益,如果没有民主法治的保证、没有社会治理的到位,如果不能精心稳妥地操作,城镇化的推进会伴随着巨大的社会风险。只有鲜花和掌声的事情是没有的。

既然土地是最重要的资源,为国计民生所系,征用土地就应是件最严肃、最严密的事情,就应最公开、最透明,民众就应最知情。可现实往往是玩猫腻搞变通最多的一个地带,从改变土地用途到最后土地落入谁家,不知多少只手在发力,多少乱象由此而生。土地管理和征用不真正纳入法治的轨道,国家和社会难安宁。

“平度事件”的最后解决要回到事实和法律的轨道。但此事发生确有许多深层次原因,无论如何处理都对现行的土地制度、征地政策、城镇化做法提出了严峻挑战。农民对承包地有多大发言权、农民对土地的出让收益应占多大的份额、城镇化基础设施建设所需资金从何处来,如不能很好回答则乱象很难制止。

"平度事件"警示，政府靠土地财政推进城镇化即建设基础设施的路子已走不通，城镇化推进的速度取决于地方财政支撑的程度和国家扶持的力度。如目标确定失当，有可能造成地方的高度负债，挤占对社会事业和民生的支出，引发新的矛盾。如何确保城镇化健康平稳推进，与经济社会发展相协调，是须直面的全局问题。

征地上的乱象并非个别，从思想上说，是把严管土地与发展、与城镇化对立起来；从行事上说，是追求政绩和形象工程。二者相合必然是千方百计规避法律管控，如再有利益输送关系，枉法胡为就不奇怪了。这正在造成很大的社会隐忧，但愿"平度事件"能给各级政府带来深刻警示和反思。

城镇化的主要目标是部分农村向城镇演变，农民因此获得足够补偿而变为市民，内涵是产业作支撑、就业有保障、服务能到位、文化可融合，形成新的聚集平台，既是就地就近的城镇化，也是人的城镇化。这是最靠得住的路径，要农民工在城市尤其大城市能买得起房而融进城市，推动城镇化，是十分幼稚的想法。

新型城镇化当然要盖房子、修马路、建设施，但决不能滥占土地，不能糟蹋生态，一切都要建立在依法、为民、合规的基础上。如不是这样，或是房子盖了，马路修了，设施建了，但山望不着了，水看不见了，乡愁逝去了，那造成的伤痛就永远抹不去了。国家强调自然历史过程，是一个总的定向。

大中城市郊区的农民会因城市化的推进获得高额甚至巨额补偿而成为市民，进入城市生活。尽管他们真正成为市民可能得两代人的时间，但不可否认他们确是城市化最大的获益者。且不说现有土地制度规定不容，如是允许其自由开发包括建小产权房，对城市市民和其他农民都是不公，青山、绿水、乡愁也不会留下。

城镇化标准是个十分复杂的问题，尤其农耕地不可能与城镇化同速同比例增加。城郊的农民获得补偿变为市民，享受城市的公共资源和服务，但他们的土地变成了建设和产业用地。其他农村的农民进城生活了，但他们大多在很长时间并不会放弃农村的承包地，更不会把宅基地让出来。这是一个漫长而复杂的过程。

城镇化是经济和社会发展的一大引擎，引擎的力量当然包括一定的投资规模、开发力度、建设水准，但绝不是意味着规模力度越大、水准越高越好，这要与国情、地方可能和现实需求相适应。引擎的最大力量，在于让史多的人成为市民，享受公共服务，对未来有明晰的预期，增强前行的信心，放心地消费和投资。

目前依靠小城市和镇的发展来推动城镇化，提高城市化率，是新型城镇化的正确途径。尽管土地资源的有效利用可能达不到大中城市的价值，但“甘蔗没有两头甜”，立足现实，放眼未来，只能趋利避害作如此选择。如此，民众的接受度会更好一些，城镇化水平不一定很高，但会切实一些、稳妥一些。

在目前的体制和情况下，城镇化的推进还得靠政府来主导，这种主导主要体现在布局规划、政策制定、机制完善、产业带动、功能配套、环境治理等方面，其中土地制度的改革完善是关键，以确保民众的利益不受侵犯，确保社会的稳定和进步。至于其他方面主要是发挥市场和企业的作用。

城市化是走向现代化的必然趋势，农民进城的前提是实体经济和服务业发展需要；城市化是发展经济、吸引就业、提升全民整体生活水平的过程和结果；农民人均耕地很少，农民都固守土地则生活境况不可能根本改变；农业的出路和保障供给要靠农业的现代化，这与城市化必须是同步齐驱的。

土地制度让人稳定，户籍制度让人自由，财税制度让人公平，这应是新型城镇化的最大公约数和基本取向，也应是改革的重点。制度的进步是最大的进步，制度的突破是最大的突破，制度的力量是最大的力量，这些如果不跟上，改革的红利就难以释放，经济发展、社会进步、城镇化提升，都难变为活生生的现实。

农民进入城镇，即使有房可居、有业可就，生活水准会有提高，但多少年固化下来的生活、人文环境的改变，对他们可是个根本性的转换，要适应下来，融入社会，得有一个过程,有的甚至很艰难。对这个过程的心理问题、社会问题应有足够的认识和应对措施。新型城镇化首要在于人的现代化。意义和难点都在这里。

要农民进城得有几个基本要素,即有比较稳定的工作能拴住心,有比较牢靠的社会保障而无大忧,有比较好的市民待遇保有体面。如是为了农民那片土地,让他们身子进城上楼,生活和前景飘浮不定,他们与城市仍是油水关系,后患有多大、有多少谁也难说清。如此的城镇化带来的可能不是希望,不要也罢!

有学者提出户籍改革不能"嫌贫爱富",确有道理。一些城市借鉴境外做法探索户籍制度改革,但多是"嫌贫爱富",即欢迎富人、年轻人、高学历高技能者,而将穷人、老人、低学历低技能者拒之门外。从一个城市的利益看很难说不对,但从国家层面看,从地区间有共同富裕的义务看,从整体长远发展看,就是另一回事了。

如今一些镇村已有了很好的基础和条件,如果完善规划,建设好公共设施,提供较好的公共服务,辅之以必要的鼓励措施,就会吸引周围村庄的农民入住,改善自己的生活状况。这应是城镇化中的一条可行稳妥的路子,既可避免"拆""移""大"等弊端,也有利于城乡一体化。顺势而为、水到渠成,这应是重要含义之一。

不少地方的并村、撤村,动因是一些企业的扩张,从实质看,是对农民的一种掠夺,他们看中的要么是土地,要么是水源，或者是山林，农民资源的潜值被大大低估了，造成的社会问题正在凸显。城镇化的推进必然会使村庄减少，但绝不是去农村化。如是运动式操作，或是为某些势力驱使，那带来的肯定不是福音。

城镇化与新农村建设是社会发展的一体两翼，一驾马车的两个轮子。前者主要目标是使进入城镇的农民变为市民，享受城市的公共服务；后者主要是整体改变农村面貌，改善农民的生活生产条件和环境，增加公共资源供给。两者完全可以并行不悖，相互促进。结论是，城镇化是自然历史过程，新农村建设任重道远。

如果说“市场起决定性作用”给经济体制改革定了向，“自然历史过程”就是给城镇化定了向。国家终于给了争论不已的城镇化一个科学、完整、权威的定论，让青山、绿水、乡愁不是进入记忆中，而是留在现实的生活里。循此前行，城镇化带给人们的定是自然、幸福。

在很长时期内，村镇化是城镇化的重要补充。所谓“村镇化”就是经过整治改造，村和镇的基础设施、生活环境、公共服务基本达到了城市和中心镇的水平。不少人工作在城镇，居住在村里，这对于经济较发达、交通便利的地区是很好的路子，即就地就近城镇化，对各方都有利。把人口集中于城里并非城镇化的本义。

对进入城镇的农民，当然要使之有房住、有保障，然而更重要的是要引导他们改变生产生活方式，有事做，有所为，使之真正融入城镇社会，感到自己就是城镇的一员。如果只是衣食无忧，但无事可为，就会成为游荡一族，于家庭、于社会都是难测隐忧。人的城镇化的主要含义在此，其意义比让农民进城还要大。

观念意识、生活方式、处事方式的城市化，一点也不比经济、居住、环境的城市化轻松，甚至更艰难。多少人进城十几年二十几年，还处在乡村生活的人文环境里，还很难融进城市氛围中，找到存在的感觉，一些纠结也由此发生。不能简单说孰高孰低、孰优孰劣，但如不能正确认知，城市化、现代化就会打折扣了！

产业的聚集是市场配置资源的过程，人口的聚集是自然历史过程，两个过程的深度融合方有新型城镇化。企望以行政动员、行政措施来完成两个过程而求城镇化，在计划经济时代也许会有可为可成，如今则不可避免会受到客观规律的惩罚，"睡城""鬼城"就是已敲响的警钟。政府的责任在于尊重规律，顺势而为，搞好服务。

小乡小镇的人早已边缘化了，内心多的是自卑自谦，对城里人多的是仰视，即便对自家人也是，传统的那种上辈人对在城里谋生的下辈人的生活告诫和指导如今极少了，即使有也不会起什么作用了。观念的城市化落后于经济的城市化，是因文明整体水准进步太慢。一线城市人更具天然的优越和矜持，看全国都是乡下。

推进城市化的过程中，农民和乡村处于弱势，他们的权益是最易受到侵犯的，必须把保护其权益放在第一位。要害是在现有法律框架下，把落实农民土地承包权的事情做实，任何公权、任何人不得离开法律随意变更，更不许剥夺；行政层级之间、利益群体之间权力边界和利益边界要厘清，严格防止侵权夺利的现象发生。

发达地区城镇化速度可能快不了

按常理越是发达地区城镇化的速度会越快，如果说过去是这样，但在政府主导、政策驱动城镇化的今天，可能是相反的趋势。城镇化的速度取决于城镇的吸引力和农民转移的意愿，如今发达地区的问题恰恰在于这种吸引力和意愿在减退，出现了政府着急、农民冷淡甚至反感的情态。

农民为何不愿进城？一是有几亩土地，半忙半闲日常生活就解决了，进城什么都需买，即使有点钱也舍不得、不习惯；二是农村面貌尤交通改变很大，到镇到市（县）方便，一般公共服务没大问题，这是与山区、西部最大的不同；三是不少村有集体分红和福利；四是人际关系和环境因素使然。当然年轻人就不同了。

农民会进城吗？50岁以下的大部分愿进，50岁以上的大部分不愿进。进的前提是：有事可做，即有一份相对稳定的工作，这对个人与社会同等重要；保障到位，即有与市民大体相当的待遇和公共服务；既得不丢，农村土地、宅基地、分红、福利等存续。如是子女在城里，热情或许会高些。

城镇化如何前行？一些发达国家有很多一两千人、万人左右的镇、市，基础设施完备，公共服务到位，生活环境和质量不比大中城市差，可能就是一些发达地区推进城镇化的重要选项，且已有了基础或雏形，这比扩大现有城市的规模不论算经济账还是社会账都合得来，有专家说就地就近实现城镇化当就是此意。

推进城镇化需考虑的几个因素：一是在大环境下的定位；二是人口问题，即人口的增长速度、可容规模和适宜分布，基础设施水准、公共服务布局等应以此为基本前提；三是产业规划和布局，今后若干年经济结构的调整、转型和升级与城镇建设的协调；四是环境的承载和适应能力；五是需要与可能、未来与现实。

更多的人到城镇生活，是社会进步的重要标志，也是各级的重要目标。城镇化是经济社会发展、积累的结果，尽管前行的基础和条件已具备，但实现这一转变是个长期的过程。在此过程中，会有各种新的因素影响，城镇化的含义、途径、模式也会变化和修正。政府的主导重在对发展趋势和因素的洞察、把握上！

大同造城面面观

像大同市这种造城后遗症，明眼人早就料到了。大同是个资源城市，财政收入的路子并不宽厚，农村面大，民生欠账多，集中大规模资金造城，会树一时的形象，收短期的繁华，挤压的定是产业和民生。以行政权力维持的资金链一紧张或断裂，冰山就露出了，最终埋单的是这个城市的百姓。可这里面的奥秘谁能知多少！

大同造城失速留巨债这种情况有相当的代表性。一时领导人雷厉风行、建设轰轰烈烈、城市面貌大变，部分人得益受惠，社会跟着喝彩，但很少人知晓钱从何处来，债务有多少，风险有多大，负面影响有多深，往往领导人一走或大势有变，真相和黑洞就显露了，不知得后人擦多少年屁股。造城者还是悠着点来吧！

为何那么多主政者热衷造城？一则社会发展和城市化大势驱动；二则在传统文化里筑城修路是青史留名之政；三则这是如今快速树形象、创政绩的捷径，但这都得顺势而为、量力而行。此外的一个最大冲动是巨大利益链使然，有公利亦有私利。法治薄弱、监督缺位使一个个诱惑成了陷阱，这多年栽进去的不知有多少！

快速造城带来的最突出的问题是建设质量难以保证，功能难以匹配。一方面是资金紧缺、追求速度、急树形象；另一方面，如让地上地下、硬件软件、相关工程完全配套，让所有监管完全到位，让所有施工完全规范，圣人也难做到。不见一些工程刚投入使用就开始维修，一些设施建成多年发挥不了作用。浪费多大只有天知道。

一个城市的民众可以不必对它的未来负责，但主政者则不然。有抱负、有冲动、有追求，树形象、求政绩，都属理当。但需在理想与现实、需要与可能、当下与长远、局部与全域之间寻找结合点，精心把握，体现良知、理性和远见。主政三五载，民生一世间，眼前的掌声喝彩并非代表未来。当然革除体制的弊端更为重要。

很少有哪个领域、哪个方面，能像快速造城这样展示主政者的意志、权威、魄力和风采。“规划规划不如领导一句话，规定规定不如领导一个令”，并非个别现象；财力、物力、人力高度集中为习惯做法；总体战、搞突击、高效率是常见方式。一周一检查，一月一通报，年终论奖惩，如此为之，哪一级、哪个官员能真坐得住？

靠意志、激情、运动的造城，确能在短期使一批光鲜华丽工程立起来，城市形象大改变，民众耳目一新。但造城的代价、包袱，工程的质量、功能，给生活带来的影响、改变，则多被漠视了，由此出现“空城”“黑城”“鬼城”就不为怪了。回归法治、科学、规范的轨道，是造城唯一正确的选择,如不能造福,至低不要造孽!

大同市负债超110亿元这种情况早在预料之中,其问题在于这么多钱主要用在拆迁造城而非用在扶持产业上,其投入产出根本就没有经过科学严格论证,中间流失多少、浪费多少更无法计算,图的只是政绩和形象,抵押上的可能得几代人偿还。这在全国有相当的代表性,多少人看到的只是表面光鲜而不知其背后之害。

人文精神是城市建设和管理之魂

城市，历史积淀之大成，社会文明之高地，大众生活之家园，人类文化之硕果，理当：重功能，轻光鲜；重文化，轻浮华；重民生，轻形象；重精细，轻粗糙；重长远，轻近利；重厚重，轻浅薄；重特色，轻平庸；重多彩，轻单一；重程序，轻随意；重科学，轻胡来。“轻”之后的东西难杜绝，能轻一点、少一点就是福音了。

人文精神是现代城市最重要的内涵，应是今后城市建设最需注重的。城市应让公众感到安全、方便、亲近、温暖。如过马路更放心、购物更便利、活动更惬意，有更多的公共空间，有更多的与人交流机会，看上去也许不那么整齐雅致，但更适合于过日子。城市首要不是财富的展示、力量的体现，而是人们生活的家园。

我们的城市缺乏人文精神、人文关怀久矣，似乎城市首先是做给人看的，是做给少数人观赏的，是为了生活之外的什么，从没把农村人、穷人等看作是城市的一部分。刻薄地说，以官员的标准为标准，以官员的好恶为好恶，以官员的取舍为取舍，以官员的感受为感受，是几乎所有城市的所有乱象的最重要的原因。

与欧美等现代国家的城市建设比，人家是人文学者在造城，我们是官员在造城；人家是艺术家在建城，我们是小工匠在建城；人家建城看千年甚更长，我们建城看百年就不短；人家建筑物五六百年算中年期，我们建筑物五六十年成稀罕物；人家建城为人之用，我们建城为观赏。如此为之，历史和文化怎能有份？

普通的市民看城市建设，多是看长高的楼房、宽阔的马路、光鲜的设施、漂亮的公园，并以此来评价为政者的政绩和形象，极少知道这些付出了多少代价，对未来会有什么影响，也很少与自己的生活是否改善联系起来，至于农民更在门外了。如民众真正成为知情者、参与者，城市建设就不会留下那么多遗憾和负担。

考察发达国家的城市建设，没有像我们这样大拆大建、“日新月异”的。由于国情优势和时代变化，我们快一些是应该的、可能的，但要求三年小变、五年大变，甚至一年有变、三年大变，肯定超过了支撑能力，挤占了其他，与建设规律相悖，粗制滥造、低劣浪费就不可避免了。为自然历史过程这一定论付出的代价太大了！

一些发达国家几百年上千年的房子比比皆是，百年前修的路还在走；我们50年的房子就成了“文物”，一些历史建筑被战火毁坏和人为原因糟蹋不知多少次，积累下来的东西太少了！有人分析，近些年城乡建设巨额投入真正形成积累的占1/3多，其余为浪费和流失了。为何出力不少、付出不少而富不起来，这是大因。

过度的拆迁割裂了城市文化，荒漠了人的心灵；到处充斥的仿古和离奇傻俗建筑物，既是浮躁社会的地标，也是对人庸俗自负与迷信金钱权力的刻画，社会和城市发展进步的成果与建筑文明被此抵消了许多，令人忧虑的是此趋势并未消退，不少人还在为此津津乐道。

强拆的存在暴露出社会的无序和矛盾。如是违法违章建筑依法拆除那是理当，但也应反思为何没有管好。如对合法合理的建筑特别是民宅，那拆除就要相当慎重了，除了补偿到位，还要充分尊重民意，决不能用那些永远正确的话来搪塞，如是欺骗或是暴力拆迁，就是伤天害理了。城镇化如是默许或容忍强拆就是灾难。

高楼林立已是许多城市甚至一些县城的风景线，展示了繁华和力量。但对由高楼可能引发的问题显然还缺乏足够的重视和应对措施。且不论地震等大的灾害，就是消防设施和能力的不足、救援通道的不畅、社会管理的不到位，一旦发生什么不测，损失和影响就很难预料。一些有识之士已发出警告，当引起高度重视了。

十多年来在一些大城市中凸显的稀里古怪的建筑，使一些设计师、建筑商有了发挥自我的天地，但最大的功效是让某些人显摆、张扬、虚荣、自恋的心理和意识得以充分展现，至于花多少钱恐怕没几个人心疼，有何功能也没多少人在意，对自然和人有多少负面影响更少人去探究。成熟的国家、成熟的人不应如此。

国内不少城市论光鲜、气派、壮美、繁华不比发达国家差，甚至胜过。但总感到缺了什么，似是城市越如此越离现实生活远了，越是不方便了，越是有了陌生感。细究之，大概是因城市设施增多了，人的障碍也多了；楼房长高了，人变得矮小了；私人空间扩大了，公共空间减少了；城市人流大了，人之间的交流少了。

建筑要重视实用性、功能性，也要考虑审美感、艺术性，随着社会的发展适当搞一些体现时代特点、带给人美的遐想或者历史追寻的建筑是必要的。但像现时这样一味求怪、崇洋，当作一种时尚去追求，当作政绩去标榜，甚至不顾实际、不讲科学、贪大求快，就与国情、与公众利益相去远了，是病态心理、浮躁情绪的折射。

城市规划本来是城市建设的“小宪法”，但在相当一些城市，人们多年看到的，似乎就是那种社会风气的倒影，铺张、显摆、奢华、怪异，乱象触目皆是，规划赶不上变化快。到底哪些是拍脑袋的，哪些是连脑袋也没拍的，哪些是假借什么的，谁也说不清。有人说城市规划建设成了长官意志的游戏场和角力场，似不过分。

城市的建设和发展应是与经济社会发展同步的积累过程，某个时期快一点是可能的，但老强调“快变样”“大变样”就不正常了。如此哪来的财力支撑，会不会挤占民生和社会事业，其他方面如何配套，质量如何保证，都值得质疑和探究。老在搞“大变样”的背后要么是决策误区，要么是另有他图，对社会、对民众都不是福音。

“赶超发展症”的提法切中了发展中问题的要害。且不论国家层面，多少地方多少城市在实施赶超行动，多少年建成“国际大都市”、什么“中心”、什么“强市”的提法屡见不鲜，生产要素在不恰当、超常规地积聚和倾斜，引发的问题正在凸显。其核心在把意志力、权力看得过重，而违背了经济规律、市场规律、发展规律。

不时听到一些城市要搞“全国之最”“亚洲之最”或者“世界之最”的消息，不仅大城市有，中小城市也有，忧远大于喜。如是企业所为、市场运作还好理解一些，如是政府行为或干预，就让人很难不往好大喜功、“形象工程”上联想。如今无论是谁都无刻意追求这些的必要，尤其政府最要紧的是在发展经济、改善民生上出实招见实效。

一个城市的人口规模，是与城市地位、功能、环境、人文等对应的，一般城市不难预测。城市发展要充分考虑人口增长因素，眼下实际多是先设计规划人口规模，再去规划建设城市，“国际大都市”“中心城市”、一流城市等提法应运而生，“空城”“鬼城”的出现就不为怪了，至于浪费多少资金、遗留多少问题只能由后人担当了。

这么多城市在大举造新城，不能不令人忧虑。现有的财力水平和融资能力是否能支撑得起，大规模的基础设施投资会不会对实体经济和民生造成冲击，新城造起之后以何产业支撑，新城的人流从何而来、会有多大，新城正常运转的费用从何而来，等等，这些问题如没有精到的论证和回答，不知会给历史留下多大遗憾。

我们不少城市，登高一望，看硬件，看气派，看高楼大厦，再看形象宣传片，可以说其现代化程度比发达国家的城市毫不逊色甚至超过；但俯首细察，看街边巷角，看城乡结合部，看公共场所人们的举止，再看有多少超过50年的建筑，脆弱、软肋就都显露出来了。现代化城市需要钱来建设，但只有钱是远远不够的。

功利化太重是不少城市问题的主因。太急于求变、求成了，太重视眼前形象了，太在意自身意志的体现了，往往应做于细、做于精的顾不上，不应立马做的做了，不应做大的做大了，如是再与政绩、升迁甚至利益挂起钩来，城市建设的规律和特点被忽视以至违背就难免了，一些城市有多少是应景之作可能谁也说不清。

前瞻性太弱是城市问题的重要原因。对现代城市建设问题，我们真正关注太晚，与世界先进理念和高端水平差得大，且往往将其与政治取向和意识形态联在一起，因而很长时期走不出农耕经济的窠臼，规划、建设上的短视低标准随处可见，弄巧成拙的事也不少，以至于投入不少，但城市功能实现不了，形不成有效积累。

城市问题的另一重要成因是系统性太差。城市的大系统是由众多子系统综合支撑的。但建设中常见的是零打碎敲、单打独斗、拆东补西、朝令夕改，缺乏的是系统化思维、一体化布局、通盘化发展，不少工程完工之日就是改造之时，子系统之间不协调、不配套甚至相冲突的现象触目惊心，城市功能与投入的性价比很低。

人文性太淡是大多城市的共性。前些年到欧洲考察，曾感叹其城市建筑件件是精品、处处有文化；人家是艺术家在造城，我们是工匠在造城。实际主要是人文性的差异。看我们多是千城一面，建筑的展示、张扬功能突显，但很难体会到灵气、亲切和文化。建设中人的需求被忽视，人的精神需求更被漠视，是深层次原因。

功利性太强、前瞻性太弱、系统性太差、人文性太淡，确是城市建设中弊端的概括，这当然有文化、理念和经济发展水平的局限，更有体制、制度和社会治理上的原因。如何把城市建设真正纳入科学化、规范化、人本化、法治化的轨道，少走弯路、提升层次、凝聚文化、承载历史，是篇需下深功夫研写的大文章。

一边是地下水的过度开采，一边是城市地面的过度硬化堵塞了地下水的补充通道，地下水位下降就不可避免了。这几乎是全国城市尤其是北方城市的通病，也是不少生态问题的重要成因。水情、水量、水质是决定未来社会和经济走向的最大制约因素之一，我们的发展模式、用水模式和城市建设模式都需要反思和调整了。

提高城市管理水平是应该的，现在也有很大差距。但我们往往太在意城市的外在感观了，太追求它的完美了，太注重上级的评价了，以致似乎忘了城市是城市人也是所有人的城市，忘了城市是用来生活的，忘了城市的功能是第一位的。虽然花了许多钱，增了不少设施，但人们的感觉是城市变得更陌生了，生活更不便了。

城市管理是个十分复杂的问题，如商贩经营与城市秩序的关系、商贩利益与市民需求的关系、严格执法与人文管理的关系、城市繁荣与城市容貌的关系等等，既有政策界限问题，也有度的把握问题，还与队伍素质密切相关，过分强调哪一方都难有好的效果。

一个现代的、人文的城市应有摊贩的一席之地，为自己谋生，给他人方便，增生活情趣，何乐而不为？一说起摊贩往往就与“脏乱差”联系在一起，实则是一种思维的懒惰、管理的简单。城市是生活的家园而非观赏的盆景，只要用心、宽容、善治，就可使不同的群体和谐共处，各展所长，演绎多彩的生活。

城市不要那么多华丽，不要那么太整齐划一，应容忍一点杂乱，尽量多给那些弱者一些空间，让他们多些谋生的机会。他们能够立足，既会给他人带来方便，也会改变自身的命运，有益的是整个社会。城市不只是强者富者的天地，理当有弱者的位置，对弱者给予更多关心是政府的责任，是社会文明的表现。

城市不应允许违章行为蔓延，不应允许公共空间被肆意侵占,不应允许无序的持续,因这是所有人的利益所在。但在具体实施中,是否应给底层谋生者更多一点的空间,是否应容忍一些杂乱,是否执法应尽量柔性一些。这两方之间要处理好可真得有高超的悟性和技巧。无论如何,戾气、暴力都是不能默许、容忍的!

相比其他执法队伍,城管素质可能低一些,但面对的对象也更特殊一些,不可否认那些小摊贩成分很复杂,有些很极端,如何管理在全国都是难题,城管与他们有个利益博弈关系。城管打人或粗暴绝对是错误,小贩打城管也不该,不论是谁、是何因打人都不应得到喝彩。寻求公众利益与摊贩利益的最大相融度才是正途。

一说到城市管理,人们多是在抱怨流动人口、街头摊贩等,似乎是因他们城市才显乱、才难管。实际上,正是这些人干了城市里最苦最累的活,担起了城市最低端而一日不可或缺的服务,很难想象没有他们城市会是什么样子。城市不是观赏的盆景,是用来生活的。对他们多些笑脸、温暖、宽容,城市和人们生活会更好些。

许多城市中,做景观设计、施工的,多带有很强的现实性、功利性,是为体现官员意志、展现政绩,是为给房地产增值,是为吸引眼球卖房子,专业技术人员的取向为利益的指挥棒所驱使,景观最重要的生态功能、环境作用恰恰被漠视了。这是目前城市中景观不少、投资不少而生态功能、环境作用难以实现的根本原因。

作为全国最年轻、最现代、最有实力的城市，深圳在一天的暴雨面前不堪一击，窘态毕现，抱怨四起。与发达国家相比，反映的不只是城市建设和管理的差距，也是经济和社会发展的差距，更是理念和文明的差距。现代化城市绝不只是高楼大厦体现的，有许多虽看不见、摸不着但更重要的东西在支撑，我们离这些还很远。

曹妃甸当年规划建设时，定是言之凿凿、踌躇满志，出现今天的窘境，实在令人尴尬。一个地方的发展成城，是经济规律、城市建设规律、人口分布规律多重作用积累的结果，如不顾甚至违背这些，唯意志、激情、权力的力量至上，进入的必是误区或陷阱。曹妃甸是不少地方的缩影，当引起人们的警醒！

类似云南河口这种拆了建、建了拆的情形在许多地方屡见不鲜，有些是因规划有误，有些是因质量有问题，有些则是长官意志所为，还有些是因利益输送关系使然。城市多年大规模投资和建设，但积累和沉淀下来的东西有限，大多原因在此。现代城市、城市内涵不是光有钱和物就能堆建起来的，我们的距离还很远。

到城乡结合部去看看，到远郊村去看看，就会明了城市里为何没有贫民窟。贫民窟也许是城市发展的一种代价，或许是其价值的一部分，我们的城市不是没有贫民涌入，而是把他们阻隔限制在城市以外了，是以一批贫困村存在为前提的。这当然有历史原因，只是要正视，不要再把没贫民窟作为自夸炫耀的资本了。

与现代国家相比，我们城市规划和建设上的差距，有历史和环境的原因，有经济发展的原因，但更多的是文化上的原因、理念上的原因。我们既太缺乏历史的耐心和定力，太急于求成改变面貌，又缺乏现实的精心和严谨，不尊重规律和科学，不知付出多大代价才初步悟出现代化城市不是光靠激情和财富可以建成的。

像沈阳这样大的城市，本应有一套规范、科学的决策机制和程序，特别像建行政中心这样事关百年和近千万人的重大事项，应是严密、科学地论证，广泛征求公众的意见，经过合法程序，十分审慎地决策。

“经营城市”的概念风行一时，其实质是把城市绑架在权力的战车上，突出个人意志到极端，以城市土地与民争利，塑造政绩和形象，更有利益输送关系在其中，政府和城市被导入一个个陷阱，公共职能被弱化，是多年经济和社会发展最大的误区之一，后遗症现在也未消除。城市建设真正健康发展尚需根本性转变！

房价问题之我见

可能受传统文化影响，国人对房子的消费太缺乏理性。过去地主有钱就建房子，如今人们有钱就买房子、换房子、囤房子，青年一工作就倾全家之力准备买房子，其他的似都不重要，好一点的城市房子空置率都很高，这种情况世界少见。征收房产税对此应有抑制作用，以逐步引入较理性的轨道。

受传统文化等的影响，国人对房子的消费最缺少理智。一是买房意识太浓。大多青年一说房子马上就想到产权，实力不够也要自己购买，且多是把父母的生计和财力押上去，多少父母节衣缩食维持低水平生活也要帮孩子买房子。实际青年刚上职场租房要比买房合算得多。这是持久的刚性需求。二是买大房意识太强。青年结婚买房，一般在100平方米左右，有些更大一点，有的刚买时小一点，三五年就张罗换大房，这在一些发达国家都少见。其他人亦如此，房子住上七八年看小了，就要换一换，除了功能、环境等因素，攀比心理是主要的。这对房子需求的刺激是不言而喻的。三是买多房意识太强。国人过去有钱就买地置房，如今不能买地就买房子，买多套甚至十几套房子的人不是个小数。这有的是为保值和投资，有的则完全是心理使然，正常人简直难以理解。一些城市的一些地段和小区，房有主而长期无人住，空置率在50%以上，其最大的作用是刺激房价上涨。除了前述三个原因外，随着经济社会的进步和城市化步伐的加快，城市底层人员的生活境遇会有很大的改变，不少的农民需向城市转移，这必将使城市房子的需求持续增长。看来要使房价在走高趋势中相对平稳，引导人们相对理智消费，发挥政策因素的综合作用等方面，还有许多艰巨的工作要做。

现在囤房倒房者众，一城几套房者亦不少，受传统观念影响，青年刚结婚双方父母不顾承受能力为之购房，都助长了房价上涨，确需有房产税等配套政策予以抑制。赞成对一、二线城市和部分三线城市实行限购，同时增加廉租房并完善相关政策法规。纠结的是在房地产问题上，地方政府往往与中央取向不一。

从居之难到部分人的居有余是历史性的转变，开征房产税当是国家经济和民众生活上到一个新水平的标志。在我们这样一个人口众多而人均土地很少的国度，对每人每家占有的房产确应有所抑制，居有余的家庭缴纳一定的税收，既是对收入分配的一种调节，也算是对社会的一份贡献，社会应给予理解和支持。

土地的有限性，消费的趋刚性，投资的冲动性，城市的扩张性，区域的差别性，能指望房价下降吗？慢一点增长，小幅增长，就很不错了，如真的下降很可能就是社会的大忧！

推动房价上涨的最大因素是政府的土地财政取向，次之是市场的供求关系。上涨趋势将会在小幅回落后处于相对稳定状态。从长远看，绝大多数地区房价只会看涨不见看落。房地产行业至少20年内仍是支柱产业之一，只是许多东西需进一步厘清和规范。

老讲让市民和农民工能买得起房，是不是一个误区？就业没几年的城市青年和一般农民工，如没特殊因素，要买得起房子是一种理想化的选择，或是非理性的消费。解决这些人的住房，首当是培育城市的住房租赁市场，次之是政府提供一定的廉租房，再是建设出售适量的经济适用房，同时引导住房的理性消费。

就社会当下实情而言，没有什么产业比房地产业与人们的生活更息息相关了。控制房价的愿望当是善意和真诚的，但由于特殊国情，无论什么措施也压不住理性和非理性糅合在一起的刚性需求。未来几年，房价如能保持低幅增长就很不错了，如背离市场法则过分打压，损害的就绝不只是房地产业了！

房地产市场未来很长时间仍会是个涨期，社会需求的刚性和非理性消费的惯性将会提供支撑，房价如能平稳或小幅上涨就是好的声音。真正令人担心的是，非基于产业发展、有悖市场和经济规律、依靠行政力量的造城，会造成巨额资本的堆积闲置，而使一城一地陷入不复的境地。全国多地的“鬼城”已有极深的教训。

沿海城市铺天盖地的房地产开发令人担忧：一则真的需要那么多房子吗？买这些房子的是些什么人？二则公共设施、公共服务到底能否配套到位？三则社会管理是否跟得上？最重要的是，沿海那么稀缺宝贵的地方是不是真需开发或非得在这一代开发，能不能放慢一下脚步，留一些给子孙？开发商可以不管，政府当深思。

不仅一二线城市房价不会下跌，三线以下城市（含县城）房价下跌的可能性也很小，刚性消费、非理性消费、投资性购房、城镇化推进、地方政府意志等要素都构成了对房价的支撑，在很长的未来看不到下降大势，至多会有一个平缓期。只是会有一部分不良的房地产企业会发生问题，这也许还有利于行业的整合规范。

像我国青年这样买房，在世界上少见，多是一结婚就买房，甚至没结婚也买房，而且要买大房新房。问题在于，95%以上的不是靠自己的收入，而是靠绑架父母等亲属，靠他们的节衣缩食，透支未来生活，可以说是最不理性、最不文明的消费，房地产市场的畸形与此有很大关系。这也透视出了传统文化中苦涩的一面。

相当多的国人“对房子是用来住的”这个常识并不明了，而对房子赋予的担当太多，什么投机、理财、保值、积累等，都寄托于房子，许多非理性以至于近乎疯狂的举动就自然发生了，是造成房地产市场乱象最重要的原因之一，可能也是世界经济的一大奇观。让房价归于正常可能需很长时间,因这背后有着深厚的文化背景。

说中国房地产市场崩盘是危言耸听。过去 20 多年确是房地产市场最旺盛的年代,确有一些非理性因素使然,但主要是经济增长、社会需求增加、城市化率提高的驱动。随着社会和经济的转型及一些非理性因素的逐步减低,今后一段,房地产市场会有一个相对平缓期,升降交错,可以看作是步入良性轨道的必然。

房地产市场的归位正常,转入良性发展的轨道,必须与新型产业的兴起、国家经济的整体转型、地方财政收入支出结构的调整优化、资本市场的健康发展、房产消费的理性等过程相伴,是一个较长的时间,且大城市与中小城市、东部与西部、南方与北方会有很大差异。十年能显大的成效就不易了,也需历史的耐心!

未来 20 年房价也不会落,应与物价的涨幅相差不会太大,会有几个平台期,大落不可能,涨幅大一些不能排除。土地资源、刚性需求、投资冲动、财政政策、金融安全、经济发展,哪一样因素会导致房价下降呢?小规模、经营不良的房地产企业和一些地方也许会出现降价抛售的现象,但都不致总体趋势有大变。

各个城市都有很多空房,大致占这三年开发量的 1/3 以上,多者达一半以上。从短期购买力来讲,大部分地方确是过剩,以未来社会需求而言,则还有相当的空间。有实力、经营状况良好的房地产公司,完全可以稳住阵脚,再加上政府的支持,就能顺利挺过平台期。以为眼下房子销量下降房价就会大降是幼稚的。

在经济快速发展、住房需求刚性增长而房源严重短缺的情态下,房地产业一定时期的高歌猛进、利润超常是必然的。经济转型了,科技发达了,其他产业上去了,居住的矛盾相对缓和了,房地产业才会逐步转于正常轨道。至少在未来十年内,房地产业的利润率仍会处于社会平均利润率之上,地缺需旺是最基本的现实。

就房价而言,京、沪等城市最大的比较优势是教育和医疗资源,是本地人不出城、外地人进城的第一考量,这种情形几乎是世界上其他国家、其他城市没有的,政治、经济、人文和土地短缺等因素则使之加剧。目前房价的平稳和小幅下降只是大势下的短期效应,不长时间内继续上涨定是无疑,如能保持小幅就谢天谢地了!

国人正常和非正常、理性和非理性、居住和投资并重的刚性需求,使得房价必定在相当长时间内保持走高的趋势,即使市场房子剩余,价格也难有降的可能。政府能做的就是在土地供给和保障房建设上有所作为,完善相关政策,使房价上涨在可控和人们可接受的程度内。

地价走高是必然

土地资源与开发建设是一对大矛盾，国家必须在二者之间找到平衡点。很长时间内，适宜耕种的土地建了工厂，无法耕种的则没利用，这是不得已而为之，今后应改变了。提高地价，是为了让开发建设更多地利用无法耕种的地方，逐步实现生产要素的合理转移，使土地的内在价值得到最好发挥。

土地是农民的命根子，无土地则无以为继，土地开发建设所涉最大问题是农民的长远生计。唯有提高地价，给予合理补偿，方可保障失地农民的生活稳定，也是社会安稳的大计。不如此就难以杜绝土地的乱占滥用和无序开发建设，亦不足增强民族的土地危机意识。可见地价的走高是一个必然趋势！

当下土地资源与房产开发的矛盾更突出一些，手中无地，开发商心就发慌，囤住土地就是财富；土地上到适当价位，对开发的速度、规模就是有效的制约，但又会刺激房价的上涨；房价上涨了，又会影响到地价。由此可知地价与房价关系多么密切。地价走高了，房价还会下降吗？

对网络开放持乐观态度

对网络上的热点问题，人们的反响为何那么强烈，就因这个问题与每个人的现实生活、精神需求密切相关；各方的取向为何有那么大的差异，连正规、严肃的公媒也在相互提示、相互借鉴，说明这个问题确是相当复杂。正确以对，发展开放的网络，对塑造新的公媒形象至关重要。保持定力、依法办事是当前的首要。

网络是社情民意表达最重要的平台和窗口，网络语言是公众权利的具体展示，是社会文明、自由程度的标志。没有对网络最大限度的包容，就没有社会成员之间的包容，就没有社会宽松氛围的形成，改革和发展就难以得到公众的鼎力支持，和谐社会就会失去基础。善待网络就是善待社会和公众。

现在网络的地位与作用日见凸显，公众寄予的期望很高，对公媒既是挑战也是促进。两者可以并肩而行，相互砥砺，取长补短，共同提升，使公众的意志表达、利益追求有更加广阔的平台和更为宽松的环境，这对社会进步无疑是大好事。何时公媒回归到本位，网络的影响力正常了，当是表明社会和公众真正成熟了。

讨论研究网络信息管理问题有必要，关键的是出发点和立足点应是保证言论自由、维护公众权利、建设正常秩序，而不是为了其他。又因网络是新的事物，且在虚拟世界，涉及公众的切身利益，理当广泛听取社会各方面的意见，借鉴现代国家的成熟做法，十分谨慎地操作。

刚立起的网络舆论和网民，是国家和社会健康前行的重要力量，与公媒可以做到相互借鉴、相得益彰。它还有不少问题，还需完善提升，可以竞争，但不应视为异己；可以批评，但不应斥责贬损；可以清除老鼠屎，但不能认为一锅粥都是臭的。公媒如能发出更好更多的声音，把网络上的关注力吸引过来就更好了！

网络的高度发达，将颠覆世间原来的许多认知、行业、职业，根本改变人们的现实生活和精神生活，催化出新的社会结构和社会关系，一些方面会变得面目全非。显然，未来的城市规划、产业布局、社会管理、公共生活，必须对这些做充分考虑，未雨绸缪，与时俱进，争取主动。时代的脚步在考量着人们的智慧。

网络和媒体上各种思想、观点的碰撞交锋是正常现象，有时可能会良莠混杂、泥沙俱下，也不必大惊小怪。对违法犯罪行为依法该怎样处理就怎样处理，其他的通过讨论、争论、辩论去清净好了。由此在这类问题上，还是尽量不用少用慎用斗争、亮剑、打击、你死我活等词语为好，否则极易引起不必要的猜测和混乱。

网络也好，公媒也好，最重要的不在于说了多少正确的话，讲了多少高深的道理，提了多少响亮的口号，而在于这些话、这些道理、这些口号有多少人听到看到，有多少人接受认同，有多少人愿意践行。过去讲有理走遍天下，现在是有理也可能天下不认，因为理不止一条。有话有理更得好好说，首先是让人能听进去。

网络上确有些与主流意识不一致以至于越格、对立的发声。但深思起来，这些在所有发声中只占极小一部分，如这些完全与主流意识一致，网络就没存在的必要了；如全部发声都高度一致，那主流意识也就不存在了。可见网络上发言的度、与主流意识之间关系，是圣人也难把握好的问题，恐怕还得主要靠自净、自律、自重为好。

有朋友告，他从农村来城里居住的70多岁的父母，在儿女的诱导下，最近玩电脑和手机上了瘾，微博、微信、QQ都通一些，还要玩网购，只要小辈回去就赶紧问这问那，过去所依赖的电视、报纸很少看了，同时原有的一些病态也很少发作了。不知这有多大的代表性，但网络正在深刻影响和改变着世界已是不可逆了。

互联网改变并将继续改变着世界，影响到社会的方方面面，其广度、深度、力度可能超过历次科技和产业革命，从都市到乡村、从高知到平民、从政治到生活都切实感受到了。研究互联网思维，用互联网思维改变人们传统的思维方式日益迫切，否则就不可能理解面前波澜壮阔的世界和丰富多彩的生活，就会被时代抛弃。

互联网让中国真正融入世界而不可逆转，互联网让中国的科技和产业迎头赶上世界水平成为可能，互联网将会使国人的思维方式、生活方式、处事方式发生根本性改变，互联网对国家的社会治理将带来新的机遇和挑战。互联网在社会中的分量、与每个人的密切程度，互联网思维的高度和宽度，决定着国家和民族的未来。

也许因网络是虚拟的空间，不少人平时压抑的话、对他人不好说的话、排解内心的话向这里抛洒，这当然可以理解。但如太情绪化、碎片化甚至粗俗化，且持续为之，既会对自身产生不良的心理暗示，也不利他人和社会。提倡理性、理智、包容，多一些自以为非，多一些平和说理，多一些求同存异，当是对各方有益。

捷克的哈维尔 20 多年前提出了著名的对话八条守则:(1)对话的目的是寻找真理，不是为了斗争;(2)不搞人身攻击;(3)保持主题;(4)辩论时要用证据;(5)不要坚持错误不改;(6)要分清对话与只准自己讲话的区别;(7)对话要有记录;(8)尽量理解对方。这八条用于当下最大的公共空间和平台的网络，是不是更有针对性、更适合呢?

看看网络上的情形，许多正与此相反，粗言恶语、讥讽谩骂，以至于互掐打斗，几乎随处可见，发声者不少还是颇有名气的专家学者，致使很多有意义的问题难以深入讨论，理性理智之识难以清晰阐述，平和说理之风难以张扬，网络戾气与社会戾气相互浸染。对照哈维尔的八条，我们是否应多一些自责和反思呢？

网络上代笔机构出现需求看旺的现象，读书心得、自我检查、整改措施、工作报告等是主产品，售卖两便，各得其利，让人苦涩和无奈。这到底是表明网络功能的变形，还是折射社会现实的扭曲。如网络成了万能写手，人之大脑会退化到何处？如人动辄求助网络代替应为，人所做事情的意义是否就要打个问号了？

我感到，网络谣言就如农村街头长舌妇一样，刚开始人们或许有点兴趣，凑上听听，过几天觉得根本不靠谱，就没有人理了，她如要继续说，左邻右舍就会干涉了，如伤着哪家就会管教了，没准会被揍个鼻青脸肿，久之她也会觉得无趣，关门回家了。这事让政府去管还真不好使。网络的自清自净功能大致如此吧？

谁能保证说话无过，谁能保证新闻无错，谁能保证事实无误，谁能保证一贯正确，如是可以随意把有过、有错、有误和不正确的话定为谣言，那就等于不让说话了，也没法说话了。这绝不是公权的初衷。对谣言从法律上做出严格释义和规定，对打击谣言从法律上进行责任和权力界定，于公众和社会都是急需和必要的。

对网络谣言的认定、对谣言犯罪行为的认定，是个新的问题，涉及面相当广泛，有些问题十分敏感，且带有标志性，应当十分慎重，严格依法进行。有关专家、学者的意见应引起重视，社会的舆论应当关注，国外的一些做法可引进参考。如不是在法理法律上真正站得住，重一时的激愤激情，怕的是在历史上留下遗憾。

对媒体和网络谣言的认定和处置，许多国家都是头痛的问题。但有几条是需明白的，即对公众关注问题的质疑、对公权的批评、对公众人物的评判、对现实生活的牢骚，即使偏激过分，也不能视为谣言，即使信口雌黄但公众压根不会相信的话，也不应按谣言处置。谣言及其处置应由法律作出严格界定，否则伤害就会太大。

打击网络谣言十分必要，是好事大事，但也给官方、公媒提出了严峻挑战。你对外的信息发布，你的宣传报道，如是有误或与事实不符，随时都可能被指责为谣言，公信力就会受到损害。这除了应提高官方、公媒的发布宣传水平，还提示谣言与有误、谣言的有害与无害之间应有清晰的界限。官方、公媒理应为社会做出表率。

谁也不愿为谣言所害，谁也不该制传谣言，打击谣言理所应当，但具体操作起来应特别慎重。如应将恐怖性谣言、有意伤害他人的谣言、以制发谣言进行诈骗与一般性谎言、与没造成恶果的谣言、与并无恶意的转发行为，严格区分开来，严格依法办事，防止造成误伤。因在这个问题上，我们哪个方面都还不成熟。

谣言止于公开，质疑消于透明，真相源于比对。在一个高度开放、资讯发达的社会，在一个权利空前张扬的时代，除法定之外，涉及公权公务、社会事务的任何问题要获得认可，这当是最可靠、最有效的路径，任何的隐瞒、混沌、单一，导致的可能是更多的猜疑、扭曲、被动。这方面早有深刻的教训，不应再重复了。

任何社会都不可能完全消除谎言谣言，纯而又纯的想法是天真幼稚的；谎言谣言多了甚至泛滥，要认真分析其存在的社会原因，定是哪个方面出了问题；消解谎言谣言最好的途径是质疑，是言论自由，是公开透明，还需时间过滤；对谎言谣言需作具体分类分析，动用公权制止打压一定要慎之又慎，严格依理依法进行。

如果因为禁谣而使公众不敢发声，或发声时还要左顾右盼，或发声后还心有余悸；如果因为打击以谣惑众者而使网络寂寥，或上网只说白话，或说些违心话，那定是与国家初衷相违，定是有大问题了。公众随情随意、畅所欲言、敢于质疑，是社会文明、理性、成熟的标志，也是国家的目标，需前行而决非后退。

以网络一些言论为谣言开展打击行动，引起社会强烈反响，理性和非理性的都有，应引起高度重视。一则网络言论是个全新的东西，二则这种打击过去未有，三则不少问题处于模糊地带，这就要求公权理智以对，严格掌握，宁宽勿严，厘清边界，按理析情，依法办事。任何一时的激愤莽动，都可能给历史留下遗憾。

打击谣言一类事很易走偏，也易获一般的民意支持。

因我们历史上鲜有处理言论问题的成熟经验，公权对言论问题的影响一般都会高估，大部分民众对此缺乏应有的理性，对五光十色的网络各方都甚不适应，一些新的理念许多人还陌生，如此动作起来出格走火就很难避免。因而对严格依法办事要予以特别强调了。

对网络谣言与网络诈骗应做严格区分。不实或者错误的信息任何时候都会有，不能轻易视为谣言；没引起恐怖或造成恶果的谣言不能轻易作为犯罪打击，对谣言、谣言犯罪法律应作出严格规定，并与宪法相衔接，以最大限度地保护公民言论自由的权利。至于以牟利为目的的网络诈骗犯罪不难认定，任何时候都要打击。

打击网络谣言，引起人们对网络开放的一些焦虑和担忧，透视出的是对国家和社会未来走向的关注。实则网络的出现和发展，其历史作用尽管还没被足够认识，但发挥的正能量已给了一个清晰的目标。打击网络谣言只是实现网络常态化的一次健身，相信之后网络会有更广阔的天地、更自由的空间。实践定会证实这些。

人口和计生政策调整是大势所趋

计划生育当年无论如何做都确有其历史的无奈与合理性，但如今也确有些问题需平心深入思考与前瞻。30年政策时限已过，各方情况都发生了重大而深刻变化。特别是一孩化政策和征收抚养费问题，其负面作用日益显现。此事既关系国家民族未来，又与每个家庭息息相关，当是以对历史负责的态度直面以对了。

世界公认总和生育率在2.0人口可保持平衡。2014年我国人口普查后公布的总和生育率为1.8，一则说明我国人口已得到有效控制，二则说明现行生育水平已不足保证人口正常延续，人口的红利在消退，老龄化在加剧，人口政策确已到了调整和完善的时候了。计划生育政策核心是一孩化政策，几乎大多矛盾都由此产生。

当年中央关于一孩化的公开信说过，30年后人口得到了控制，就可以采取另外的人口政策了。现30年已过去了，人口得到了有效控制，人口形势出现一系列新的变化，一孩化政策的负面影响凸显，人们的关注度不断增强，无论如何，都应以郑重负责的态度给人民一个说法了。计划生育的其他政策也当完善。

一个孩子与两个孩子，人们对孩子的行动、外出、当兵、就业等的心理大不一样。如有两个孩子，有个孩子到远方当兵或从事危险职业，父母会相对坦然，如只有一个孩子，就会是另一种心态了。这不在于什么思想和觉悟，而在于人之天性。无论从哪方面来论，生育政策调整都是当务之急，国家之重。

在生育观念问题上，当有文明与愚昧之别，实无先进和落后之分，长期批判的“无后为大”“传宗接代”“养儿防老”“多子多福”等观念，本是人们最朴素的一种认知，反映了人之延续、生存的实际和社会发展的水平，硬将其与政治等联在一起实在是太牵强了。习惯性力量作用这一命题大概可解释很多说不清的问题和事情！

现行计生政策最重要之点就是一孩化政策，几乎所有的关注点、矛盾点都在这里，国家、社会、家庭为此走过了悲壮的历程，付出了巨大的代价。如果说有历史必要性、合理性，但社会和人已进步到今天，中国已成为生育率最低的国家，总和生育率已不足保证人口的正常更替，调整生育政策就应是必然的了！

调整生育政策后，人口出生反弹是正常的，不反弹则是不正常的。现在中国已属生育率最低的国家，总和生育率离人口的正常更替还有很大的空间，如政策调整后还不生那就是大问题了。至于个别地方会出现较大反弹也不会对全国有多大的影响，即使反弹用不了几年也会归于正常。最需的是早作决断！

取消一胎化政策，放开二胎，已成为主流呼声，确应引起国家高层的高度重视。有人担心这会引起生育率的大幅反弹，但多方信息表明：小幅反弹当会有，大幅反弹不可能；局部大幅反弹当会有，全局大幅反弹不可能，即使小幅反弹也会离人口正常更替的生育率很远。未来真正可忧虑的不是多生而是不生。由于社会的转型和竞争的加剧，抚养孩子的成本愈来愈高，特别是青年一代的大部生活理念和生育观念与发达国家已很接近，生育意愿如大江东去，这对于一个未富先老的国度，对于生产力急需提升的社会，其影响都不可小视。确是到了以历史担当气魄作出决断的时刻了！

独生子女、孤寡老人，是未来中国最大的社会问题，亦是影响国家前行、社会进步最重要的因素。放开二胎生育、突破养老瓶颈，是迫在眉睫的抉择。民众已有共识，社会已具条件，对此及时作出正面回应，是政府有良知、有责任、有担当的必然表白。实施良政善政，从此开始是一个极好的切入点！

春节后各大媒体的招工广告铺天盖地，各出奇招；用工量大的地方由政府组织专门队伍到员工输出地招工，开出不少优惠条件，但结果都并不理想。这给人的直感是劳动力尤其技术工人短缺已成为企业运转、经济发展最大的制约因素。看来不论从哪方面看，人口的红利都在锐减，调整计划生育政策确是势在必行了！

一个计划生育很有成效的县级市，人口已十多年负增长，最近几年年均死亡 5000 多人，结婚 4000 多人，出生 3000 多人，呈“543”的倒金字塔结构，60 岁以上人口比例达 20％多，已进入严重老龄化社会，正在向高龄化发展，与之相关的社会问题正在显现。此市在全国有相当大的代表性。如此持之，国家和社会活力何在？

调整生育政策这件事实际已不需专家论证了，一般的民众凭直觉、靠感受就能作出正确的判断。现在不是调不调的问题，而是何时调、如何调的问题。就人口更替规律来看，马上调都晚了；就社会情况来看，有个政策衔接和风险评估问题，政府当在二者之间平衡。无论如何都应有所担当和作为，对社会作出积极回应。

一对夫妇，上有四个老人，下有一个孩子，是目前家庭结构的主流，已成为当下和未来很长时期最大的社会问题，对方方面面的影响正在凸显出来。这对一个财富积累严重不足、社会保障能力十分薄弱、服务业很是落后的国家是严峻的考验，理当引起人们的高度关注，当务之急是调整人口政策。再不动作就太晚了。

同龄人、弟姊情是不可代替的，无论对成长发育还是对心理健康都至关重要。儿童孤僻、抑郁症的增加，自私心理的增强，自制能力的减弱，助人意识的淡薄都与一孩化有关。再加上正确教育引导的缺乏，社会的负面影响，出现反常现象就不足为怪了。无论从哪方面来讲，调整生育政策都是紧迫而必然的选择了！

有专家指出，中国经济已面临拐点，缺乏增长点，投资“造物”只相当于体外“心肺复苏”，可以短时拉动经济，但缺乏持续动力；而调整计生政策增加新生人口即“造人”则会给经济装上一部起搏器，对经济的拉动作用是可持续的。就是说刺激经济，“造人”比“造物”还要管用。

在一些政府部门和官员的意识里，还是不生比生好，生一个比生两个好，因而才有了鼓励放弃生育指标的政策，才有了对生育特别是二胎生育苛刻的审查，说是“脑残”虽是挖苦也不过分。生或不生是个人意愿，作为政府只要在政策范围内就要鼓励和支持生育，因这是人最基本的权利，人口政策又是按最严格限制设计的。

征收社会抚养费的初衷是为了抑制生育冲动，但实际上远未达到效果，有钱人生育不在乎缴费，无钱人为生育千方百计规避缴费，最大的负面作用是造成了大量社会矛盾，加剧了民众与计生的对立情绪，特别是引发了超生一代人对社会的怨恨以至于敌视，并向其他人群传播。整体看早就弊大于利了，停止势在必行！

一孩化对家庭和社会带来的负面影响正在凸显，成为未来国家发展不得不承受的代价，尤其失独家庭更令人同情。对这部分家庭的补偿扶助是不可回避的问题，国家理当尽快从制度和法律层面确定治本之策。有专家提出以社会抚养费作为补偿渠道，是眼下一个好的选项。

遵守国家规定，一对夫妇只生一个孩子，是对国家和社会的贡献，自身也付出了很大代价，如是失独则是家庭和人生难以承受的剧痛，也是社会之殇。以国家名义制度化对失独家庭进行补偿是国家责任和道义所在，也是社会温暖所在。这部分家庭有限，不会引发攀比，各地也有些探索，是提到国家层面决策的时候了！

符合生育二胎条件的家庭自愿不生，有少部分确非因经济等的压力，而是一种生活方式的选择，不愿承担更多的责任。但大部分是因生养孩子的负担太重，生活和就学、就医、就业等压力太大，对未来的预期茫然。如是前者则是正常情态，如为后者那就是社会的问题，更应思考的是国家。生育观念上实无先进与落后之分。

把更多的目光投向老年人

人口老龄化是国家未来发展中必须面对的大问题。由于是未富先老，国家和社会在设施、政策、机制和人才等方面缺乏足够的准备，亟待上下达成共识，大力推动。老龄产业如能发展起来，既能促使老龄化问题的破解，又会给经济和社会进步带来活力。现在需要的是统筹研究、系统规划、加快推进了。

人口老龄化问题确当进一步重视了，令人担忧的是我们与发达国家最大差别是未富先老，社会积累不足，养老体系没有建立和完善起来，尤其是国家、社会和家庭对应对老龄化问题意识、心理、政策准备尚差很远，这可能是未来影响国家发展和稳定的大问题之一。大雨将临，就不是绸缪了，而是赶快把伞撑起来。

养老真是未来社会的大问题，既有投入和设施问题，也有理念和文化问题。如养老院的管理机制、职业标准、职业操守、社会监督等，目前都是薄弱环节，以致不少老年人望而却步。更大的问题还在于，由于传统观念影响，社会上愿意从事养老服务业人员的匮乏。养老业要健康发展，须在硬件、软件两个方面一齐努力。

在养老问题上，目前根本就不存在社会和老人对政府期待过高的问题，有此看法只能说太不了解实情了。社会发展到今天，更应重视和强调的是政府的责任，包括人口政策的调整、养老政策的完善、老龄产业的扶持、家庭养老的鼓励等。说实话，不少政府应做的工作还没有真正破题，任重道远。

爱老敬老既是家庭责任，也是社会责任。有老人在，儿女就有依靠，就年轻，就有根在，就有活力和动力。能孝敬老人是人生之福，老人不会永远陪伴你，当十分珍惜上苍给的时间，做好一天就赚了一天。老龄化日重，全社会都当有责任感，善待老人就是善待自己。

如讲对未来国家和社会的忧虑，没有比老龄化更甚的了。目前的出生率已难保证人口的正常更替，老龄化带来的尴尬各方面都感受到了，社会养老离实际需求差距甚远，家庭养老的无奈早已显现，下一代人的负担是整个民族的代价。这是发生在发展中大国的事情，真的是唯此为大，调整人口政策早就是迫在眉睫了。

农村最值得同情的是那些七八十岁的老年人，其除了生活上的问题，最突出的是孤独。几十年在一个村住，几家之间没有磕碰和纠葛？文化程度低，公共设施缺，子女在外的难得回来，同村居住也见面不多，人交流的圈子和机会极少，想说个话也难找到人，孤独就成了常态，许多问题由此而生。

这种孤独实际就是与社会分离，时间长了，不少老年人的心理就会出现异变扭曲，有的患上抑郁症，有的过早进入痴呆期，农村既缺乏这方面的常识，又缺乏防范和治疗的条件，再加上其先天自理能力差，家庭照料难到位，生活处于凄凉境地，老年犯罪也有发生。如何关怀他们，确是个应提到社会层面解决的大问题。

老家村里多年前搞了个老年活动室，没想到去的老人很少。后来他们规定去一天发5角钱，有专人登记、管理，一月一清。这一下老人全去了，时间长了，大家交流就多起来，哪天谁没去，还关心打听，活动室成了共同的家园。上面的人看了后说是个创举。

农村老年人的问题尤以男性老人突出，大部分的问题出在他们身上。女性老人的心理和生活承受力比男性要强得多，特别是独居的，她们的生活境况要比男性好很多，而男性老人大多不会打理生活和卫生，如子女顾及不到，即使身体无大碍，生活也是一团糟。与城镇不同的是，农村的老年活动场所几乎见不到女性。

与农村相比，城市的老人就大不同了，他们大都有比较方便的活动场所，有说话把玩的圈子，有蹓跶看景的地方，尤其他们没有农村人之间的那种纠葛长短。当然，由于社区功能不全、服务缺位，加上子女不在身边及自身等原因，还有一些不便和烦恼，但毕竟可以比较安稳快活地生活着。这从一个方面鉴证着城乡差别。

看到发达国家的老年人大多穿得色彩鲜亮、干干净净，且目光有神、自信自尊。我们现实中尤其农村的老年人，则与此形成强烈反差，行动迟缓、神态不振的不在少数。这除了有秉性、文化和习惯的差异，生活水准、社会氛围、心理意识是根本原因。老年人生活质量的差距，远大于国家发展水平与发达国家的差距。

老年人的境况是社会发展文明程度的重要标志，显然现在是一块短板，这对于一个未富而过早进入老龄化社会的大国，重负和压力是不言而喻的，在很大程度上决定和影响着未来的走向。传统与现代、社会与个人、政府与家庭、福利与精神的融合共振，当是实现老年人尊严、体面、快乐的必然选择。

今天的老年人就是明天的我们。凡生活充实、健康快乐、自在滋润的老年人，大都有个好心态、好习惯、好能力、好爱好、好氛围。从个人自身而言，自强自尊、提升素质、适应生活、融入社会最为重要。从社会大局来看，关注关心老年人就是关注关心每个人。在社会转型的特殊时期，理当把更多的目光投向老年人！

道德问题碎议

道德实际是人与自身、与他人、与社会、与自然的心灵约定，是人调整和处理与这些方面关系的准则，是维系社会的最基本规范。它以人性为基础，以人文为表达，具有恒定性、持久性和普适性。在高度开放的今天，如何认识道德问题，直面新的挑战，维护传承优秀传统道德，提升现代道德层次，当是一个重大问题。

社会的基本道德水准当是：让后代从懂事起就看到希望、公正，即自己正当的努力得到社会承认，自己独立的人格受到社会尊重。唯此，他们才会长成道德之人，社会才前景光明。现时的关键是，谁来教化，何种教化内容、方式、机制能达此目的，所谓“希望、公正”如何在社会主体尤其是示范力极强的公职人员身上得到正面认证而非相反。

目前人之道德有问题，但不能说“崩溃”；世风有问题，但不能说“日下”，主流总体上向好，在一步步向世界文明融入。问题大多是向市场经济过渡、社会转型的必然反应。之所以人们看得比较重，一是传媒网络发达，问题揭示得更充分了，二是人们意识的觉醒，对一些现象认识更深刻了，三是对有些属正常的价值取向有误解。

每一次大的社会变革转型进步，都必然会带来或推动道德观念的激荡、价值取向的调整。社会和人们当然要保持优秀优良的传统，守护人伦人性的底线，但更重要的应是主动适应、锤炼、提升，特别是在开放度空前提高、网络发达快捷、与世界日益相融的今天，更是如此。任何的固执封闭，都可能拉大与文明的距离。

改革开放初期，农村大妈看到女儿穿着性感艳丽，会怒面追着打骂；城里大爷听说谁想到国外玩玩，会认为他神经出了问题；父母看到子女对洋餐吃得津津有味，会担心他们是否变坏；官员看到下属皮鞋锃亮，会提醒注意艰苦朴素。这些尽管已成笑谈，但相似情形在不断变换出现，新道德、新风尚成为人们的自觉路还远矣。

刚流行烫发、高跟鞋、喇叭裤时，人们几乎都在惊呼“狼来了”“堕落了”，似乎国之将倾，以致到了动用公权封杀的程度。启迪人们的是，道德水准是随着社会发展进步不断变化、调整、提升的，今天认为是离经叛道的东西，说不定明天就感觉很平常了。对新潮新事的感受认知，最可见一个国家、一个社会、一个人的成熟度。

道德水准是有层次的，高尚道德、普通道德、有违道德的内涵和分野存在于社会和人的意识中。社会需高尚道德来引领，需道德典范作标杆，需对有违道德者去鞭笞，但任何人都不是道德的权威和裁判官，都不能把自身的认同和行为强加于人。道德问题是复杂的社会问题、人性问题，主要靠社会关系、社会因素来调整。

任何社会都会倡导高尚的道德，树立道德示范人物，这也是国家责任所在。但倡导的道德应是与社会进步趋向一致，与人文精神相符，让人感到亲切、温暖，多数人经过自省和努力能够做得到。如离开这些，故弄玄虚、高调说教、僵硬死板，可敬不可爱，可望而不可即，那效果可能就适得其反了。这方面的教训有许多。

如传统道德中的“孝道”，到今天就应赋予新的含义了，把传统与现代、物质与精神、家庭与社会很好地融合起来，体现时代特点。古代的“二十四孝图”在当时可能有其合理性，但在现代不少则有违人伦了，就当摒弃了。同时，孝道主要是家庭和个人层面的事情，国家当然应明确提倡什么，但更多应是履行起对养老的责任。

如何对待有违道德的问题是每个社会的难题，尤有违道德与普通道德、与世俗、与违法的边界，更难厘清和把握。国家理应有所作为，但也需明确，凡是家庭、民间、社会能够调整处理的决不可轻易介入，不少时候柔性、宽容和让时间过滤可能会更好些。过去把一些有违道德的人与事展览示众，实践证明失比得大许多。

日常说的道德问题主要是公德问题，个人的任何道德行为如影响到他人和社会，就不只是个人的事情了。如面对影响他人生活、有损公共场所秩序、不守交通规则、随地便溺吐痰、乱放乱扔垃圾、掺假使杂等等，每个人都应予以劝导或制止而不应淡漠，既是义务所在，也是关乎自身的权益。社会和公权更当尽到责任。

至于私德，那就是家庭和私人空间的事了，多以孝道礼节、信仰处事、秉性习惯等来体现，以家庭传承、个人修行为主要调整途径。社会对提倡或反对什么可以表明，但如过度干预或是提到不适当高度就是越界了；社会成员可以有自身的选择和态度，但不能将己之所好强加于人，大多时候，尊重和宽容是第一位的。

道德透视的是精神世界，以信仰作支撑。西方国家主要是制度性宗教，我们不可能走此路，未来道德的重构、光大、提升，信仰支撑的主流是传统优秀文化，说到底是儒家文化，而宗教文化、世俗文化会起到积极有益的辅助和补充作用。在道德天地，儒家文化的精髓与宗教文化、现代政治理念的精髓是可相通相融的。

西方有贵族文化，我们有君子文化，都对道德起着重要的示范引领作用，遗憾的是君子文化后来由于种种原因被扭曲了、败没了，很长阶段为阶级文化、斗争文化所代替，使道德之身深受重创。这个作用如今应由上流社会、知识分子特别是政府官员来担当，在一个“官本位”意识深厚、政治与道德界限很难分清的国度尤为重要。

道德水准与政治理念、政治立场不能说没有联系，但肯定不是一回事，甚至没有必然的联系。不然就无法解释对西方一些政治家、思想家个人道德的肯定、赞扬和推崇。我们过去的问题是把这两者完全混在一起了，把道德问题说成是政治问题，以政治问题推导道德问题，给两方面都造成许多误区，留下不少沉痛的教训。

道德水准与人之知识、财富、地位、职务等肯定有联系，道德的提升有利于人这些目标的达到，同时人这些方面的存在有利于道德的约束和进步，算是正效应关系。同时这种联系又非必然，道德并非为后者而存在，后者并非道德的护身符，因后者而使道德崩塌的负效应见之更多。自省、自修与制约、制衡于道德进步不可或缺。

不做不道德的事，不做不道德的人，努力争取做有道德的人，应是在道德问题上人对自身、社会对人的基本要求。人的一生也许要经受千百次的道德拷问，要每一次都回答得圆满无瑕恐怕很难，但道德的底线决不能突破；要每个人都向道德典范看齐或是达到其道德水准既不现实也做不到，但应知道高尚道德在哪里；要每个人对不道德的行为、不道德的人都尽劝导教化义务或零容忍，社会和个人都做不到，但至少应不为之张目、不与之为伍；每个人都会有缺陷、有盲点，能量也有限，但明羞耻、知荣辱、能反省、重修行，就会有进步、有提升，益他人、益社会，更益自身。这些成为人们的基本共识，道德天地就会扩展，道德社会就希望在前了！

在道德问题上谁都不是制高点、裁判官，且职业行业之间本来就无可比性。每个人处在自己的位置上，第一位的是为自身和家庭谋生，其次是影响他人和社会，谁都不要把自己说得那么高尚，也不要把他人看得多么低下。每个人为自己创造了幸福，为他人带来了温暖，为社会提供了正能量，就是道德的！

“歌唱家儿子”事件折射出了什么

对歌唱家儿子出事过分热议，折射出国人的复杂心态。一则他多以教化他人的形象亮相，一子不教焉教他人，人们的厌烦就自然了；二则他以唱歌上至高位且招摇有余，难为人们心理所容；三是似他儿子的情况当是不少，社会把愤懑发到他身上了。任何家庭都可以享受更好的生活，但别忘了先把自己关在道德的笼子里。

这些人都有独特的生活方式、语言环境、处事路径，有基本闭环的朋友圈子、活动天地。在一个向往地位、崇尚奢华、张扬自我、缺乏制约、法治不彰的社会环境里，如加上自身不知信仰、敬畏、平等为何物，越底线、无视法律、出事就难以避免，不出大事就是幸运了。国之大忧不在平民百姓，而多在这些家庭、这些人身上。

这些家庭、这些人出事影响的是全社会，有很强的示范性、导向性，动摇的是社会的价值观和国家的根基。没有每个家庭的支撑，国家难以为继；没有千百万高层家庭（即“上流社会”）的引领，国家难以进步。如何把平等、责任、担当、示范等意识注入这些家庭并转换成唤起国民的正能量，影响着国家未来的走向！

人们对歌唱家之子出事的潮水般评判，实质上对着的不是哪个人和一件事，而对着的是造成这种状况的体制和制度，是对国家和民族无责任、无担当而无度索取、享受的一些上流家庭，是缺乏公平正义和公众信任的社会和法治环境，是以空话假语教化民众而自身为另样面孔的行为。需要反思的是整个社会！

歌唱家儿子出事引起那么大的社会反响，让人没有料到。深思之，除去好奇、围观等因素，主要的是对这样一些家庭所显示的不公、滥权、傲慢和缺少社会担当，发泄的不满、怨恨和牢骚，折射出行进中社会的深层次问题。如能对众多家庭和社会起到正面警示作用，亦算是网络和公众对文明的一份贡献！

“李某某”事件出现后，从李家直接或间接发出的信息感觉不到一点愧疚、忏悔、反省、道歉之意，反而多是自护、辩解、冷漠、傲慢之态，似是社会和受害者还欠着什么，不知良知良心放到了何处，再怎么理性的人都难以容忍。作为社会的有名人士和家庭，本应为人表率，如此为之，让人失望，伤害的是国家和社会。

李某一案本没什么太复杂的事，就我们司法部门的办案能力真是小菜一碟，但只因涉及这样一个家庭，弄得满城风雨，举国关注，且一波三折、扑朔迷离，成了公共事件。同时也带给人们很多超越案件的思考，特殊家庭在法治社会处在什么位置上，敏感案件到底法外的力量有多大，追求公平正义的社会成本有多高？

儿子犯事，作为母亲，只要不触犯法律底线，为儿子作怎样的辩解都可理解，也值得同情；但作为公众人物，作这种辩解就应十分注意社会影响，十分注意他人的感受。同样情态下，这样家庭的成员犯事，理应受到更多的责难，作为母亲应承担更多的责任，因你们本来是应为社会和他人作模范的。

李某的案子并非太大，但吸引了众多的眼球，一波三折，漩涡不断，也算是社会的特殊现象了。实则人们真正关注的东西早已超出案件本身，除了好奇心之外，更多的是对真相、平等、公义的渴望。案件的结果作了良性回应，体现了法治的进步。现在最需要是社会、家庭、本人、律师等当明白应从中吸取什么教训。

李这一家不排除有善良的愿望、美好的理想、正当的追求，但在其心底里，从来就没把自己放在与民众平等的位置上。他们的理念中，民众是受教的，我是行教的；我为你们歌唱，是在播撒恩惠；你们听我歌唱，是在接受雨露。因而一有事情临头，傲慢、特权本色尽显无遗。他们不是个别，是代表了一批人。

从雅安地震救灾中悟到的

在微博上关注了一天雅安地震救灾情况，且不论其他，光是博友的行动就让人感动不已。从震情发出时，不论是做政论财经、针砭时弊、学术探讨的，还是做文化传播、游玩生活、世俗调侃的，大都自动停止作业，迅速关注救灾行动，转发信息，提出建议，提供咨询，呼吁社会，安抚灾民，传递了源源不断的正能量。实际上这就代表了微博的形象，代表了网络网民的形象，也是国家国人形象的重要展示。国家一旦有难，人民一旦遭灾，生命、人性、人格立即就会焕发出耀眼的光芒，凝聚起巨大的力量。由此，我们对微博、对网络、对网民以至于对国家，任何缺乏信心的理由都是不能成立的。

这两天大家都把目光和心力投向了雅安震区，许多人急着奔赴一线，亲力亲为，彰显了社会的温暖和大爱。但无论谁去都应向实里想一想，去了以后能干什么，能干成什么，会不会给当地和灾民造成麻烦。雅安那里山多路窄，救灾已全面有序展开，如非当地政府组织还是不要贸然前往。此时此刻理智和秩序尤其重要。

在严重的地震灾难面前，需要社会紧急动员，需要各方有效支持，需要各行业大力协同。但在大氛围形成之后，在各方力量到位之后，则应特别注意精心谋划、慎重运作、讲求实效。特别是那些没经过专业训练、没专业技能的志愿者就不要去添乱了，尽管心愿是美好的。眼下的理性、理智和秩序，比激情和冲动还重要。

对雅安震区的救灾情况，公媒和微博告知人们的差别很大，有的甚至相反。两者当是各有侧重，各有取舍，前者考虑更多的应是提升信心、焕发精神；后者考虑更多的应是反思问题、批评监督，将这两者完全掺合起来并除以二，得到的可能就是真实的情形。何时不再为求实情而绞尽脑汁，那社会就是真正成熟了。

一些地方出现逼捐强捐的现象，实在不应该，尤其发生在学校、在孩子身上更不应该。任何捐助都是以自愿为前提，是爱心的自然表达，逼捐、强捐使这些都变了味，问题不在于钱的多少，而在于伤害了孩子的心灵，抹黑了慈善事业。说得刻薄一点，有此为的大多并非为支援救灾，而是为图自身的光环。

灾害频发已是国家严峻的现实，这当然有自然固有的因素作用，但不可否认，与外力作用、生态改变、环境恶化有很大关联。过去说对上天的伤害会换来加倍的报复，并非没有道理。面对现实，一方面修复生态，调整好与自然的关系刻不容缓；另一方面提升防灾减灾意识和能力极其迫切，因这都关乎国家和民族的未来。

香港特区政府向灾区的赈灾拨款未获立法会批准，多少让人感到尴尬，也应引起反思。尽管一些议员对过去援款用途等的指责已证明为不实之语或出入很大，有些言论则带有意误导公众之嫌，但实际中对港援资金的使用确存在一些问题，公开化、透明度也不高，原因可能是多方面的，但对港人的不信任感都起了发酵的作用。

香港是个高度法治、高度透明的社会，港人对援助的每笔钱的使用，都有自己的认可标准，内地应予充分理解。内地对援助资金的使用，不论制度、机制和方法都需进一步严格和完善，有一个透明的交代，以赢得港人和全社会的信赖。无论哪方面，内地与香港的良性沟通互动，建立诚信，对未来都是至关重要的。

从汶川到雅安的抗震救灾，有那么多眼睛在盯着，有那么多媒体在审视，批评、监督、挑剔及建议，一点一点地让主导者改进、避免、提升，让参与者自省、借鉴、完善，促使救灾工作更为规范、有效。这在20年前很难想象。如果几十年来一直有批评、监督、挑剔在伴随，社会进步当会更快，事业发展当会更好。

生态环境保护亟待再加强

连日的大范围雾霾是上苍对快步行进中的中国很大的警示，让你回回头，审视已经走过的路，看看有何教训；昂昂首，思考规划未来，明白应向何处去。高耗、污染、腐败这些发展中的问题，一个也漠视不得。正视现实，不怕出丑，自信应对，稳步前行，是有历史责任感和担当意识的政府应有的选择。

十面"霾"伏使天地间一片混沌，有如同回到史前世界的感觉，"空气焦虑症"在蔓延，正常的社会和生活秩序被打乱，逼迫人们不得不反思：我们向大自然索取的是不是太多了，路走得是不是太快了，欲望是不是太高了，责任是不是尽得太少了？但愿反思能带来一些清醒、聪明、敬畏，为自己积阴德，给后人留善行！

长时间大范围的雾霾第一次使环境问题如此严峻地摆到国人面前，影响着世界，考验着决策者们，环境问题转为社会问题已见端倪。独特的地理环境、历史积累的包袱、转型中的社会、转轨的经济以及特有的治理理念和模式，使这一问题的解决异常艰难。但无论如何，调整战略、修正走向、突破环境都应势在必行了。

雾霾与“非典”病毒一样，其最大特点是它的平等性，即人人都是受害者，在一定时候官员、富人、白领、城里人可能受害程度还会重一些。无论从国家大局来说，还是从对自身负责而言，谁都没有理由对其熟视无睹、漠不关心了。切实履行岗位职责，从自身所能做起，当成为全社会的共识和自觉行动。

一夜的细雨和随后的清风，使连日的雾霾渐渐退去，阳光和蓝天重现在人们眼前，心境一下敞亮了许多。造就雾霾的因素将长期存在，随时都有发酵的可能，而细雨和清风可不能信手拈来、随情而至，每个人都得具备承受雾霾危害的健全心理，更为重要的是尽己所能，担负起找回阳光、找回蓝天的责任，这太关乎着未来！

虽然土壤毒化、地下水污染已不是新闻，但一些企业竟然采用高新技术将工业污水高压排入地下，还是让人震惊。且不说社会责任、为国分忧，就是为了自己、家人和后代的生存，也不应如此为之，即是以后离开这块地方，可你的家乡还在，乡亲还在，这是基本的道德良知啊。

环境污染问题是经济问题、发展问题，更是社会问题、制度问题，尤与官员的任用选拔制度、政绩评价制度密切相关。地方官在一个地方工作多则五年，少则两年，哪一个不急于出政绩、树形象，你让他把环保放在第一位或放在与 GDP、财政收入、城市建设同等位置，除非他是个圣人。可惜真的没有圣人！

水的污染问题真是惊心动魄，几乎没有一条河流是干净的。与其他污染不同，一是涉及地域广且地上连着地下，二是既直接影响人畜饮水且又毒化土壤和生物，三是治理难度大影响时间长，不少奇怪问题的出现可能都与水污染有关联，再不开展彻治说重了真有灭种之虞。当前急需应对的是由此引发的社会问题。

农村的污染程度不少地方比城市还严重。垃圾乱堆乱放是普遍现象，楼房建起来但没有污水处理设施，农药化肥的过量使用毒化着土壤，工业污染正在向农村蔓延，这些的直接危害是地表水和地下水，饮水安全正在成为农村最突出的问题，一些异样病情的高发多与此有关。农村的环保再不高度重视就会出大问题。

如果说当年为了解决温饱的发展需要牺牲一点环境作代价的话，到如今环境问题就要放到与发展同等重要的位置上了，在不少地方解决环境的问题要比发展还重要。如果财富增加了，道路修宽了，楼房盖高了，没有了清新的空气、清洁的饮水、安全的食品，发展就失去了80%的意义，我们就会成为历史的罪人。

讲到环保问题，有人往往说发达国家起步时也有污染，言外之意是可先发展起来再治理。实是大谬也。发达国家当年的污染固然有制度、技术等原因，主要是没有前车之鉴。社会发展到今天，我们有了前车之鉴，有了文明积累的成果，明知会造成污染也知污染的后果而任由污染生成危害，岂不是与人类和文明为敌？

照传统的思维说，环保问题现在已不是经济问题、生活问题，而是社会问题、政治问题。全国每天有多少生命因此而受到威胁，有多少群体事件因此而发生，有多少社会成本因此而增加，再没哪个问题比此对国家和民族影响更广更甚了！我们有基础，更有条件，理应提升解决问题的层级，否则难以对历史和后人交代。

全国众多地区的重度雾霾压得人们几乎喘不过气来，议论纷纷，调侃的段子疯传，对人之心灵、精神的撞击远大于对实际生活的影响。造成雾霾定有多方面的因素，但理性让人们不得不深思，现有的发展模式是否存在很大的问题，生活方式是否存在很大的问题，赖以生存的世界本不应是这个样子。每个人都没有例外。

人在与自然的关系上一直没真正认清和处理好，太大意、太无畏、太傲慢了，不知想出多少理由来证明人可以驾驭自然、改造自然、征服自然，大部分的科技都以自然为对象，以至于无度地向自然索取。人不能善待自然、与自然为敌，受到自然的惩罚就难以避免了。如不改变，比雾霾更大的惩罚还在后面！

不得不承认，对环境污染、食品安全问题的严重性、广泛性、持久性和治理的艰巨性，我们很长时间确实估计不足。最重要的不在这两大问题本身，而在于由此带给公众的心理暗示、精神恐慌，这足以动摇人们的信心和社会的根基。当下解决这两大问题可能比保增长更为急迫和重要，是到决断的时候了！

为何讲了那么多年“科学发展”，环境污染的治理没有根本的起色，有些地方还有加剧的趋势，甚至酿成严重的社会问题，说到底，一是没有出实招动真格，有些地方甚至有政府、官员被企业绑架利用的嫌疑，个中原因不言可明；二是与项目、速度、形象比起来，环境问题仍处在从属、服从的位置上，还是软指标、软任务。

雾霾启示：雾霾的最大特点是对所有人都是平等的，雾霾说明空气可能是唯一无法代替和专供的产品；雾霾告诉北京不是什么都是好的；雾霾证明人不是什么都能掌控的；雾霾警示环境问题正在向环境危机演进而成为影响人生存生活最大的问题；雾霾揭示人在创造繁华和幸福的同时也可能在为毁灭人类积蓄力量。

雾霾因在北京发生而受到格外关注，实则北京的问题只是全国冰山的一角。环境问题正在向环境危机演化，成为未来影响人们生活、社会稳定、国家大局的第一位问题，而人们的认识和行动与此还差之甚远，多少环境问题在“我们是发展中国家”和“保发展、保增长”的口实下被淡漠了。思维上不作彻底转变，更大的惩罚还在后面。

大范围的严重雾霾如同重磅压在人们的胸口，给社会生活敲响了警钟，深度反思应是全社会的自觉。我们的发展道路、发展模式是否需要作出修正，思维方式、生活方式是否需要进行改变，是否应把环境作为国家和民族第一位的问题来对待？政府行使公权，处于风口浪尖，理应负起最重要的责任，每个人也不可逃避。

雾霾的形成谁也难有定论，但可以肯定，与煤炭、燃油、汽车、扩城等要素有密切的关系，而这些又是现代化的重要动力和标志，与每个人每个家庭的生活息息相关。说“雾霾是发展之必然”是不负责任，说“雾霾是一个阶段”又似轻佻，如何把推进现代化的要素提到高品，把雾霾压到最低，真是前行的发展中大国之最难！

未来很长一段时间，影响国家和民族健康前行最大最难的问题，恐怕不是经济增长速度问题，不是教育文化问题，不是国际争端问题，而是环境污染的问题，而环境污染问题主要集中在水的污染和土地污染问题上，且正在变为经济问题、社会问题甚至政治问题。可以说治理水污染是天大的问题，是治国理政之重！

让体育回归体育

体育首先是一种理念、意识和文化的浸润，先健心，后健身。把体育只视为技能、技巧和招牌，就与其本意相去甚远了，体育场、体育课甚至体育项目的功利化、世俗化就不可避免了，有可能是既不健心，也难健身。可叹的是这种情况已经太多了！金牌垒不了国民强健的体魄和健康的心态。

奥运会是体育盛会，更是世界各国、各民族、各色人群的共同体和展示平台，是价值、理念、文化、生活方式的最大公约数。告示人们的是，不同的国家、民族、人群可以如此相处和生活，尽管这个进程是很慢的。奥运文化的发育与世界和平的进程，当是相拥相促、共同进步吧。

奥运会传递的信息：体育是人们生活的一部分，是一种生活方式；体育文化与人本文化，体育精神与人文精神是一致的；体育最重要的功能是健身健心，次之是娱乐消遣、沟通交流，其他的都是附带和派生的，不那么重要了；奖牌只是比赛的一个标志和符号，在体育中占的分量远没有想象的那么重要。

此次国人对伦敦奥运会的态度，表明了对体育理解的成熟和升华，亦是整体心态理性平和的显现。何时国人参与体育锻炼的比例达到世界平均水平；何时运动员参加比赛得失奖牌不再与前途命运那么攸关；何时城市街头和农村不多的体育场地不再空寂，健身设施不再闲置锈蚀，那我国就真是体育大国强国了！

精英体育使体育走向末路，离大众远矣。只有扎根并唤起大众的体育，体育才有无限的生命力，才能走向未来。体育的大众化，带给国家、民族、家庭和每个人的，是头顶永恒的蓝天！

体育本来就是为了增强体质、促进健康，但很长时期，我们把体育与意识形态、与政治、与形象联系太紧密了，政治化、功利化味道太重，以至于忽视了体育的本义，有违体育精神、体育道德的现象一再出现。当然这有历史的原因，但在现代社会，我们应有足够的自信，让体育回归到体育本义上来，成为大众生活的一部分。

一个是政治性太强，一个是奖牌改变命运，把体育理念、体育比赛引进误区，把多少人引进误区，以致连亲情、生命都可无视忽视，使本来一个玩的东西和交流形式搞得庄重无比。要回归恐怕还真得时日，需各方共同努力。

这次奥运会最大成果是引起国人对体育理念、体制等的反思，一则体现国人对体育事业的关心和参与，二则体现社会环境的宽松和进步，三则体现了对国家未来的信心和关切。不论官方还是媒体，或是体育官员等，需要的是与国人一起静心反思，平心讨论，而不是过早地下结论，武断则更不妥了。

体育投资增加但惠及普通民众的不多，体育设施档次提高但进入人们日常生活的不多，运动会规模越来越大但青少年体质没有上去，冠军得的不少但全民体育意识没见有多大提升。体育的着眼点仍集中在都市、在形象、在冠军上，大部分地方、大部分环节、大部分人基本处于盲点或自然状态，如此成为体育强国不知得到何时？

四年一度的“世界杯”是世界人的狂欢盛宴，多少人彻夜不眠，多少人把酒狂癫，多少人满屏酒言，冲动、激情、力量汇流，如同亲临其境一般。能把这么多人、这么多细胞在同一时刻调动起来，在浩瀚太平洋上架起万里沟通桥梁，让体育、足球的魅力和价值得以充分展现，实是文明进步融合使然。然而，中国足球呢？

世界杯使多少国人进入了巴西时间，有了与世界融为一体的感觉，把半夜当作早晨，边喝边看边喊，心脏随着万里之外沸腾的球场起伏，此时似乎世界上只剩下了足球，很难想象如电视电路或转播发生点小意外他们会是个什么样。这是与世界分享美、激情和力量，是国家开放的缩影，没有什么能把人们与世界分开了！

业内人士说，一个国家的足球水平，主要取决于热爱足球的人占运动的人的比例和总人口的比例，足球运动场地的多少和容纳的比例，球迷占总人口的比例和成熟度，而与国家大小、人口多少、经济实力没有太直接关系。这似乎有些道理，由此看我国足球上不去有着多方面深层次原因，走向世界还得不短的时间。

即使在偏远的镇村，也几乎到处都能看到世界杯的影响。简陋的超市里悬挂着以世界杯名义促销的广告，小旅店推出了看世界杯的钟点房，路边宣传牌上提示着防止因看球而酒后驾驶，街头的人们为凌晨的那场球还在调侃。这里可能从来没踢过一场球，也许没有人现场看过一次踢球，但现代化之潮将其拥入了世界。

据说西方国家的高档音乐会，出席者至少 1/3 听不懂，主要是为了感受现场的气氛，增些涵养。眼下每天半夜起来看世界杯赛的，大概不懂足球的也不是少数，有朋友说主要是为感受现场那种独特的气氛和激情，给自身加点活力，这应是真实的。如说这是伪球迷的话，则越多越好，或许正是世界杯最大意义之所在！

由李娜夺冠受奖想开去

体育就是体育，比赛就是比赛，娱乐就是娱乐，可一些人为什么就非得把这些与政治扯在一起，为什么就非得让它承受它不应也不能承受的重责，为什么就喜欢那些没有个性、不着边际的大话空语？像李娜这样率性、直白、具体，不是更真实、更自然、更能打动人吗？李娜挑战了传统理念和体制，也给人们上了生动一课。

人家把打球作为如同打工一样谋生的职业，以个人身份参赛，既有名也有利，你说公权去掺和什么，一会儿贺电，一会儿接机，还要接见、重奖、表彰，硬往自己身上拉，当事人一脸无奈，公众一片责难，做这出力出钱不讨好的事到底是为什么？是一种什么思维在支配？让体育回归体育，让比赛回归比赛，为何这样难？

李娜在国际上轻松地拿了个奖，却把国内众人累得够呛，球迷真情欢呼，媒体紧盯不放，官方接见发奖，网络嬉笑怒骂，尤官方行为引来各方吐槽，一时热闹非凡，这让性情率直、特立独行的李娜怎么也没想到，只能以无奈无声相对，让多少人陷入尴尬。这可能是转型中国家的奇特现象，看来走向轻松还真不易。

一石激起千层浪，李娜事件真好，它引起国人对体育体制、体育比赛、政府行为、个人与社会、生活与政治等问题关注和反思。这些问题上长期形成的思维定势被李娜冲破了，各方一时难以理解适应是正常的，经过讨论、碰撞，换一个视角，也许会觉得体育、比赛、政治、生活还有另一种选择，可以更好更爽。

也许因为独特的经历、独特的环境、独特的职业，铸造了李娜独特的性格和表达方式，尤其她的率真、阳光、直白，让习惯了思维定势、语境定势的人们一时还真不好认可和接受，引起热议就正常了。人们对她说什么、做什么的关心似乎已超过对她打球输赢的关心，李娜现象启迪着人们对一些问题进行讨论和思考。

即临春节，李娜的赛事及相关事竟使平静多日的网络骤然升温，热评如潮，从公媒到自媒，从大V到小号，竞相表达，所涉问题远超过赛事等自身，给社会生活加了一份大餐。让体育正位，让李娜平静，让生活轻松，则是表达的主流。热评很快会让位给春节，但每个人都会从中领悟到许多。

李娜夺冠受奖一事的讨论还在进行中，成为有趣的社会现象，可带来不少有益的启示：

1. 政治和体育两者不可能没有联系，但在整体上还是应各守其位，各尽其责，两者走得太近，或是把其硬扯在一起，互以对方做文章，对哪一方都不好，肯定都会变味走形。尤其在如今的社会,淡化不必要的政治色彩当会更好些。

2. 在社会生活中,每个人的发展都离不开他人的帮助,当然每个人都会自觉或不自觉地帮助他人,但这种帮助不应成为炫耀自己的理由,不应成为要求他人为自己贴金的资本,不应成为驱使他人的杠杆。至于每个人对他人帮助的表达就是个人的事情了。对给予他人的帮助念念不忘甚至要求什么,就会伤心伤身了。

3. 动辄把比赛等与爱国联在一起,是传统思维使然。实际上人身上流淌着祖国的血,与祖国扯着骨头连着筋,不爱国的是极少,不爱国应有公德和法律来鉴定。爱国有不同的存在与表达方式,作为个人在此问题上谁都不是权威和判官,谁也没有资格以“爱国”为棒子敲打他人的心灵。以“爱国”标榜自己的人大多不靠谱。

4. 经常看到的是,一个人做出什么重大成绩或获得什么大奖,各相关部门一齐涌上,授予称号、采访座谈、安排职位等,似乎不表示就体现不了部门的工作和贡献,非得把个人搞得晕头转向。李娜实在是难得的清醒和淡定,也提示着对人的任何奖励、表彰或其他,不论出于什么目的,都要尊重当事人的愿望和选择。

5. 李娜的行为确让官方很没面子。官方显然想做点文章,目的也可理解。但李娜就是不配合、不互动,傲气傲骨尽显,这是她的性情和权利,或许另有隐情。官方应思考的是:是否因自感位居高地、目的高尚而对他人的私人空间干预过多,匆忙地给予重奖是否适当,权力是否越过了边界?公权如何对待类似事还缺章法。

6. 李娜的言行代表了一代人,问过好多青年人对李娜的看法，无一例外地伸出大拇指，这表明独立思考、自信自主、个性表达正在成为这代人的主流。公权、官员与此的良性互动关乎未来社会的走向。如果每个官员视面前的民众都是李娜，一定会有更多的敬畏和谦逊，会更审慎地行使公权，会把事情做得更好些。

人性修养随意谈

恩格斯讲，人来源于动物界这一事实已经决定了人永远不能摆脱兽性。所以问题永远只在于摆脱得多些或少些，在于兽性与人性程度之间的差异。换言之，在恩格斯看来，人类无论如何进化，都摆脱不了兽性与人性这两种本质属性，人与人之间的差别只在于这两种属性所占比例不同而已。这有助于我们理解许多社会重大问题！

实际上人兽之间只一步之遥，每个人都是人性与兽性的结合体，世间所有文明教化的目的，都是为了使人与兽的距离大一些，人身上人性占比高一些。至于每个人与兽有多大距离，身上人性占多大比例，会因各人天赐、秉性、经历、教养、修养的差异而有所不同。对每个人都当尊重，也可敬仰，甚至崇拜，但绝不要迷信，圣人是没有的！

孟子言：人与动物之异，有恻隐之心、羞耻之心、辞让之心、是非之心。这当是人性最基本的东西，人应自然懂得和做到，即对他人应有的基本爱心，为人应具的基本品德，处事应讲的基本礼数，对社会应负的基本担当。但也不得不承认，有些人和人的一些方面做得并不比动物强多少。呼唤张扬人性是人类永恒的主题！

在人性、道德、法治之下，每个人都有选择精神信仰、生存模式、生活取向、处事方法的自由，任何人和团体都不得侵犯。如以己之好恶喜怒，或为某种目的，以某种手段方法，将其强行推及他人，并固化之要他人遵行，轻则为无知，重则为对人性的漠视和强暴。每个人都无可代，尊重厚待每个人，当成为全社会的共识。

每人都有自己的思想领空，你的思想不可能别人都接受，别人的思想你也不可能都认同，因知识、经历、秉性、地位等的不同，对同一问题、事件的认识会有很大的不同。这是很正常的，任何人都不应把自己的认识、思想强加于人，也不应因自己的认识、思想不被他人认同而耿耿于怀。关键是平等、交流、互鉴和宽容。至于在职场上，有上下级关系、利益关系、人情关系等问题，抛开非正常因素，议事情，讲工作，作决策，应按已定规范规则办理。即使如此，也会因当事者的知识、经验、素质、风格的不同而出现不同的状态。这与前所述不应混谈。

对他国他族他人遭遇灾难的幸灾乐祸，是心灵荒漠、良知泯灭、道德沦丧的表现，冲决了人性的底线。须知，现时世上任何一种灾难，几乎都是全人类共同的灾难，对其冷漠无视甚至喝彩的结果是最后祸及自身。身未伤之前心已伤，动物尚知相惜，况人类乎！

“人性的进步是很慢的”，这话极为深邃！人永远不要高估了自己，科技的进步、财富的增加不会使人性同步提升，其他更不待论了。人性的进步当大体与人的进化相似，得靠一点一滴养成，靠成年累月积累，靠人之间的相互呵护融会，靠社会和自然环境的熏陶。做一个好人、善人、理性之人，先从修炼人性开始吧！

张扬、显摆、示贵、炫耀，可能是社会转型过程中国人心态难以避免的一种反应。长期穷怕了，封闭久了，一旦富裕了，看到外面世界了，底气足了，文化修养又上不去，心理和性格自然会倾斜和外露。达到朴素、内敛、淡然恐怕尚需时间。随着社会的进步、文化的浸润和人的素质的提高，这个时间将会大大缩短。

上苍赋予了生命，每个人在世上就有了定位，不可代替，都有选择自己生存方式、生活方式和思维方式的自由。谁都不应将自己的选择强加于人，也不必按他人的选择来改造自己。公德与法治是人与人之间的最大公约数，在此之下，尽可充分展现自己，也当最大限度地尊重和宽容他人。以自己的标准评价他人是种浅薄。

三十多年来社会进步一个重要标志是，越来越多的人明白，每个人都是不可代替和随意代表的，每个人都不能把自己的意志、思想、性情、爱好强加给他人，每个人都有独立的人格和尊严，人人平等，这些与生俱来且受法律保护。尊重他人，宽容非己所好所愿，维护自己的权利和尊严，是现代公民的基本要求。

试探不符合人性本意，不知其假作情真处之，不知其恶作善良对之，不知其丑作美好看之，不知阴暗作阳光待之，不知其诈作有诚信之。后者为人性主流，处处有疑，人人试探，社会不堪重负，每人不堪其累，何苦呢？如此当有助建立人之间正常关系与情感。

很多人因意外沾得小便宜，因投机取巧获小惠，因施小计有所谋而大喜难抑，津津乐道，而对他人吃亏上当幸灾乐祸，嘲笑讽喻，人格缺陷显露无遗。这既与传统文化中不良成分浸染有关，也是家庭、学校等多层面人性人格教育缺乏的结果。人格不健全，人性不张扬，心灵不纯净，就永远不能说社会与人成熟了。

性本善是国人善良的认识，使人与人之间关系的确立有一个好的基点。但治国由此出发就有问题了，治国需要靠法治，前提是认定每个人都有恶的一面，如此才能制定出好的法律制度，真正把人管住，防止变成恶人，保证社会的公平和长治。理想的是把二者结合起来，处理人与人关系立足性本善，治国安邦立足性本恶。

等级观念根深蒂固，蔓延至社会生活各个方面；平等意识淡薄，扭曲了正常的人际关系，直接影响和决定着人们看人、处事、待己的立场和态度。如有人想做一些改变，则极可能被视为异类，当是社会一个很大的纠结所在。几十年经济突飞猛进，而这方面的进步则令人尴尬。是否应了一位智者的话："人性的进步是很慢的。"

真诚是人世间最宝贵的东西，也是最大的凝聚力和动力。可现实社会中，真诚简直成了奢侈品，人与人之间看到的多是猜忌、警惕和抱怨，戾气在增多。社会发展过程可能会有个骚动期，人性进步中出现浮躁也难免，现需要面对的是，造成这种状况的深层次原因是什么，需从何处努力去化解，简单化、理想化都无济于事。

人是社会动物，处在社会之中，一刻也离不开他人和社会，需尽到对他人的责任，对社会的义务，对上苍的承担。没有他人、社会的厚待，任何人都一事无成，所谓“人生价值”就是空谈。说不必为他人活着，是为体现个性可以理解，但泛化无忌，则是对责任、义务、承担的推托，是人性的淡漠和退化。

低调做人是一种修养修行，一种处世态度，一种生活方式，即在任何时候不张扬显摆，不示威显力，保持本色，坚守理智，平等待人，平和处事，平静生活。低调不是计谋，不是攻略，不是另有他图，如不是如此看、如此为则离“低调”本意远矣，便是虚伪、阴暗和庸俗化了！

世界的变化日新月异，人性的进步很慢很慢；人性的进步虽然很慢，但一旦条件和环境具备，退化甚而回到原点又很快。如不看世界的变化，就会时常感到历史在循环、在重复。因而对人性的每一点进步都应特别珍惜，人们的努力主要应落到人性的进步上，社会的进步程度主要当看人性的进步程度。

人性要靠道德来教化和引领，靠法治来规范和制衡，持久为之，人才会成为真正意义上有爱、有善、有德、有为的人。人性中皆有恶的一面，无道德、无法治恶的一面就会无序膨胀，为害他人和社会。道德要以法治来支撑和保证，一个社会道德滑了坡，就是人性偏了向，首当质疑的是：是否制度出了问题？

许多人眼里金钱就是一切，金钱可以搞定一切，财富累积了，金钱增加了，但工业精神、社会道义、历史责任相差远矣。这是因人的教养、素质、修行进步很慢，并非与财与钱同行同步。这些更不是金钱可以买来的，金钱买来的地位、头衔、虚荣，会加剧自身的傲慢、无知和粗鄙。

吃相是人的秉性、修行、气质很重要的外在显示，与坐相、行相一起，是他人感觉认知的第一标志。不少国人并不在意，以为是个人行为，肆意挥洒，往往影响了他人，放大了自身的弱点。步入现代社会，要做一个文明的人，做一个令人景仰的人，做一个对后代有正影响的人，像吃相这些基本东西还真不能忽视。

感恩是人性的展示，是一种美德和教养，也是一种生活方式。感恩的对象是上苍、大地、父母、亲人，是对所有友爱、善待、帮助你的人和团体发自内心的情感。感恩完全是真情实感的虔诚表达，与功利化、世俗化不相容，与政治、公干也无多少关系。但现时感恩的内容、形式和对感恩的解读似乎已变味了！

张扬显摆是一些国人弱点之一，随之而来的是傲慢和狂妄，而其内心则是虚无和荒漠，不少纠结由此而来。低调做人则是有教养、有品位、有智慧的表现，即时刻保持理性，坚守自我，善意待人，平和处事，内心则是平静和高贵。社会财富大量增加，生活水准大幅提升，低调做人应成为更多人的选项和生活方式。

尊重他人是人的基本素养，是最重要、最好做的事情，可在许多人身上成了陌生之物，成为最次要、最难做的事情，说话、举止、做事完全漠视他人的存在，不顾他人的感受，甚而幸灾乐祸，几乎所有的公共空间都会见到令人苦涩和遗憾的现象。是信仰出了问题，还是教育走入了误区，或是兼而有之？国人当警醒！

教养实际就是人性中善的成分的发扬光大，这与地位、财富、知识和文化没有必然的联系。教养要靠先天传承、后天自省、环境浸润、点滴修行。地位、财富等项被理解透了，则会有助教养的提升；反之则会成为教养的负能量。现实中看到的往往是后者多于前者，亦是社会的忧虑所在。

低调的本意应是一种修养修行，一种内在气质，一种处事习惯，一种生活方式，而不应是一种心计、一种策略、一种手段、一种路径。国人的文化中似更重后者，现实中也常会体察体验到，以至于看到的所谓“低调”多不是那么由衷、自然和实在。这当是与信仰和价值取向不同有关。

一个现代公民首先当是有教养，但奇怪的是，不少人受教育程度提高了,生活水准提升了,甚至职务进步了,但教养水平并没有提升,甚至下降了,粗俗、傲慢、作假、浮躁、戾气等随处可见。是社会转型过程矛盾的影响,是国民教育确有问题,还是人自省自悟能力差,或是兼而有之?值得研究。

千百年来,人们用千百样方法,来教化、引导人,孜孜以求,代代相传,最重要的就是涵养、启迪和唤醒人性,使人成为真正的人。除去其他,谁能说如今的人性比两千多年前的楚汉有多大的进步。长期我们在“人性”前边加上那么些定语和修饰词,作过多解读,实际上起的多是副作用。

国家之间、民族之间,物质的差距、财富的差距、知识的差距以至于技术的差距,都可通过超常努力快速缩小,甚至迎头赶上。唯有精神的差距、教养的差距、素质的差距,缩小起来还真是很慢很慢,与前者很难同步。可能还是智者说得对,十年树木、百年树人,贵族不是一代养成的,人性的进步比什么都慢!

中西方文化各有千秋、长短,但在人的素养上国人的差距是不可漠视的客观存在,且比经济和环境上的差距还要大。主要是由于历史原因,我们封闭的时间太长,进入现代化的门槛太晚,现代教育发展太慢。要融入世界文明,必须直面差距,做足提升人的素养这一课,把拉下的步子补上,尽管这有时要脸红甚至痛苦。

人性是人之根基，唤起和培育人性是所有教育之第一要务。人性的进步很慢，确如尼采所说，要由无数世代苦心积累。摧残、毁坏人性是最大的罪恶，决非一代两代就可补偿回来。长期我们对人性的认识上缺乏正解，“文革”中更是大批“人性”论，践踏人的尊严，几乎把国家和民族带入万劫不复的境地，当为历史之鉴之警！

开放三十多年，人受教育的程度大大提高了，对世界了解的视野大大拓展了，自信度大大增强了，应当是精神上成熟，理性上坚守，处事上沉着。可现实是，怎么一有点事，人就把握不住自己，躁动不已，冲击底线，恶性显现。是教育上出了问题，还是心灵上的残缺？如此，世界怎能不忧虑？

精神的进步、成熟比起经济科技来要难得多、慢得多，用的气力要大得多，如果教育的方向、内容、方法再有偏差，社会相应的方面又没跟上，那反差会不断加大。没有精神上的健全和成熟，社会和人只能是跛脚而行，愈行愈难，不知哪一天会摔倒。百多年来深刻教训多多！

让人性、兴趣、公平主导职业选择

国人对成功、努力的理解有不少误区，多与功名相连。人生并不应如此。现60岁以上的人青年时自我选择和努力的空间极窄极小，独立的意识淡薄，往往低头一直前行，要么走进死胡同，要么无成而返。这有传统意识影响，有复杂的社会原因。现代社会应给人更大的思想空间，更多的人生选择，功名不是成功的标志。

天上永远不会掉馅饼，机遇垂青勤勉人。任何时候扎实、奋发、拼搏、持衡都是进步和成功最重要的基石与动力。现在一些青年人浮躁急躁，往往不把成功的努力基点放在扎实踏实工作上，而是另寻他途，期望一朝改变命运。这是令人忧虑的事情，有着复杂的原因。社会应为青年创造靠自身努力走向成功的氛围。

对最普通劳动者和最底层谋生者，你可以不选择他们从事的职业和生活方式，可以私下议论他们的缺项和不足，甚至可以不去帮助他们，但你绝不能不尊重他们的人格和劳动，绝不能侵犯他们的尊严，绝不能在他们心灵的伤口上撒盐。无法想象这个世界离开他们会是个什么样子，保护和尊重他们就是保护和尊重我们自己！

根深蒂固的等级观念、官本位意识、赌博暴富心理、急功近利取向、攀比嫉妒情绪，大大影响着国人对职业的选择和从业心态，似乎做什么和如何做并非为自己的快乐和发展，而是为了某种看不清说不明的东西，身累心更累。迈入现代社会，这些真应好好改变了。人人乐从其业，全面进步和发展，是现代社会的目标。

把职业选择看得过重显示人本意识的淡薄，职业并不能成为评判人格、心智、理性、能力的标杆。人的第一选择是生存和谋生，永远不要把近似动物的人看得多么高尚。人的职业选择应是人性的发散，是人之信仰和乐趣所在。世上能管住人、引导人向光明和高雅处前进的，一是上苍，二是气场，三是悟性，四是法纲。

现谈论成功的东西太多，但大多与普罗大众相去甚远，并多与职务、地位、财富相连，充斥着商业气息和功利味道，且讲得玄而又玄。此种成功之论并非成功之本意，大众可消受不起，除为名人造势外实无多大益处。人生在世，各有其位，各有其志，在自己的位置上尽己能，获应得，对人益，平静生活，就是成功了。把成功说得那么神秘玄乎，高不可攀，要么是卖弄，要么是猎奇，说重了是对大众人格的蔑视和尊严的侵犯。不相信一个社会只那么些人成功会走到今天。一个社会，能做大官、干大事业的人很少，职务、地位和财富并非成功的标准，任何理论、说辞离开大众只以少数人说事都是苍白而无持久生命力的。

公正公平是人在社会取向的底线，决策者、管理者首要的是给员工提供公正公平的环境，让员工体验到尊严和体面，这是增强凝聚力、调动积极性的最重要基点和前提。失去公正公平，其他都无从谈起。至于是否公正公平，每个员工凭直觉就会感受到。

职业的选择是人兴趣、爱好、信仰、能力、知识的一种表达，与高贵、尊严、价值、地位并无直接、必然的联系。国人最大纠结在这里，等级观念、官本位意识源远流长，许多问题和矛盾由此而生。要抹平和消除这巨大的文化、理念、历史差异，真需要时间和恒心，也需文化的融合。真现代化必过这个坎。

匠人受到崇拜，实际就是劳动者和劳动在社会得到尊重。社会财富的直接创造者是普通劳动者和他们的劳动。没有对其的尊重，就没有社会文明的进步，社会就是价值扭曲甚至颠倒的社会。不得不承认，价值观的混乱，使许多人对他们的尊重度下降，甚而轻视和鄙视，劳动不再光荣而被视为无奈。

平等对待每位员工，尊重他们的权利和人格，为其成才提供好的平台和环境，是现有体制下企业老板和管理者最当重视的问题。不论企业财产为谁所有，员工首先是人。员工有尊严，有认同感、体面的工作，企业发展就有可靠而长远的动力。不尊重和善待员工，员工心理就必然出现倾斜，那企业的倾斜也就不远了。

从业观念折射的是政治理念、教育理念、成才理念和生活理念，现代国家从业首先考虑的多是我愿做什么、能做什么、做什么快乐，我们首先想到的是做什么有地位、有面子、有风光，家庭影响、学校教育、社会氛围都在自觉不自觉这样引导。官本位意识、面子心理、对人生和生活意义的误解等，都是深层次的原因吧。

赞成适时适当延长退休年龄：(1)有利于充分就业，使年富力强的60岁左右的人充分发挥作用，贡献于社会；(2)可大幅度减少国家财政支出，用以改善民生；(3)使人心态年轻，提升整个社会的活力；(4)减轻养老压力，促进家庭和谐；(5)与发达国家接轨，增强国民自信。此事对所有人平等，所有人都会受益，可能有程度不同而已。

不论企业还是机关，管理和工作人员的教养、修养、气质都十分重要，对单位和个人形象影响甚大，包括言谈举止、穿着打扮、人际交往、职业修行等，不少人失分或让人生厌，往往在此而非能力上。知识、能力强化培训几月就可上个档次，教养、修养、气质需长期浸润、修炼、积淀和自省自悟。好在社会日益重视了！

员工和下属最希望看到的是上级信任的目光、赞许的话语、善意的提示，这都是温暖而巨大的力量。轻视、训斥、挖苦都会消解员工和下属的积极性、责任心，拉远与他们的距离，最后受损的是企业和领导者。就管理层来讲，上个层级领导者对下个层级管理者在可控下的充分信任和授权，是调动积极性最大的力量。

对下属许诺与下属对上司承诺一样，即形成心灵上的契约关系，许诺时要义是适当、可行，许诺后要义是践行、兑现。许诺时要深思熟虑，许诺后则当帮助下属实现。乱许诺是不成熟、不负责、不称职的表现，许诺而不兑现就是失信、欺骗，经济上、心灵上的契约都会被破坏，就动摇了企业的根基。社会事亦如此。

保持理性，坚守道义，把尊重人格与对员工和事业负责一致起来，是企业老板最大魅力和企业最大凝聚力所在。员工有问题，先从老板身上找原因，少有不好的员工，多有不称职的老板。人文意识缺失是不少老板的短板，发展先从加长短板开始。

劳务派遣制度原本是用人制度改革的一项尝试，后来固化下来，企业有，事业和机关也有，现在看弊端很大，最主要是一个单位、一样的工作，不同的身份不同的待遇，甚至差别悬殊，人为地撕裂了人与人之间的关系和情感，于情、于理、于法都不通，造成了很多历史遗留问题，确到了审视彻改的时候了，早改早主动。

高不成，低不就，挺不起，蹲不下，大事做不了，小事不屑做，是不少初入职场者的情态，致使空耗了许多宝贵的人生时光。如你没有特别过人之处，没有什么特殊背景，就从能做的事情一点一滴地扎实做起吧。天上不会空掉馅饼，上苍不会垂青不流汗的人。当然“树挪死，人挪活”，至于何时选择挪，那就取决你的智慧了！

职业是上苍设计好的，每人都有适合的岗位，有高低之别，无贵贱之分，只要是能养自己和家人，对社会和他人有益，且自己愿做能做有趣，就是好职业。不能坐车，可以开车，开不了车推车也挺好，关键是得知道自己有多大能耐，处在什么位置上。不嫉妒他人，不怨天尤人，不矮化自己，开开心心就最好！

在城里从事房屋装修等业的农民工，已不是传统意义上的体力劳动者了，实际上是技术工人或高级技工，属稀缺资源了，一天的工资在 200 元左右。他们工资的提升，是技术和汗水价值的体现，是市场法则的作用，也有助于改变鄙薄技术和劳动的风气，引导职业的合理分布，社会对他们应给予更多的尊重和保护。

这山望着那山高，高不来低不就，期待一夜致富，鄙薄琐碎具体工作，不愿学技术专长，是不少青年职业选择和从业时的心态，当是与传统文化消极影响有关，与社会整体的浮躁情绪有关，与人生价值偏离有关。有企业家提出，确立做强技能的价值观，用职业荣誉感激励当代青年，可能是解决此问题的一条好的路径。

现代国家大多是一级人才到企业，二级人才做公务员。一级人才要创新要拼搏，是社会发展的引擎；二级人才当谨慎当坚守，是社会发展的方向盘，二者有机融合，使社会正常有序前行。千军万马都挤公务员这条路，是一级人才的浪费，二级人才的无奈，这到底是官本位意识的影响，还是制度出了问题？国家当警觉！

一线和基层工作的经历和经验是无可代替的人生财富，影响和决定着事业发展的高度。不少青年人鄙薄一线和基层工作，热衷于跳跃式发展、跨越式进步，与整个社会的浮躁情绪有关，与一些急功近利的制度设计有关。没有大批富有知识、立志作为的青年在一线和基层踏实工作和创业，企业和国家难有光明的未来。

初入职场者尤公职人员应尽快具备的六种基本能力：(1)适应工作环境和社会生活的能力；(2)通晓与工作有关的情况、政策和法律法规的能力；(3)基本的文字和语言表达能力；(4)与同事及他人的沟通交流和协调的能力；(5)具体操作和办事的能力；(6)打造自身形象的能力。这需靠刻苦学习、自觉借鉴和心灵悟性。

劳动光荣、美丽，应在劳动者尤其普通劳动者的职业尊严、体面和自豪感、神圣感上体现出来，他们的境况、生活、感觉决定着社会的幸福指数、公平正义程度。如果一个水暖工在部长面前不感卑微，一个农民在教授面前不觉低下，一个职员在富豪面前不必胆怯，这个社会的劳动定是人们向往和乐从的了！

国人中越往底层越缺乏自信，面对公家人、富贵人、城里人，往往言不敢由衷言，行不敢随意行，即使在自己的家门口，在自己创造的社会成果面前，在自己拥有一份的公共设施里，也难坐正挺直，不能不说是人格上的缺憾，当然这有着复杂的原因。在劳动节之际，大声呼一句：人人生而平等，谁也不比谁高贵！

平民子弟流动、上升的渠道越来越少、越来越窄已是不争的事实，亦是社会最大的纠结所在。如果一个人通过自己的天赋、努力、奋斗，不能在社会得到认可，不能拥有应有的空间，这个社会定是问题严重的社会，就存在相当风险了。社会公义最重要的是体现在人格平等、权利平等、机会平等上。我们当为此加紧努力！

行业固化在垄断优势行业尤为突出，横向纵向自我繁殖力极强，外部人很难进入，相当多的岗位成了少数人谋取巨利的特权。铁道部大案引发的问题只是冰山一角。行业的固化加剧了阶层的固化，下层人士向上层流动的空间和比例大大压缩，加剧社会的不公，不少矛盾由此而生。公平的社会首先当有机会的平等！

人才的力量在于结构优化。社会当然需要顶级的科学家，需要大批高科技工作者，需要思想家、艺术家，他们是社会的灵魂。而目前实际更需要有良好职业道德、有敬业精神的专门技术人才、熟练工人、普通劳动者，没有他们再高端的设想也难解饥渴，再宏伟的蓝图也无法变为现实，更难促进社会的整体改良和进步。

父母身份对子女的收入、生活、地位，有着决定性的影响，这在当今已是不争的事实，在小学阶段就可看出大体的分野，初中、高中阶段就显明朗化，看一下技术学校(院)

学生的出身就明白了。无论如何都应正视，阶层的固化是影响国家稳定、社会和谐、人性进步的最大问题之一。国家前行需研究解决之道。

社会目前最大的问题之一，是社会成员身份的固化，向上流动呈递减态势，靠努力学习、勤奋工作改变命运的几率越来越低，而其他非正常、非公正因素的作用越来越大，许多社会问题由此而生。公正、善治的社会应是每个人有梦想、有机遇、有希望，并为此心无旁骛地努力。看来改革之路真是任重道远！

如人人都想靠"火箭"提升，人人都对他人怀疑，人人都心存焦虑，那公权的公信力还剩几何，公平正义还有多少？社会最大的价值在于让青年人确信平等就在身边，机遇同给你我，汗水能换来幸福，奋斗有美好明天。正常健康的社会定是青年人激情彰显、大施拳脚、尽情挥洒的社会，国家和社会应创造这样的天地！

气质、知识、财富，家庭家族的传承只是先天的，真正的自立、自主、自强得靠自身一点一滴努力，先辈能提供好的基因、条件、环境，但管不了根本和长远，唯有自身的奋斗才是光荣的。这些认识在发达国家新一代中都已凝固在骨子里，体现在孩提生活中。但在国人的下一代中，拼爹仍是首选，不能不说是国之哀！

欧美等发达国家新一代富者许多确有家庭家族背景，称之为"拼爹"也可以。但人家那是一代一代合法积累传承下来的，有些家族已延续了几百年，早打破了“富不过三代”的说法，是善拼。我们所说的“拼爹”与此根本不是一回事，拼的是地位、权力，加剧的是社会不公，是恶拼，与人家怎么能比呢？说了只会成为笑谈！

一个正常、公正、健康的社会，绝大多数人应能够通过自身的奋斗拼搏和良好的环境机遇，创造美好生活，取得社会地位，实现人生价值，而不是依赖先天的身份印记、家庭背景和其他非正常因素。否则社会就会失衡，活力、创造力就会枯萎，冷漠、对立、冲突就难以避免。显然我们离这样的目标还有不小的距离。

如是公开讨论，人们都会反对靠拼爹出头；但在私下里，几乎都希望有捷径可走，找关系、走门子是现实中的一大风景。这既有传统文化的深远影响，又有人情社会的广泛浸润，更有体制制度的弊端使然，社会活力、创造力的缺失与此直接有关。创造平等、公平的竞争环境，让年轻人充满希望，是国家进步的基点。

公平感、稳定感、成就感、幸福感，对于年轻人是最大的梦想、最大的愿景、最大的动力，也是社会文明进步的重要标志。年轻人昭示和代表未来，在公义之下，通过锲而不舍的努力，让自身价值得以实现，创造美好生活，是国家和社会对年轻人应担当的承诺。唯有如此，国家和社会才有自信，才有活力，才有希望。

年轻人有激情、有冲动，国家和社会才有活力；年轻人不惧艰难、勇于创业，国家和社会才有希望。那么多年轻人去挤公务员和事业单位的独木桥，甚至为此放弃心爱且社会急需的专业，大多并非政治激情和服务公众心理使然，而是因企求安逸或心恋公权，对一个正常社会决非好事，也反映出创业环境的诸多问题。

年轻人理应展示自身的清纯、激情和冲动，甚或有些叛逆，这既是人生的必经阶段，也是社会进步的必备动力。年轻人如是过早成熟老到、工于心计、寻找捷径，或是暮气沉沉、循规蹈矩，要么是心理扭曲异化，要么是社会环境出了问题。国家和社会的价值观和施政导向，最重要的是给年轻人以信心、希望和定力！

如果不吃苦、不奋斗就会获益，投机取巧、工于心计就能成功，靠拼爹、靠背景就可风光，那青年一代就没有人会去拼搏、会去创造，价值观就会倾覆，社会的活力就会泯灭。一个正常健康的社会应当阻止这种负面东西的扩散并对青年人造成不良的心理暗示，让公平、奋斗、创造成为社会的主流，给每个人带去希望。

记者、教师、护士的职业都受人尊重。教师、护士的工作每个人能切身感受到，但记者如今不同了，很少有人会把自己的利益与记者的工作联系起来。记者最大的功能和价值是话语权，如不能为公众说话，不能说真话，话语权就等于零，作用多成了负面。现实中此情甚多，记者能让人记得并受尊重还需有大的改变。

不少青年人创业，常见的是浮躁急躁，期许过高，缺乏经受磨炼或失败的心理准备，企盼路遇高人、一举成功、快速上位，而对所需的能力、路径及机遇并不甚明，一有风浪就难定心定力。这不都怪他们，以往一些非正常途径一夜暴富的案例给了他们很不好的心理暗示，社会一些导向也有问题。如今应回到正轨了！

大学生创业是个很复杂的问题，国家和社会需要这些人的带头、引领，也给予了一定的支持。但大学生创业整体上成功率在20%左右，而这些学生大多出身平民家庭，且创业环境上存在不少问题，成功当然好，但不成功就输得太大了，甚至搭进人生。理想、激情不等于现实，有时差至甚远。

大学生的就业，比的不只是学历学业，很大成度上比的是出身、家庭，是社会关系。你看那些打着“招考”牌子的行业、单位特别是垄断等行业，千万别以为最后进去的都是考取的，其背后的潜规则、暗箱操作有些知一二，有些天也不知道。农村家庭出身的这方面的优势几乎没有，失业率高就难免了，但这不是他们的错。

员工才是公司最重要的支撑，是事业发展最重要的动力，员工的满意度决定着公司发展的高度和前景，由此说员工是公司真正的主人，也许他在公司一点股份也没有。一个好的负责的公司，没有什么比善待员工更重要的了，而善待员工最重要之点是让员工切身感到工作使自己有了尊严和体面，实现了人生的价值！

生活中看文化与文明

文明是一种教养修养，是十分具体、可看见、可感受的东西，就在我们身边，在每个人的身上，与财富、地位、政治理念甚至知识并无直接联系，要靠点滴养成，靠教化影响，靠自省自悟。这当是国家最大软实力，任重道远矣！

现在上演播出的历史剧多数在渲染历史中阴暗权谋、钩心斗角的一面，基本上一点现代文明也没有，情节胡编乱造的居多，用语粗俗，且占据了荧屏不少时段，吸引的观众大多文化层次不高，其负面作用不可低估，当予以重视了。

实在不应该再传播和渲染仇恨、暴力文化了，年少无知时看到这些往往感到很过瘾，岂不知恶的种子不知不觉就埋下了，不知要用多大气力才能扳正过来。学校和全社会都应播撒仁爱文化与人性阳光，才会一步步走向善良和理性。现有影视作品和学生课本中的仇恨、暴力文化仍不少，影响不可小视，当予剔除。

在西方，面对上帝和他人的誓言和承诺可真不是玩的，是一种理念和心灵的庄严和最高表达，非得以实践和事实证明之，甚至是生命。国人缺憾之一恰是在此，说与做难于一致，甚而相反，把说作为一种韬略和计谋。这可能与文化和信仰有关。不过面对如今世界，此项也应反思和校正，把手段、方法与目标统一起来。

应大倡吸烟文明，所有的人都不应在孩子面前吸烟，一则防危害健康，二则防传染恶习；亦不应在公共场所和老人、女士面前吸烟。从吸烟可见人的教养修养和文明程度。禁烟难做到，控烟应有为，吸者应有度，关键是社会共呼吁、齐努力！

如今不少的所谓“文化大餐”、盛宴，繁花似锦，铺天盖地，热闹非凡，高官云集，名流毕至，最后下来看看到底传递了多少新的理念、新的思想，对文化发展有多大用处，大众获得何益，许多人都会脸红。这些与文化发展本意相去甚远，苛刻说，只是一些人打着“文化”牌子的取乐、显摆、谋私罢了，主办者一开始就没想办文化。

传统文化确应很好梳理，有文明的一面，也有低劣的一面。成也萧何败也萧何，许多问题出现并难解决，根子在传统文化劣的一面。有希望的国家当不断反省，与时俱进，摒弃落后的，充实先进的。只有不断吐故纳新，才能与时代同行，保持青春和活力。国家如此，人亦如此，最应忌讳的是自以为是，故步自封。

禁烟难做到，戒烟有困难，控烟可实现，吸烟当文明！国家与社会当：(1)以法律杜绝一切与烟草有关的宣传；

(2)尽最大可能宣传吸烟的危害;(3)严控青少年吸烟;(4)压缩吸烟者的空间。个人当:吸烟者讲文明,不在一切不应吸烟场所吸烟,自觉控烟,不劝人吸烟。非吸者理直气壮抵制二手烟,劝阻吸烟,劝导戒烟。

国学到底是什么,谁能说清楚?传统文化五光十色,众说纷纭,把哪一种学说定为国学,都可能造成误导。传统文化和习俗中优秀的、大众认可的应尊重和发扬。同时也应看到传统文化、习俗中有些是不科学、不健康甚至有违人伦的东西,不应盲目尊重和继承,当予正视、清理和摒弃,尤应与新一代隔断,真正与时俱进。

君子风骨、君子精神、君子担当、君子文化,是国人无可代替的宝贵传统,与西方之贵族精神只在上不在下,虽因多种原因而湮没不少,但一受人性人格雨露浸润,必将焕发耀眼温暖的光芒。国家社会转型,君子群体正在形成,将君子之风弘扬光大,当有极大的示范带动效应,公众就会跟上来。

重小计谋,耍小聪明,使小心眼,多小人行,贪小便宜,不感阴暗,不觉卑劣,理所当然,自得其乐,确是一些人思维、行为和心态的现实表现和写照,是传统文化的一大软肋和缺陷。不正视,不反思,不洗刷,则难与现代理念相接相融。泱泱大国国民,进入现代社会,理当更大气、更阳光、更通透、更自信!

对孝文化应有理性的、正确的解读,传统孝文化中有不少糟粕和有违人伦的东西，应予清除。现代社会应向孝文化中注入现代元素，融入新的理念。孝主要属私权领域的事情，公权介入应适度有限。不应以孝来代替和淡化政府及社会的责任。

孟子思想当是人本意识、君子文化、民生理念、民主政治的萌芽和启蒙，但后世多是扬孔抑孟，阐释孟子思想的东西很少，当是为维统所需。重新认识孟子，是个大的话题。

儒家多是民族瑰宝，儒学多是文化精华，维系民族几千年，有其历史必然。进入现代社会，儒学用于修身养性治家生命力依然，但用于治国理政恐怕就当另论了，这是两个虽有联系但不同的领域。后者更多地得依赖平等、自由、民主、法治等现代理念和思想。走进世界，综观历史，反思以往，展望当今，这确难以回避，当予正视和面对。

红酒文化是西方文化的重要组成部分，是历史传统、贵族精神、绅士风度、饮食文明、社交礼仪的综合反映，过去我们了解甚少，往往失之于粗。尽管经过开放有了一些进步，但仍处于启蒙阶段。真要与世界同步，红酒文化这一课看来需补上，自以为是肯定不行。

国人日常所理解和认定的人的成熟，多为世故、圆滑、实际；如谁展示独特个性，表现真实自我，多会被认为是脱离世情，二杆子一个，很难立足前行。久之就造成了群体的精神早衰和个性沦亡，一种思维，一个路径，什么“人格”

“自我”“坚守”“创新”等就淡漠了。这既有深厚传统文化的浸染影响,也有现实的苦涩无奈。

可能由于历史和文化使然,国人大多对朋友、对圈子看得过重,赋予的东西太多,就把人与人之间许多平常的问题玄乎和复杂化了,致使每个人都在揣摩他人,听他人之言而后言,观他人之行而后行,搞得失去自我,心累身疲。人的一生短暂而匆忙,这是何苦呢?还是像现代国家那样,简约简单好!

中国深厚的传统政治文化中缺少民主的根基,法律法治意识十分淡薄,人治观念根深蒂固,讲法治多为治民治事而非治官治权,与现代民主观、法治观相差甚远。国家要真正走上现代民主法治之路,有赖于上下具有强烈的历史主动性和责任感,有赖于封建意识的清除,有赖于民主法治意识的深入人心。任重而道远!

重视家庭是现代文明的重要标志,是社会稳定的基础,是最重要的价值观之一。西方竞选先打家庭牌,我们往往环顾左右而避之,文化和价值观的差异可见一斑。可贵的是年轻一代步步接近了。

在我国文化中,有一个数字特别神奇,大与国家、民族、自然、社会、经济、文化、世俗紧密相接,小与家庭、个人生活、日常琐事息息相关,实在是其他任何数字远远不能比拟的,真是应了哲语中“一生二,二生三,三生万物”一说。好事的朋友可留心一下,哪些语句、成语、各类名称等中有“三”,挺有意思的。

反省、忏悔、认错,是国人最不情愿做的事情,是人文上的软肋之一,这有传统文化中“老子天下第一”意识的影响,有近代以来受外国列强欺侮的心理因素,也有爱面子等其他不可名状东西的作用。但在开放开明的现代,对国家、民族历史和现实的一切,就不能不直面以对并反省了,尽管有时可能是痛苦和难以接受的。

看看节日高速路上堵车后留下的一片狼藉,谁能不感慨,这在哪一个现代国家都是不可思议的。有车族大都属富裕家庭,且多受过良好教育,本应为国民示范,尚且如此,何论他人。财富增加了但文明程度没多少提升,受教育多了但教养没大的长进,有了汽车但汽车文化没有跟上,老这样跛着脚前行,不跌跤才怪呢!

汽车文化是现代文明的重要内容,我们是汽车拥有量大幅增长,而汽车文化没有跟上,汽车在一定程度上成了身份、财富、权力的符号,如同社会财富大量增加而人的教养修养没有多大提高一样,发生紊乱就不可避免了。当下应是制度建设和完善与汽车文化培育和提升并重共进,带动公民整体素质提高。

受根深蒂固的传统皇权意识和糟粕文化的浸染,国人对地位、权力、身份的崇拜超过了对金钱、财富的崇拜,更超过了对知识、技能的崇拜,为此可不顾一切以至于无所不用其极,这在其他民族中很少见,是影响国家进步的最大因素之一。国家和社会走到今天，要与世界融合，急切的是努力淡化和消解这种意识而非去助长。

担心西方文化进入会淹没中国文化，是缺乏自信的表现。深厚的中国文化本来就是多元文化的融合体，外来文化与中国文化不是此长彼消的关系，而是相互碰撞、共促同进的关系。开放三十多年，西方文化大量进入，相当部分已与中华文化融合，中华文化不仅没有被淹没，反而更有活力和影响力，走向世界的步伐加快了。

国人信仰这教那教多出自功利，为升官、发财、平安而许愿，直至生活中一件件具体事；现代国家人信仰基督、信仰天主等多为救赎心灵，求得心静神安。前者对人之行为很少约束，后者则使人时刻敬畏。不同的历史、不同的文化、不同的取向，造就了不同的精神生活，织成了多彩的世界。

国学中的积极成分修身、养性、治家可用，用于事业亦当行，但治国真正靠得住还是现代文明价值观，还得靠法治、靠制度。把国学抬到不适当的高度，是误国误民。在小学生中倡读《弟子规》一类东西并组织什么“比赛”，既有可能对孩子心灵造成无形的伤害，也是对国家和民族未来的不负责任！

可否理解为：东方文明重的是集体、整体，以淡化、收容、代替个体来实现和保证整体，西方文明重的是个性、个体，以个体思想的张扬、个人权利的保障来实现和保证整体；东方更重视中央集权和统治，西方更重视地方分权和分治。背后是不同的深厚的历史文化。

无论是谁，在公共平台上骂这骂那都是精神空虚、极不文明的表现。尤涉政治理念和社会问题，有理说理，有法论法，也可公开辩论，但动辄给人罗织罪名、谩骂有加，甚至恐吓，算哪门子事，与市井无赖有何区别？政治文明、社会进步是最大公约数，知识阶层的文明文风当起到先导和示范的作用。

不论古代还是近现代，我们既有优良的传统，也有不良的传统；优良的多是看得重讲得多，不良的则往往无视或淡漠；讲得多的往往越传越淡，淡漠的反而越积越重或变着花样出现。正确分明优良与不良，祛除不良而弘扬优良，是国家前行面对的大问题，是社会文明、政治文明和文化建设的重任之一。

人文学者对公众疾苦漠然置之，对公众权利无所担当，而只以华丽辞藻浇心灵鸡汤，让人安贫乐道、抱残守缺，而自己另有他图，与抢劫谋财无异，必为公众唾弃！

几千年的封建社会给国家和民族留下了灿烂的文化和永远的骄傲，但也留下不少负面的东西和沉重的包袱，以致几代人都难以割断。其中的皇权制度、皇权意识、皇权情结和等级观念，是现代许多问题存在的深层次原因，影响着社会前行的脚步。确是到了正视和清理的时候了。

简单的生活、简约的工作、简明的政治，是一种进步、一种文明，理应成为常态和习惯，确需从高层提倡和示范，逐步变为社会和全民的自觉。繁文缛节、讲究排场、浮华虚荣，把国家和民众羁绊太久，空耗了不知多少能量，改革改变，倡导新风，定会促使国家和社会自信轻松前行。

显摆、张扬、傲慢是不少国人的弊病，多与身份、权势、财富成正比，这既有传统文化的负面影响，也与现实社会生态有关，社会成员之间不少隔阂、对立甚至仇恨往往由此在无形中积成。仁爱之情、敬畏之心、谦卑之态、低调做人，应成为社会成员尤其是社会精英的共识共行，以带动社会的健康进步。

中国是个人情社会，不论你处于何位，礼尚往来都难以避免和抵挡。但不知是市场经济的负面影响，还是传统文化中恶俗一面的发酵，不少方面已太变味了，或是越来越复杂让人难以背负，渗透到政治、社会领域更是让人难以招架，引发一系列问题。何时简单简约成为一种时尚，那社会的文明程度就是大提升了！

儒家思想、传统文化使大多知识分子意识里背着不轻的包袱，以至于在社会转型期想发声而左顾右盼，思担当而患得患失，欲前行而畏首畏尾，时常处于尴尬状态。这当是与历史上的负面影响有关，与长期对外部世界的误读有关，也可能与宗教文化的淡薄有关。知识分子意识的高度决定着社会的高度，还真不能太急！

几乎在一夜之间，汽车潮水般地涌进了家庭，致使相关的一切都措手不及，尤汽车文化严重滞后。“汽车礼让行人”“汽车之间相互礼让”“生命安全是第一位”等发达国家百年积淀的意识与氛围仍离得老远，“车比人重要”“公车比私车高贵”似是通行的潜规，引发的问题早就超出交通和城市生活了！

不得不承认，人文精神的淡薄、缺失是各项事物正常行进的最大障碍。物质的东西也许可以跳跃、爆发、上档，一夜之间改换模样，精神的东西可是得一点一滴地浸润、积累、沉淀。千规万章能使交通秩序一时大变，但要治本还得有赖于汽车文化、人文精神的普及和升华！既急不得，又应有所作为！

国人的文化中反思和忏悔的成分淡薄，过于看重面子、地位和他人的看法，对自身光彩的一面津津乐道，张扬炫耀，而对历史的误区、污点和走过的弯路缺乏直面和正视的勇气，以致不少时候付出了巨大的代价而难以吸取教训，变为精神的财富和前行的动力。文明的差距很大一部分体现在这里。

凡到过现代国家，他们饮食上的简单节俭都会让人留下深刻的印象，有人说他们积累的财富1/3是节俭出来的。国人的铺张浪费源远流长，除生活方式和习惯差异外，多为虚荣心、图光鲜、穷显摆、要面子文化使然，加上制度弊端催动就更是愈演愈烈，有人说我们的财富所以积累慢，因有1/3被浪费掉了。此次全国的反浪费倡节约之风，当改变的不只是生活方式和习惯，更应对文化和制度进行反思，以带动、促进全社会风气的转换和提升，这对国家的健康轻松前行、对公众的素质养成将会大有益处。

背着文明的包袱，自以为天下第一，自我陶醉、故步自封、画地为牢，戴有色眼镜看事察人，凡不合己意，皆以非以敌论之待之，拒人于大门之外，到底耽误了多少事，有多少沉痛而深刻的教训？时至今日，此种思维和处事方式仍有不少市场，成为社会前行最大的精神羁绊。不突破很难站到现代文明的前列。

缺乏对知识和知识分子应有的尊重，或以实用主义态度对待知识和知识分子，而对官员和权势顶礼膜拜，是国人传统文化中的一大软肋，也是影响国家和社会进步的一个重要原因，许多荒唐悲怆事情由此发生，许多历史机遇由此失去。何时得到了根本改变，我们进入世界文明的前列就有希望了！

过节和喜庆放鞭炮是民族的一个传统、一种文化，也是一种情绪和精神的释放，同时制作鞭炮又是传统产业，不少人以此谋生。前些年有的地方禁放，民声甚怨，不得已又开禁。总体而言，放利大于弊，不能因出了点问题就要禁止。需要研究的是如何管好，实践证明只要用心是能够不出问题的。

小品、相声、漫画及周立波的海派清口等艺术形式，如同欧美的滑稽剧、脱口秀一样，生命力在于讽刺。在欧美这类讽刺的对象只能是政治家、社会名流和演艺明星，如针对平民一不小心就会吃官司。但在中国只能对着平民和小官，否则必然路断。赵本山的小品、周立波的清口，智慧在于这个度把握得住。

因族群、血脉、历史、文化、环境的差异，东西方文明和价值观有不小的差异，各有长短优劣，但这并非说两者不能逐步寻求共同点而相互融合，一起为人类文明进步做出贡献。人类最大的智慧在于寻求、共守和张扬这些共同点。说俗了，如同川菜、粤菜、鲁菜，如无共同点怎能在中华大地广受青睐！

文学艺术这个东西，除了天才之外，非得有合适的气候和环境。如果没有意识的自由驰骋，没有梦想、幻想、狂想甚至离经叛道，要想出优异、惊人、醒世与传世之作，是不可想象的。他们的正能量也许不在当代而在后几代体现出来，社会和公众对其应有最大程度的宽容和理解。这是社会文明进步的一大标志！

不得不承认，对文学艺术如何引导，对文学艺术人才如何管理，如何将文学艺术规律、人才成长规律、社会管理规律很好地统一起来，我们还没走上成熟之路，过去的岁月留下的多是沉痛的教训。时代走到今天，应该明白并大步前行了！——李安获奖有感。

中西方文化如同两个相交的圆，有很大的重叠和共处的空间；又如同春节与圣诞节、中餐与西餐、白酒与威士忌、茶叶与咖啡，与人俱来，各有千秋，各有所好，接触品尝多了，都会被喜欢，也会渐而相融走近，但谁也不能融化谁，谁也不能代替谁。不如此就很难理解千百年来东西方紧密交流相处而界限一直分得清。

如果说东西方之间大道不通，就无法理解千百年来东西方人们相处相融，就无法理解不同的文明形态共生共进，就无法理解日益加速的全球化。一个国家九九归一，一个世界也会九九归一。把其间的差异有意扩大或妖魔化，要么是有不可告人的企图，要么是无知和偏见。好在这个大道早已通开且无法阻挡了！

文化是融进人骨子里、血液中的东西。实践证明，那种臆想人为地对文化搞这个为“体”、那个为“用”，搞什么“东西结合”等，都是与文化和社会进化发展规律不相符的，至于搞什么“切割”和“另起炉灶”，更是对文化文明的反动。相交圆里两种文化的共处相融，那是人性和普适价值的归位。自由发展、自由竞争是唯一正道！

那种文化入侵、文化危机和什么化的认识、担忧，如不是为了某种企图，则完全是一种幼稚和短视！世间没有哪一种文化能永存，如果哪种文化确无生命力，走到头了，只能解读为它完成了其历史使命，即使有些悲伤和无奈，也必须承认！

中华传统精神虽博大精深，但更是具体朴实的；虽高贵高扬，更是可敬可亲的；虽万语难尽，更是与行相随的；

虽源远流长，更是时刻践行的。国家、民族历经千难万险，几濒绝境，而生生不息，步步走来，骨子里、血液中靠的是这种精神的支撑和引导。一个国家、一个民族、一个人，精神是永远不可替代的！

中华文化包含古代、近代、现代丰富多彩的内容，博大精深，不少方面与世界最现代的思想文化相比也是处于高地。儒家思想只是其中的一个部分。如把中华文化只定位在所谓"国学"（儒学）上，把国学又定格在孔子上，把素质教育落到熟读儒家经典上，那不仅是妄自菲薄，而且还会离现代文化、世界文明越来越远！

孔子提出的"已所不欲，勿施于人"价值观对国人影响极大，并作为中华美德来弘扬。但此说是建立在普遍人性基础上，即天下所有人都是和自己一样的人。在价值观等多元化的今天，如停留于此局限就大了。可能讲三句话比较合适，即"已所不欲，勿施于人""己之所欲，亦不施人""他所不欲，不施于人"。

不少地方兴寺建庙修塔，根本就与信仰无关，有的是为招商引资，有的是为发展旅游，有的是为谋利取财，商业化、功利化色彩甚浓，与文化相去已远。如看陕西法门寺新建的景区，完全就是官气和财富的张扬显摆，一点品位也没有，博大精深的法门寺文化看着肯定脸红。如不能弘扬文化，至少也别糟践它。

宫廷政治、宫廷文化，是民族历史上充满矛盾的东西，负面是主要的，对后世消极影响广博深远。可如今的荧屏上到处充斥着表现这些的影视作品，肆意铺陈渲染心机权谋、尔虞我诈、钩心斗角、邀宠显贵、争风吃醋等那一套，有些节目则一播再播。这除了迎合部分人的皇帝情结、挣些广告费外，一点正能量都没有。最令人忧虑的是，经常观看这些节目的善良人们特别是年轻一代，会得到多少不良的心理暗示和性情熏陶，影响他们向现代理念、现代社会走近的脚步。国家之事更大，不能与封建社会那一套彻底切割，国家的进步将会十分艰难甚至无奈。以先进文化引领社会实不应如此，当予认真清理了！

羞耻意识、忏悔意识，是人性提升、走向文明的基点。德国社会学家埃利亚斯《文明的进程》一书论道，整个人类的文明进程，其实是一个人的情感越来越敏感细腻、越来越善于体谅他人的过程。这背后是羞耻感的不断提升，越来越在意自己在公共场合的行为有没有给他人带来负面的影响。随着这种感觉的提升，它就内化为我们的行为自觉，再由于更多人的认同，升华为更具普遍性的社会行为规范。由此可见，我们公共空间的行为离自觉和文明还有多大的差距，与常说的“人的现代化”还有多大的差距。唤醒人们的羞耻意识、忏悔意识尚需做大的努力，遗憾的是我们过去多只顾讲大道理或以此代替这些了！

传统文化中的一些东西，如等级观念、权力本位、人情社会等，多为封建统治的伴生物，延续了几千年，现在仍有很大的市场，既侵蚀着人们心灵，催生着腐败，又制约着市场经济的发育和政治文明的构建。国家要健壮前行，对这些直面以对，深入反思，除旧图新，理当作为与法治、制度建设同步的基础工程。

大多国人心事多于正事，心累大于身累，一生负重。进入现代社会真应轻松一些、从容一些、自在一些，少一点心机、猜忌、人情，多一些大度、宽容、简约。社会整体应从传统落后文化、宫廷文化、泛政治化中解脱出来，引进现代文明理念和思维，为人的发展创造适宜的环境。如此人的自我就会得到更好的展现。

一些景区推出“背经典免门票”活动，如是作为商业营销手段，也未尝不可，可偏偏打着“弘扬优秀传统文化”的旗子，一些官员多方为之鼓呼，似是了不起的政绩；公媒大幅版面宣扬，说有多大现实意义。一些孩子为一张免费门票，熬几个夜晚死背指定的经典，一些家长还外加鼓励之举，有些青年人也加入背的行列。在得到一张免费门票之后，经典的内容就忘得差不多了，至于经典的背景、意义则更是茫然了。问题在于，你营销就营销，别乱打旗子，别在孩子身上做文章，别与公权搞在一起，公媒别乱嚷嚷。何为经典，何为优秀传统文化，如何去弘扬，如照这样确定、引导，不把人引到歧路上才怪呢！

古人云“威武不能屈，富贵不能淫”，主要即是说文人名士对人格、信仰、价值的坚守。任何社会有这样一些人的示范、传承、引领，文明就不会湮没，就能看到希望所在。一个正常的社会，应当使他们有更广阔的平台、更宽松的环境。文人名士的沦陷、堕落，则是社会最大的无奈和悲哀,也必有深刻的社会原因。

一个学生在埃及文物上留言引发热议,要么激烈批评,要么为之辩解,这倒是一件好事,可启发国人思考很多自身和身边的问题。我们的文明程度在世界上处于什么水准、有多大差距,为什么讲了那么多年大道理而人的文明程度提升很慢,家庭教育、学校教育存在什么问题?搞清搞明了就会向前跨越一大步。

酒文化如同食文化,异彩纷呈,各有钟情。就大多数人来说,喝酒或是劝人喝、人劝喝,多是一种满足、一种表达、一种交流,过程重于结果。由此说喝酒是生命的张扬、情感的纽带、沟通的桥梁,酒是生活的调味品、精神的助推器、社会的润滑剂,不为过分。至于喝劝无度、酒场文明缺失则是另外的问题了!

我们的传统文化中缺乏忏悔意识、赎罪文化。不少当事人真到了道德认定、法律判决有罪时,也会做出虔诚的姿态,说些让人同情感动的话,但细究起来,几乎都是官话套话的翻版,根本不是内心真情实感的表达,多为心计而已,与忏悔、赎罪差之远矣。很难相信这样的人在认罪后能真正改过自新释放正能量!

文化已成了一件新的西装,哪里需要显摆,哪里能够谋利,就穿到哪里站一下,搭着文化的台,唱着各路的戏,文化糟蹋完了,戏也就唱完了!

古代的君子、大夫、士与西方的贵族大体相当,“量小非君子”“刑不上大夫”“士可杀不可辱”,都说的是他们的教养、气节、风骨和担当。如是一路走来,当不在贵族精神、风范之下。只是社会历难,阴差阳错,人心不古,使之流失扭曲变形许多,国家、民族受损更甚。社会进步当让君子之道、大夫之气、为士之风重振!

我们太在乎学知识,太注重能干何事,太看重他人的评价了,这都需要,但人骨子里最重要的东西即教养往往给忽视了,大道理说得不少,润泽人性的不多。以致不少人,受过那么多的教育,取得那么高的地位,日常那么光鲜,可一近距离接触交谈,即看出教养的淡薄和缺项。社会文明程度提升之难、之慢由此可见一斑!

我们的传统文化中缺乏对私人空间尊重、保护的情怀,不论坊间还是官方,多的是对人之隐私窥探、乐道、传播的热衷,一些时候使之成了治人、整人的借口和手段,社会情感的撕裂、矛盾的加剧、仇恨的延续与此有很大关系。进入现代社会,尽管物质财富增加很快,但这方面仍进步很慢,由此导致的尴尬随时可见。

一个现代文明的社会,除了政要、明星和知名公众人物外,人之私人空间会得到充分尊重和保护,有修养的人多不会关注、议论他人的隐私,公权更不会随意进入私人空间,人们的关注点多在公共事务,共同营造从容、宽松、健康的生活氛围。与此的差距即是文明的差距,要缩短和消除差距,我们还要走很远的路。

也许是因长期压抑的原因，国人文化中内敛、低调、谦卑的成分缺乏，多的是张扬、显摆、傲慢，似不如此不足以显示身份、地位、实力，不足以震慑他人，保己安全。常说常见的大张旗鼓、大造声势、趾高气扬等就是其外在的或社会化的表现，其实那时内心也许空虚着呢。文明、成熟、自信、从容的锻造可是不易。

国人的文化中，对公共事务多为淡漠，“家有千口主事一人”“国家大事小民不必操心”的心理源远流长，以今日的观念看即是公民意识缺乏；反之则是对他家、他人之事往往关注、关心过度，家长里短、闲言碎语，不绝于耳，用今日的话讲即是缺乏对私人空间的尊重。这固然有着复杂的历史成因，但到今天真应倒过来了。

见到一从国外回来的两岁小娃，在家和在外吃完东西就拿着包装物嚷嚷着找垃圾箱，找不到就攥着不放，让人感叹。一种文明习惯从小的养成是多么重要，家庭教育是多么重要。一个个人、一个个家庭的文明造就了国家和社会的文明。我们如把那些大而空的干巴说教变为具体的文明教养，社会进步也许会快很多。

传统文化中的仁义礼智信等，都是赖以维系民族、涵养人文的优秀文化，但多年的风风雨雨使之被冲刷掉了许多，而心计、阴暗、厚黑、江湖义气等文化却大行其道，渗入人际、商道、官场等，讲者津津乐道，学者引为自豪，行者理直气壮，其消极影响不可低估。这种文化得不到清理，很难步入现代文明。

国人的传统文化中有个不好的东西，即是强调动机，好走极端。如父母可以“都是为你好”之名，对子女的事情乱加干涉；公权执纪执法可以“目的崇高”而随意越界以至于侵犯私权；打着“正义”旗子的非正义手段都会受到一些喝彩。岂不知这后者对个人、对社会造成的伤害可能大大超过前者，因是以堂皇之名突破了人伦底线。

国人的面子文化太深厚了，为了面子而扭曲言行的事比比皆是。自己要做什么，过怎样的生活，子女怎样生活，将来做什么，多不是靠自身的兴趣、向往、爱好来选择，而是看有没有面子，有多大的面子，看别人怎么看，似乎自己不是为自己而存在。结果心态、生活、处事都处在累的怪圈中。人生和生活本不应如此。

80%的精力浪费在沟通上，真正干活的时间只有20%，这是冯军从自身创业实践中发出的感叹，包含了多少苦涩和无奈，当是揭示了国人文化中的一大软肋。我们本是一个人情和关系社会，在自然经济和传统体制下，负面影响也许并不突出，在市场经济和现代社会中，这会令多少创业者望而却步，误掉多少大事啊！

常听到一些经营者、创业者与冯军相似的抱怨，日常的累主要不在工作上，而是在与各方面的人打交道即处理关系上。正常办的事需要关系来润滑，非正常办的事需关系去突破，特事要特办更需关系在里边，而这一些往往只在意会间，不明此道想办好一件事不知有多难。人情社会带给人们多少无谓的累谁能说得清？

多年来，我们的思想教育不谓不强，财富增加不谓不快，开放程度不谓不大，可为何人们在公共空间的文明水准提升不大，为何让国人脸红的事一再发生，是因教育太虚太空，是因财富模糊了视野，还是因人性的进步需时间的沉淀？真是值得思考研究的大问题。看来缩小文明的差距比缩小财富的差距要艰难得多！

这种炫耀、显摆、张扬，是人文沦落、心灵空虚、情感浅薄的典型反映，是传统自卑心理、庸俗文化的折射，人们看后也许有羡慕、赞赏和向往，但更多的是嘲讽、鄙视和批评；自己会有一时的满足、自豪和荣耀，但沉淀的定是虚荣、低俗和无聊，至于能有多少幸福、美满、充实，更是个未知数。文明的社会不应如此！

也许是因中华文明绵延几千年而不绝，也许是因历史上战乱动荡太频繁，或许是因特殊的基因，国人的乡土情结太重太浓，世界少见。多少人几代走南闯北，或历尽艰辛，或荣华富贵，但在其心底里，最梦回牵绕的仍是自己的那片故土。尽管故土上可能已无亲人，也无印记，但这份情感是任何其他东西都无可代替的。

由于特殊环境、文化的熏陶涵养，社会的每个时期都会有一些甚为优秀、出众的家庭，有教养、有知识，出风范、出人才，代代相传而不辍，历经磨难而不颓，可以说是优秀文化的积淀、社会文明的代表。挖掘这一宝贵的资源，正确解读和传扬，对于提升国民素质当会大有裨益。遗憾的是我们对其漠视太久。

我们民族意识和文化中有个很大的弱点，即“成者为王败者寇”，为胜利就可不惜一切代价，胜利了就是一切，就可津津乐道、张扬炫耀、名垂青史，而忘记了对手是谁、为何要这样、今后向哪里去。历史太久、积怨太深、包袱太重，以及秉性、文化、文明的差异，都是要因。历史走到今天，是否需作一些反思呢？

经常可见可感受的身份、地位、财富甚至知识的盛气、傲慢，源于骨子里的等级观念、特权意识，桃花源中人往往心安理得、自取其乐，桃花源外人往往见怪不怪、习以为常，实在是国人文化中的一大软肋。与世界的平等意识融合共进，需要信仰上的重建、心灵上的洗涤、理念上的更新、实践上的淬炼。

知止：所谓“时代病”无非是我们拥堵的欲念无法实现而显露的症状。这是一个高度膨胀的年代，包括我们的抱怨和谩骂都高度雷同，毫无节制的发泄或大打出手时有发生。无论正面或负面的信息都一泻千里，让人有刹车失灵之感。所以我们要研究的不仅是出发、奋斗、成功、拥有，还有反思、内敛、节制和知止。这是智者张欣的话，戳到国人心灵和文化的软肋了。人皆有欲念，都想展示自我，快步前行，体现价值，这本属正常。但国人欲念确是膨胀太快，以至于无所顾忌，没有节制，索之失度，忘掉许多，撞向悬崖现象一再发生。看来人如无信仰、敬畏、定力，欲念就会如无帆之舟，漂向何方实是难料。知止，人之大智也！

可知平老静？20世纪三四十年代他在保定开肉包子铺，厚德、厚道。有一回他的小铺周转不开了，一位好友主动拿出一对包金的手镯援助，平老静将手镯典当解了燃眉之急。除夕那天，他拿钱赎回了那对手镯。回家一看赎回的居然是一对纯金的镯子，夫妻俩带着纯金镯子急匆匆去寻典当行的老板，换回了包金的手镯！这是先贤陶行知先生讲过的一个平凡的人物，他如此赞美平老静："如说生活单调无过于开肉包子铺了，而竟在这里面，产生了平凡而伟大的平老静，人格最高尚，一品老百姓。"——可想这位平老静的内心是何等平静淡定，实际上生活意义的厚度、社会文明的程度，就是由这些平凡朴实而高尚一品的老百姓决定的。

人本主义心理学家罗杰斯提出一个概念，叫"条件化积极关注"，意思是对一个人的爱是伴随着条件的，总得交易或得到点什么，不能平白无故没有回报地给予。由此联想到国人的拜佛、敬神、请菩萨等，就是这一概念的生动写照，别看那么虔诚地顶礼膜拜，但在内心或明处，都有一个明确的目的，不能白敬白供的。环顾现实生活的四周，这种现象更是比比皆是了。人与人之间的相处，包括对朋友、对同事、对领导、对客户，以至于对亲人，施恩、给惠、服务之时，是否在心底都有那么一份所求和愿景？最典型的大概是父母对子女了，恩施于你，孝顺、争光多是首要考量。此情很难没有，谁也无法免俗，但太过了许多问题就出来了！

在法治社会，做道德评判本是高难动作，而表演道德义愤又恰是当下不少人的所长。因这最省力、最便捷，既可把自己置于道德高地，又能将他人推向道德悬崖，是公共领域常见的现象，折射出国人文化上的软肋和转型社会的酸楚。尤一些人以道德教师爷和裁判官的面孔出现，而其自身多有可憎，对社会负面影响太大。

讲真话实话为何这样难

往往越是夸夸其谈的人，在具体问题面前越无章法，遇到大事难事更无主见，驾驭不了局面。看一个人的能力、水平、责任，最当看的是解决具体问题的表现，在大事难事面前的定力。实际工作能力是在实践中一步步历练出来的，那些花里胡哨、边角整齐、貌似深刻、永远正确的话只会误事。

整天讲大话、空话、原则性话的人，是一种习惯和生存方式，从不会认为是在撒谎，也不知会误导和伤害他人，很可能就把自己当成真理和正确的化身。可叹的是现实中这样的人太多了，时间久了，大家都不以为然甚至习惯了。社会生态就这样一点一点地在变形。

社会的生态确有问题，缺乏讲真话实话和自由地讲话的土壤和环境，言不由衷的话、假话空话，从不担心受到指责；“祸从口出”“谨言慎行”“话到嘴边留半句”，从来都是作为对人正面的教诲和提示。多少人讲真话实话吃大亏的实例更是永远的警示。真话实话讲多了，自由地讲话多了，别人会认为是另类，是犯傻！

假大空话、套话、官话，有成套的、完整的公式和标本，讲这些话，重要的不在于有何用，而在于谁在讲、何时讲，在于讲出去，在于有人听。不用脑，不会出问题，没有人挑剔，何乐而不为。你真用心了，讲了些真话、实话、有个性的话，人家可能就认为你脑子进水了。谁也不用埋怨，从改善官语媒语和社会大语境做起吧！

人们穿衣服要讲得体、美感，注重他人的感受，说话亦应如此。尤其官员和公众人物，位置重要，影响力大，更需把话说得好一些、得体一些，让公众的美感度、接受度高一些。这不仅是个人魅力和形象问题，而且还是工作、事业的紧要一环。看来这不只是个知识和技术问题，主要当是个理念和心态问题。

刻意讲那些并非己所想心所愿的、大而无当无用但永远正确的话，回避与个人生命、自由、利益的话，时刻不忘故作高尚状、高深状，是相当一些人处世理事的情态，是常见的社会现象，有深刻的历史和文化原因。这些固化成为社会风尚和习惯时，真情真诚就会让位于虚伪虚假，动摇的会是社会道义的根基。

现下最缺的是真话实话，最不缺的是假话空话；讲真话实话最易吃亏，讲假话空话最易受惠；当大家都习惯了讲和听假话空话时，讲真话实话就成了另类。讲真话实话需要良知、勇气来支撑，需良好的社会氛围来维护，需官家和公媒来表率，何时真话实话大行其道，那就是社会真正文明进步了！

愿听悦耳的话、恭维的话，不愿听逆耳的话、批评的话，是人之通性。但关键的是自己心里要有数，头脑要清醒，知道自己是谁，有多高，在何处；知道哪些话是真情实意，哪些是虚情假意，哪些是应景应事。听悦耳的话欢天喜地，听逆耳的话心存芥蒂，就有可能不知天高地厚，忘乎所以，让朋友远离而去。

长期讲些大话、空话、不着边际的话和一些无用的深知识、大道理，把日常生活中实用、需用、急用的给淹没了，以至于许多人时至今日不知道不应随地吐痰、不应乱扔废物、不应大声说话等基本常识，几十年改不掉陈规陋习，让人在外时常感到脸红。一个国家、一个民族、一个人的文明、高雅得从点滴做起和积累。

国人既缺少讲真话的历史传统，也缺少讲真话的现实氛围。人与人之间、群体之间、人与群体之间，猜忌、戒备、算计大大多于真诚、坦荡、信任，“祸从口出”“话到舌尖留半句”“防人之心不可无”等人生训条即是心理的写照，由此谎言漫天就成为见怪不怪的现象。谎言囚禁个人事小，囚禁一个国家问题就太大了！

那些源源不断的大话、假话、空话，写的人、说的人、决定发布的人从来就不相信，只是用来制造和控制舆情，愚弄和运动公众，以求达到某种目的而已。人们的心灵就这样一点点地悬空，社会的虚假就这样一点点地积累，人之间的隔阂就这样一点点地造就。形成了定势和习惯，要扳回到原点不知要用多少时日和多大的力量。

为何大话假话大行其道而实话真话难说，是因有大话假话生长生存的环境和条件，是因说大话假话安全得益而很少需付出代价，是因说大话假话最省脑省力，而说实话真话的前提和结果多与之相反。久而久之，说大话假话就成为一种常态、一种生活方式、一种社会通行路径，而说实话真话则可能会被视为另类异形。

说大话假话如是一个人、一些人所为，倒也没有太大不了的事，但如果成为一个社会、一个国家的风气，说大话假话者不觉得脸红心虚，说实话真话者反而忐忑不安，那肯定就是有大问题了。我们的社会和国家目前最大问题之一在此，呼唤良知，回归本源，应成为每个人的自觉，公权公媒更应起到示范和引领作用。

就人之本性而言，说假话、空话、大话、套话并非必然，而今这些话盛行，也肯定不都出自人之本意，背后必有深刻的原因。如果说假话、空话、大话、套话，比说真话、实话、个性话、本色话更能被人接受、喜欢，更易得到实惠，那肯定是价值观出了问题，应该反思的就不只是个人，而是这个社会和文化了！

年轻人充满朝气和希望，社会才有活力和自信

越来越多的年轻人，视野开阔，心胸宽广，有独立的思想、自主的意识、鲜明的个性，对领导、权威不像上辈那样盲目崇拜，对社会弱势群体愿意伸出帮助之手，对社会不公现象主动发声，对国家乃至世界大事敢于发表见解，对自身的权益理直气壮地维护，谁能不说这是历史和社会的巨大进步！他们才代表未来，才是希望所在。

国家和社会当给年轻人以自信、冲动、激情、力量和希望，唯有年轻人朝气蓬勃、精神焕发、一往无前，国家才会充满生机和活力。年轻人如暮气早生、畏首畏尾、不愿吃苦、不思进取，甚至颓废，如是很少人尚不足忧，如是部分人可真情以对，如是一代人则肯定是出大问题了，首先当反思的是国家和社会。

年轻人如在课堂上学到的理论在生活中不能得到认证，自己的知识、能力、汗水不能得到社会的认可和回报，眼看着他人凭着拼爹不断上位升档，周围一些人不需努力靠非正常途径而荣华富贵，他的不平衡、消极、不服气就很难阻止了。国家和社会决不能让这种现象和心态成为

现实！

任何国家和社会，年轻人贪图安逸、追求享受以至于沉沦都非好事，希望和活力在于向上、奋斗、图新。这除了信仰、悟性、良知之外，十分重要的是需有教养、负责任、敢担当的上流社会家庭和个人示范、引领。如果他们从这些家庭和个人身上感受和认可的不是前述的正能量而是相反，那这个社会就有大问题了。

青年人生活水准上去是好事，但应注意的是，自己父母的生活水准是否也提高了，对自己的亲友是否需给一些帮助，本身的教养修养和为人处世水准也需相应提升。生活水准是要活得更有质量，而非是显摆和张扬；提高水准要量力而行，一步步来，而不可盲目攀比，给自己带来负担。

年轻人才情飞扬，理当进取向上，最当知孰大孰小、孰重孰轻。名利这东西谁都需要，谁都喜欢，但看得重了，追求早了，就是弃大取小，舍重留轻，本末倒置。最重要的是提高素质和能力，扎扎实实地做好工作，树立形象，赢得信赖和尊重。对名利淡然超然一些，前进的动力会更大。做好了，属于你的推都推不掉。

年轻人有梦想，国家才有希望；年轻人能正常实现梦想，国家才是真的正常。国家和社会的公平正义，最直接、最具体的体现应是劳作有尊严，努力有价值，知识有地位，生活有体面。年轻人的身体力行能感受到这些，国家和社会就会充满激情、活力和阳光,否则离出问题就不远了!

有学者撰文提出,少责备青年,错的是我们的保守,说了一个大问题。走过来的人往往自觉不自觉地以自己的思想思维和工作、生活方式看待和要求青年一代,媒体也时时发出一些担心和呼声。用意不能说不好,担心并非都无道理,但时代变了,社会变了,环境变了,价值观也在变,青年一代有权利作出自己的选择,要求他们还像上一代那样思想思维、工作和生活不可能了。当看着他们不顺眼的时候,或是感到不适应的时候,先应问问自己是不是太保守、太落后了,是不是太故步自封了。当看到满街的青年手持最先进的手机电脑上网、办公、购物时,更应明白无论如何这个世界的未来属于他们!如此你落后的速度可能会慢一些。

青年人有梦想、有憧憬、有期待,燃烧激情,播撒汗水,勇于改变,社会才有生机、有活力、有希望。他们也许会随情冲动,也许会离经叛道,也许会跌跌撞撞,但无此陈规不能打破,事业不可能成就,社会不可能进步。正常、健康的社会当给青年人更多的机遇、更大的平台、更好的环境。当然前提是平等、公正、自由。

贝克汉姆来中国竟在青年学生中引发那么大的关注以致骚乱,当然与他的明星效应、个人魅力直接有关,从深处思考,是否与青年学生情绪压抑太久而宣泄渠道太窄、心理负担过重而舒缓方式呆板有关,当然青春的好奇冲动与文明水准亦是重要因素。如能认真作出专业分析解读,可能会大有益于学生和社会。

一些初出道的年轻人因灵活乖巧被嘉许而自喜，因融于流俗圈子而得意，因小计小技有得有成而志满，殊不知那很可能就是陷入不良或堕落的开始。社会不论如何变化，天空无论怎样多彩，大德、大理、大道、大功都会通天下，其他的也许会惠及一时一事，但不可能成为永恒。坚守那份良知，保有那份定力，才是永远！

中国的年轻人可是晃荡不起，一则家有父母在，他们生活很清苦，供你读书的费用也许还挂在债务栏，你需要有份稳定的工作养活自己，回报家庭；二则社会环境不允许，你的晃荡会被人们认为是不靠谱、不可用；三是你心中无信仰、缺定力，晃荡的结果会把自身晃入歧途。何时这些问题解决了，你就可以晃荡青春了！

有些达标创建活动该叫停了

一个城市为了迎接“创建卫生城”检查，竟关停了上百家餐馆，百姓没地方买饭买菜，没有了城市的味道、生活的味道，真是奇闻。检查方可考虑这样的检查是否必要，到底有何意义；城市政府可考虑这是否在滥用权力，经营者的损失谁来弥补，这样的“创城”到底是为了什么。此类情形全国定还有很多，改善社会治理当先治理这些。

我们国家这么大，城市这么多，东西之间、南北之间且不说经济社会发展水平差距很大，就是生活方式和风土人情也有很大差异。国家有关部门组织什么城市“创卫”、达标等活动，在全国城市建设发展大面上起步和展开初期也许是必要的，但到了今天，一个模式、一个标准、一种方法的检查、考核显然已是弊大于利了。

多年来，国家一些部委搞的“创建卫生城”等活动，初衷也许不错，也有些成效，但随着势态变化，这种以行政力推动的大轰式行动很快就显露出明显弊端，上面检查评比，下面疲于应付，虚功虚做，说劳民伤财、形式主义都不过分，严重脱离国情，民众反响强烈，并引发腐败等问题。改善社会治理，叫停这些实属必然！

不少“创建”、达标活动的标准、目标和检查考核方式，与变化着的国情、实际早已不符甚至背离，成为主管部门强化权威、树立形象的平台，与地方官员的不当追求会合，不可避免地向形式主义演变，地方和基层忙于应付，不能说都没有积极作用，但扰民、负担、负面是突出的，很难让公众认可，叫停十分必要。

城市之间适当搞些评比、“创建”类活动当有必要，但思维、模式和方法必须突破传统窠臼。有两种选项：一种由社会组织去组织，公权不参与，减少功利化、政治化色彩，保持中立公正，存废由社会和市场决定；另一种下放到省级，由其组织操作性、针对性会更强些，效果会更好些。国家有关部门可从宏观层面给予指导和协调。